꽃 같은 시절

공선옥 장편소설
꽃 같은 시절

초판 1쇄 발행 • 2011년 4월 11일
초판 7쇄 발행 • 2016년 8월 14일

지은이/공선옥
펴낸이/강일우
책임편집/이하나
펴낸곳/(주)창비
등록/1986년 8월 5일 제85호
주소/10881 경기도 파주시 회동길 184
전화/031-955-3333
팩시밀리/영업 031-955-3399 · 편집 031-955-3400
홈페이지/www.changbi.com
전자우편/lit@changbi.com

ⓒ 공선옥 2011
ISBN 978-89-364-3384-0 03810

꽃 같은 시절

공선옥 장편소설

창비

차 례

저승길을 못 가고

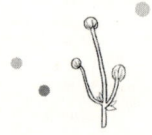

　내 혼이 몸을 빠져나왔을 때는 바람이 소슬한 가을밤이었다. 혼에서 나오는 푸른빛이 내 집의 추녀를 막 벗어났을 때, 시집와서 육십년을 넘게 바라보며 살던 앞산 위로 달이 둥실 떠올랐다. 공기는 안온하고 구름 없는 맑은 밤에 흔히 그렇듯이 산빛은 티 없이 검었다. 내가 가장 좋아하는 밤이었다. 길 떠나기에 그만일 성싶게 무엇 하나 부족함 없이 마침맞은 밤이었다.

　내 아들딸들과 그들의 식솔들이 내는 울음소리가 먼 이명처럼 들리는 속에, 달빛을 흠뻑 받은 나는 정작 편안한 마음으로 방금 혼이 벗어난 내 몸을 붙잡고 우는 아들과 딸과 며느리와 사위와 손주 들에게 속삭였다.

　"울다가 배고프면 밥 묵고, 지치면 자다가 그러고들 너희들 집으로 돌아가거라이. 나는 갈란다, 잘 있어라이.”

　이승에서 팔십년을 살았으니 살 만큼 살았다. 그리고 이제 내겐 저승으로 가는 여행길이 기다리고 있다. 마침, 은하수 건너 황천길 입구에서 남편이 나를 부른다. 남편은 이승 셈법으로 이십년 전에 저승으로 콩 팔러 가서는 콩을 다 못 팔아서 그랬는지 이승으로는 소식을 주지 않았다. 내 이제 남편이 콩을 얼마나 팔았는지 그것도 확인해볼 참으로, 이승과 저승을 이어주는 오작교가 보일 쯤 해서는 좀 설레는 기분으로, 알았소, 이십년을 지다린 사람이 하루를 못 지다리요? 했더니 남편이, 이승에서 이십년이 여그서는 하룻길이라네. 내가 이승 이십년 동안 포도시 여그까지밖에 못 온 것을 보면 모르겠는가, 하고 껄껄 웃었다.

　“그런디, 여가 저그하고 다른 것이 있다네. 이승에 태날 때 그랬드키 여그 올 때도 암것도 모르고 왔드마는 여그는 저그허고 온갖 것이 다 달러. 저그는 왔다가도 돌아갈 수 있고 갔다가도 올 수가 있지마는, 여그는 한번 발 떼버리면 돌이킬 수가 없다네.”

　남편의 그 말 때문이었을까, 공기의 촉감과 달빛의 밝기가 길 떠나기에 그만인 성싶기는 하지만 내 혼이 막상 저승길로 쉽게 떠나지 못하는 것이. 내가 이제 가버리고 나면 우리집이 너무 고적할 것 같아서, 그것이 마음 아파 나는 어찌해야 할지를 모르고 이승과 저승 사이에서, 말하자면 오작교와 우리집 지붕이 보이는 그 어드메쯤에서 짐짓 길을 잃은 듯, 문득 가던 걸음을 멈추고 말았다.

　내가 그러고 있는지도 모르고 내 자손들은 삼우제를 지내고 나서 집 안팎을 깨끗이 쓸고 닦은 뒤에 방문과 부엌문과 헛간문과 대문에 각각 빗장을 지르고서 저희들 사는 곳으로 떠났다. 남편이 이 승을 뜨고 자손들이 집을 떠난 뒤 나 혼자 남았던 집은 이제 저 혼 자 남았다. 내가 아직 이승사람일 때, 나는 집이 심심하다고 한번씩 몸을 떨 때마다 텔레비전을 틀거나, 라디오를 틀거나, 옛이야기 한 자리를 풀거나, 노래를 한가락 부르거나, 그도 아니면 일부러 이 빠 진 사기접시를 깨거나 스뎅 그릇을 무쇠솥 위로 달깍 엎었다. 그러 면 집이 잠잠해졌다. 집이 그런다고 했더니 막내딸이,

"엄마도 다른 엄마들처럼 교회를 다녀부러."

저는 다니지도 않으면서 나보고는 교회를 다니라 했다. 일요일이 면 교회 봉고차가 와서 동네 혼자 사는 할멈들을 죄다 싣고 갔다. 막내딸의 당부대로 그 속에 끼어 몇번 나가다 그만두었다. 목사님 설교할 때 잠이 쏟아지기에, 내 옆에 앉아 지성스럽게 손을 비비고 앉았는 밤실댁한테 자꾸 기댔더니, 밤실댁이 자기까지 우세스럽다 고 나를 꼬집었다.

"왜 찝는가아?"

"교회서는 기도허는 것이 밥값이여어."

밤실댁은 교회서 주는 점심밥값을 하기 위해 기도를 하는 모양 이었다. 전도사가 밤실댁 기도하는 모양을 보고,

"할머니, 교회서는 손을 안 비벼도 됩니다. 그냥 가만히 모으고 기도하세요."

그러나 밤실댁은 끝내 기도하는 법을 바꾸지 못하고는 나와 함 께 교회 나가기를 그만두면서 하는 말이,

"손을 비벼야 기도허는 맛이 나는디, 교회 기도는 재미가 영 없

드만."

밤실댁이나 나나 아무래도 교회는 취미에 맞지 않았던 모양이
다. 교회를 그만두고는 부뚜막의 조왕신한테 마음놓고 손을 비볐
다. 조왕신이나 성주신이 천당에 가게 해준다는 말은 못 들었고, 교
회를 안 다니면 지옥에 간다는 말은 들었으니, 천당을 갈지 지옥을
갈지 마음에 좀 걸려서 은하수 건너 남편한테 물었다.

"어이, 자네가 이승서 넘 못헐 일을 한번이라도 했는가, 안했는
가?"

생각이 잘 나지 않는다 했더니,

"그러면 자네는 정해진 바가 없네."

이승에서도 늘 나를 약올리며 즐거워하던 남편이 저승에서도 하
나도 변하지 않은 것 같기는 한데, 그것이 좋은 일인지 나쁜 일인
지는 판단이 얼른 서지 않았다. 놀려먹기 좋은 나 오기만 기다리
는 남편 있는 쪽으로 가지 말고 다른 곳으로 새버릴까, 해찰을 하
는 동안 바람이 불고 비가 오고 구름이 흐르고 해가 나고 해가 지
고 달이 뜨고 달이 졌다. 적막한 빈집에서 빗장이 질러진 안방 시
렁에 올라앉아 있던 대바구니가 방바닥으로 코콩, 하고 떨어져 내
린다. 집이 심심해 죽겠다고 한번 살짝 몸을 떨어서 생긴 일이다.
아이들은 시렁에 그 대바구니가 있는지 없는지도 눈치채지 못하고
서 서둘러 떠났다. 알았어도 지금 세상에서는 쓸데없는 것이라 내
버려뒀거나 아니면 내 옷가지를 그리했듯이 불살라버렸을지 모른
다. 그러니 오히려 아이들이 눈치채지 못한 것이 잘된 일이다. 심심
해서 몸을 떨어도 소리나는 것이 남아 있지 않으면 집은 심심함에

지쳐 금방 쓰러져버릴 것이므로.

가을 지나 겨울 초입에 아이들이 사십구재를 지낸답시고 내 육신이 묻힌 곳에 왔다가 심심해 죽을 지경인 집에 들렀다. 이장이 큰아들을 붙잡고 집을 어떻게 할 거냐고 물었다.

"어이, 만택이, 누가 와서 이 집을 팔라고 허는 사람도 있고, 빈집으로 놔두면 암만해도 집이 상헐 것인데, 팔 것인지 허물 것인지 결정을 허는 것이 좋을 것이네."

아이들이 두세두세 집 문제를 두고 회의를 했다. 둘째아들 영택이가 자기는 모르겠다고 형이 알아서 하라고 하자 셋째아들 순택이도 고개를 끄덕였고 첫째딸 정순이도, 막내딸 미순이도 혹은 뾰로통하게, 혹은 무덤덤하게 큰오빠가 알아서 하라고 했다.

"그러면 집은 팔지 않고 놔뒀다가 나중에 내가 와서 살아야겠다아."

큰아들 만택이가 실은 자기도 어떻게 해야 할지 모르겠다는 표정으로 말했다. 그러고 나서 아이들은 또 뿔뿔이 흩어졌다. 우리 윗집 한강쟁이댁네도, 오류골댁네도, 살푸쟁이댁네도, 다 나중에 아들들이 와서 살겠다고 하는 빈집이고 이제 우리집이 그렇게 되었다. 맨 먼저 쓰러진 건 한강쟁이댁네다. 한강쟁이댁 집은 하도 심심해 몸을 떨어봤지만, 그 어떤 소리나는 것도 움직이는 것도 없어 할 수 없이 제 몸을 바수었다. 바스락, 바스락, 불불불불, 치르르치르르, 한강쟁이댁 집은 제 몸 갉아먹는 재미로 이승 햇수로 삼년을 버티다 마지막에는 제 몸에서도 더이상 소리낼 것도, 움직일 것도 남아나지 않게 되어서 눈 많이 오던 어느 하룻밤을 택해 폭삭 땅으로 꺼져버렸다.

겨울 지나 봄이 되자, 앞집 사는 백세할멈이 아무도 없는 틈을 타 한번씩 내 집으로 왔다. 백세할멈은 팔십에 한번 깜빡 저승길 초입까지 왔다가 돌아가서는 반귀신으로 산 지 이십년째다. 할멈은 거미줄이 걸리는 마당을 휘적휘적 기어와서 뜰방으로 올라섰다. 그러곤 발을 탕탕 구르며,

"만택아아."

서울 용산에서 식당을 하는 만택이가 대답을 할 리 없다. 할멈은 다소 기가 죽었다.

"어이."

철컥, 방문을 연다. 서늘한 냉기뿐이다. 아랑곳없이 할멈은 내 집 안방으로 쑥 들어왔다. 나는 어떻게든지 할멈을 맞아 뭐라도 입맛 다실 것을 내놓고 싶은 마음 간절하지만, 육신이 없으므로 그냥 지켜보는 수밖에 도리가 없다. 할멈이 방바닥에 철퍼덕 주저앉았다. 내 혼도 할멈을 마주 보고 앉았다.

"무수굴떠기, 어디 갔다가 인자 온가아?"

나는 흠칫 놀랐다.

"내가 뵈요?"

"훤허게 뵈제에."

"나 세상 떠난지는 아요?"

"무수굴떠기가 언제 죽었등가?"

"나 초상친 날 떡도 맛나게 묵어놓고는 그러요?"

"우리 아들이 그러는디 내가 요새 노망이 들었다고 허데."

말해놓고 할멈이 웃었다. 우리가 웃고 있는데, 밖에서 사람 발소리가 들렸다.

"어무니, 또 여가 와 기시요오?"

할멈의 아들이다.

"무수굴떠기가 맛난 것 내노면 그것 묵고 갈라고오."

"무수굴 아짐 돌아가신 지가 언젠디 어느 세월에 맛난 것을 가져온다고 그려어."

"말도 허고 웃기도 허는디야?"

"맛난 것은 집에 가서 묵기로 허고 빈집에서는 그만 나와요오."

아들이 어미를 업는다. 어미가 아들 등에서 아기처럼 들썩들썩 춤을 춘다. 맛난 것 먹을 욕심에. 내가 백살까지 살았으면 우리 만택이도 저리하고도 남았을 것이다. 이제 다시는 할멈의 아들처럼 할 수 없어 우리 만택이가 그리 슬피 울었다는 것을 나는 안다.

해동되고서부터 부쩍 총기가 없어진 할멈이 며칠 오지 않아서인가, 내 집이 드디어 바스락바스락 제 몸 갉아먹는 소리를 내기 시작했다. 아직은 이승사람이어도 반은 저승사람이라 집이 몸 떨어대는 소리를 할멈이 알아듣고 아들 내외가 다 일 나가고 없는 틈을 타 살금살금 내 집에 왔다.

"무수굴떠기 집이 바시라지네."

몸을 떨어대도 응답해줄 것이 남아나지 않아 결국 집이 절로 바스러지는 소리를 내지 않을 수 없게 된 것은 지난겨울 집에 들어왔다 나간 고물장수 탓이 컸다. 낮에 동네에 한번 왔다 간 고물장수는 아무도 모르게 밤에 다시 왔다. 그래서는 만택이가 질러놓은 빗장이란 빗장은 모조리 열어젖히고 부뚜막에 걸쳐진 솥단지며 찬장에 포개포개 올려놓은 스뎅 그릇이며 장독이며 화로에다 부젓가락까지 깡그리 실어내갔다. 그 통에 안방에 뒹굴던 살 빠진 대바구니가 고물장수 발길에 폭삭 찌그러졌다. 이제 우리집은 바람과 햇빛과 달빛과 별빛만이 들고나는 집이 되었다.

"어이, 올라며는 안즉도 멀었는가?"

"집이 혼자 애달프요."

"죽어 오지랖은 아무 쓸데가 없어. 이승사람들이 귀신 씨나락 까묵는다고 숭봐."

남편의 말에 귀신들이 와그작와그작 웃어젖혔다. 귀신들이 웃어젖히는 그 순간에 이승의 우리집 마당 한귀퉁이에서는 복사꽃이 화들짝 피어났다. 꽃이 피어나도 꽃 피었다고 좋아라 해주는 사람 없어 더 외로웠던지, 집이 유난히 몸을 떨어대던 어느날 저녁 무렵, 부부로 보이는 두 사람이 트럭에서 내려 우리집 언덕길을 자박자박 걸어들어왔다.

"복사꽃 환한 것 좀 봐, 꿈속 같애."

백세할멈 말고는 사람 훈기를 맡을 수 없어서 몸을 바스스 떨어대던 집도 젊은 남녀가 들어서자마자 꿈꾸듯이 조용해졌다. 아, 혼자 남은 집 걱정은 안해도 되겠구나, 이제는 안심하고 황천길을 가자, 하고 막 돌아서서 몇걸음 떼지 않았는데, 젊은 아낙 울음소리가 들렸다. 저승에서 한 발짝 몇걸음이 이승에서 달이 몇번을 떴다 지고 해가 몇번을 지고 뜨는 동안임을 이승사람들이 알런가는 모르겠다. 그런 것은 몰라도 울음 우는 사람 속은 누가 알아줄런가, 애달픈 마음에 나는 아직 달 뜨면 달빛으로 해 뜨면 햇빛으로 내가 살던 집에서 그리 멀지 않은 구천을 헤매는 중이다.

"인자 까묵을 씨나락도 동나겠네, 동나겠어."

은하수 건너참에서 남편은 여전히 투덜거린다. 그 소리에 귀신들이 와그르르 웃는 속에, 속없는 귀신들이야 그러거나 말거나, 나는 아낙의 울음소리에 바짝 귀를 모두었다.

영희 화났다

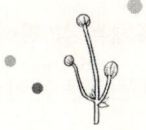

동네가 재개발된다고 해서 속없이 좋아라 한 지 일년도 안돼 철수와 영희는 자신들의 생활터전인 재개발구역에서 쫓겨나고 말았다. 건물주인이 세입자들 모르게 벌써 개발업자에게 건물을 팔아버렸다는 사실은 다 쫓겨나게 생겨서야 알았다. 유일한 생계수단인 가게가 철거되고, 개업할 때 물고 들어온 권리금과 시설투자금은 그대로 날리고 숱한 대거리질과 욕설과 싸움과 하소연 끝에 손에 받아쥔 보상금은 말 그대로 이사비용에 불과했다. 철수와 영희는 그렇게 '길바닥'에 나앉았다. 자신이 왜 재개발에 좋아라 박수를 쳤는지 기가 막혀서 철수는 수시로 자살충동을 느꼈다. 그럴 때마다 철수는 악을 썼다.

"내가 즈그들한테 뭣을 잘못했냐고오. 내가 뭣을 잘못했는데 나를 즈그들 맘대로 쫓아내냐고오.”

동생이 사고를 일으키거나 어이없게 죽는 일이 생길까 두려워 철수 누나가 트럭을 빌려줬다. 철수는 하루아침에 횟집 사장에서 건어물 행상이 되었다. 문제는 살 집이 없는 것이었다. 할 수 없이 철수와 영희는 근교 시골동네를 돌아다녀보기로 했다. 마침 어디선가 요새 시골집들은 돈 안 주고도 살 수 있는 데가 있다더라는 말을 들은 참이었다. 아예 돈을 안 주고 살 마음은 없었지만, 돈을 안 주고 살 수 있는 집을 기대하는 마음 또한 없지 않았다. 그 마음으로 시골동네를 돌아다녀봤지만, 그러나 돈을 안 주고 살 수 있는 집은 집이라기보다 거의 폐가에 가까운 것들이었고 사람이 살 수 있는 집은 세를 놓지 않거나 세를 놓더라도 자신들 형편으로는 부담이 됐다. 세간을 들여놓고 날 어두워지면 세 식구가 깃들일 수 있는 거처를 마련하는 게 참으로 어려운 일이 되어가고 있다는 두려움에 부부는 문득문득 진저리를 쳤다. 종일 매운 봄바람을 맞으며 시골동네들을 돌아다니다가 그 집을 발견한 것도 그렇게 진저리나는 나날 중의 어느 하루였다.

처음에 영희가 이 집을 그냥 지나치지 못한 것은 순전히 꽃 때문이었다. 살 집을 찾아헤매던 그 봄날의 저녁참에, 마을 앞을 지나가는데 언덕 위에 선 집에서 번져나오는 복사꽃의 분홍빛이 먼 데서도 자기를 부르는 것만 같았다. 당신들도 살 집이 없어 외롭지요? 내가 사는 이 집도 외롭답니다. 나는 이렇게 어여쁜데 봐줄 사람 없어 외롭고, 나를 보고 행복해하는 사람 없어 외롭지요. 복사꽃의 분홍빛이 그렇게 말하고 있다고, 그렇게 말하고 있으면 좋겠다고

생각하면서 영희는 그냥 가자는 철수를 기어코 이 집 쪽으로 돌려
세웠다.

"꽃이 예쁘잖아. 근데 어쩐지 집이 외로워 보여."

"하여튼지 외로운 것 디지게 좋아해."

"무념무상한데 무슨 말을 해."

인간이 가진 다양한 감정 중에 몇가지가 결핍된 것 같은 철수를
두고 영희는 좋을 때는 명경지수라 하고 좋지 않을 때는 무념무상
이라 한다. 명경지수든 무념무상이든, 그래도 상황이 다급한지라
철수도 나름으로는 빈집이면 좋겠는데…… 빈집이면…… 하면서
들어오다가 왈칵 끼치는 빈집 냄새에 반가워서 그만,

"빈집인가보다."

외치고 말았다.

"여보, 이 집은 입식을 안했나봐. 아궁이도 있어."

영희가 소곤거렸다.

가만가만 집 구석구석을 살피던 철수가 다가와서,

"솥은 사다 걸면 되겠다."

"솥에다 물 데워 목욕하면 좋겠다, 그지이?"

영희가 코맹맹이 소리를 냈다.

어둠이 마당 가득 들어차고 있었다. 두 사람은 마루에 걸터앉아
어둠이 차오르는 마당을 지긋이 바라보았다. 그 모양새가 들일 끝
내고 와서 오래 산 자기 집 마루에 노곤한 몸을 부리고 앉은 사람
들 영락없다.

"우리집 같다, 흐흐."

철수가 불량스럽게 웃었다.

"우리집이면 좋겠다, 크크."

영희는 장난스럽게 웃었다. 영희는 어지간히 지쳐 있었다. 몸도 지치고 마음도 지쳤다. 시누이집에 맡겨놓은 아이가, 엄마 언제 우리집 가? 할 때마다 가슴이 무너져내렸다.

"여기서 살아버릴까?"

영희가 눈을 찡긋했다.

"주인이 있을 텐데?"

철수의 반문 같은 대답이다. 지치기는 철수라고 다르지 않았다. 둘은 생계용으로 쓰다 졸지에 이삿짐차가 돼버린 트럭 짐칸을 바라보았다. 당장에 비닐을 벗기고 짐을 내리고 싶었다. 날은 금방 어두워졌다.

"저 집에 가서 물어보자."

둘은 반짝하고 불이 들어온 앞집으로 갔다. 한데로 난 아궁이 앞에서 거의 참선하는 표정으로 앉아 스티로폼, 플라스틱 막걸리통, 비닐 같은 쓰레기를 태우던 집주인인 듯한 남자가, 꼭 아는 사람이 들어오기라도 한 것처럼 반색을 한다.

"뉘신지……"

"윗집이 좋아서 들어와본 사람입니다."

"집은, 좋지요. 윗집 지을 때 내가 열살이었는데, 똑똑히 기억납니다. 이 집 다 짓고 나서 가려는 목수를 내가 우리집도 지어주고 가라고 붙잡고 통곡을 하는 통에 결국 우리집도 마저 지어주고 갔지요."

"아 예, 그러셨군요. 그러면 못해도 삼사십년은 되었겠네요?"

"내가 육십이니 오십년이지."

영희는 날은 어두워지고 몸도 힘든데 남자들의 한담이 길어질 조짐이 보이는 것에 마음이 조급해져서,

"사실은 저희가 윗집에 들어와 살고 싶어서……"

"살고 싶으면 사는 거지요 뭐."

기대도 안했는데, 하도 선선해서 영희는 깜짝 놀랐다.

"아저씨가 주인이세요?"

"주인은 아니지만…… 잠깐 지다려봐요이. 내가 집주인 연결해 줄 테니까는. 말이 안 있소이, 말만 잘하믄…… 자다가도 떡을 얻어 묵는다는 이…… 이, 만택인가? 자네 집에 누가 왔어. 살겠다고. 보매는, 사람들이 점잖고, 좋아, 아조. 어쩔란가? 전화 바꿔줌세이."

매콤한 쓰레기 연기가 저녁하늘로 올라가는 것을 지켜보며 부부는 바짝 긴장했다. 철수가 전화를 건네받았다.

"저, 사실은 내가 가서 살 집이기는 헌데…… 허어 참, 어떡해야 좋으까이. 꼭 우리집에서 살고 싶어요?"

전화로 듣기에도 목소리가 선해서 우선 마음이 놓인다.

"예, 꽃은 예쁜데 집이 외로워 보인다고, 집사람이 자꾸……"

말을 해놓고 보니 아차, 실없는 소리를 했구나 하고 마음이 졸여졌다.

"꽃이라고요? 우리집에 꽃이 있었던가양? 하여간, 언제까지 살으실지는 몰라도 꽃이 이뿌다며는, 살으야지요 뭐."

갑자기 눈물이 나올 뻔했다. 무슨 세상에 이런 집주인이 있나.

"집세는……"

"세는 무슨. 그쪽에서 세를 받으시야지."

"저희가요?"

"집 지켜주잖애요."

그렇게 해서 철수와 영희는 그들의 소망대로 이곳 진평리에 돈 안 주고도 살 수 있는 거처를 마련하게 되었다. 집을 대충 청소하고 이사 들어와서 솥단지를 새로 사다 걸고, 꽃이 예쁘다면 살라고 한 주인이 살기 편리하게 고쳐 쓰라는 허락을 해준 덕에, 부엌에 수도를 가설해서 반입식 부엌도 만들고 도배장판 하느라고 핀 꽃 지고 새잎 돋는 줄도 몰랐다. 그렇게 정신없이 봄 한철을 보내고 난 초여름 새벽에 부부는 어디선가 들려오는 와그르르, 와그르르르, 다갈다갈다갈, 쿠웅쿵 하는 소리에 잠이 깼다. 세살배기 아들 복주가 잠결에도 무쩌워 무쩌워 하며 영희 품으로 파고들었다. 영희가 복주를 안은 채 벌떡 일어나 앉았다.

"어떡해, 여기도 철거하나봐!"

문을 열었다. 대번에 매캐한 먼지 냄새가 훅 끼쳐왔다. 먼지는 농로 건너 야산 아래 레미콘공장에서 나고 있었다. 이사 들어오고 며칠 안돼 진평리 근처에 채석장과 레미콘공장이 있다는 건 알았지만, 소리가 나거나 먼지가 일지는 않았다. 당장 갈 곳이 없으니 레미콘공장이 아니라 더한 것이 있다 해도 이사는 들어왔을 것이다. 한번 나기 시작한 굉음과 먼지는 하루, 이틀, 사흘이 지나도 멈추지 않았다. 마당 귀퉁이에 피어난 하얀 수국 꽃봉오리가 먼지를 뒤집어써서 회색으로 보였다. 검은 빛깔을 띨 정도로 반질반질 윤이 나던 마루에도 먼지가 허옇게 쌓였다. 불안하고 불편한 며칠이 지났다. 복주를 어린이집 차에 실어보내놓고 집 언덕길을 올라오는데 방송 소리가 났다.

"에에, 지난번 이장단, 농민회, 청년회 및 축산계, 작목반 등으로 꾸려진 유정면 환경오염시설 설치반대 대책위원회 회의에서 결정헌 대로 오늘은 돌공장 앞에 가서 항의를 허기로 헌 날입니다. 이 점 유념하셔서 출타허실 분들은 자제허시고 오늘 헐 일은 되도록 다음으로 미루시고 모정 앞으로 나와주시기를 바랍니다. 에에, 진평리, 평주리, 영산리, 봉현리 등 순양석재공장 피해 인접부락이서 데모를 허는 날입니다. 주민 여러분께서는 볼일들을 일찌거니 끝마치시고 모정 앞으로 모다들 나와주시기를 바랍니다. 이상입니다."

집앞 텃밭에서 베트남 며느리와 고추를 따다 말고 아랫집 아줌마가 인사를 한다. 처음에 영희가 복주에게, 아랫집 할머니한테 인사드려,라고 했더니 할머니 아니고 아줌마라고 혀, 해서 아줌마가 된 할머니다.

"애기 델다주고 온갑네?"

이사 들어오기 전에 대충 인사를 하긴 했지만, 영희는 동네사람 누가 인사를 해오면 왠지 부끄럽다. 그래도 화답은 해야겠기에,

"예에, 고추 많이 열렸어요?"

"많이 열면 뭣헌당가아, 한개를 못 묵겄는디이. 못 묵기만 허간디이, 시내 농산물 공판장서 유정면서 오는 것들은 사주들 안헌다네에. 독가리 씹힌다고오."

"아, 예에."

"썩을놈들이 기어코 즈그들 맘대로 공장을 돌려부네이. 그렇게 허지 말라고 애원을 했는디도오."

"애원을 해요?"

"원래는 레미콘공장이었는디, 허가도 안 받고 독 깨는 기계를 척 허니 들여놓고는 주민들 눈치 살살 봐감서 돌리더라고. 그래서 그 러지 말라고 애원을 헌 지가 한 달이 넘었어. 오늘 가서 아조 요절 을 내놔야 쓰겄구만. 복주엄마도 가야제."

"저, 저는, 일, 일이 있어서……"

"인자 복주네도 주민이잖여어. 언제까지 타관사람 모냥으로 살 거여어."

쑥스러워하는 영희 속을 들여다보기라도 한 것처럼 말한다. 살 갑게 대해주는 것은 좋으나, 타지사람인 영희에게는 좋은 것이 꼭 편한 것만은 아니다.

"오늘 복주 어린이집에서 생일잔치를 한다네요. 그래서 거기 가 봐야 할 것 같아서요."

"통닭 몇마리허고 음료수 몇병 밀어넣어주고 와아."

영희가 돈을 챙겨들고 집을 나서는데,

"한 집에 한 사람씩은 꼭 와야 헌게에."

먼지 묻은 고추 땜에 오만상을 찡그리며, 아랫집 아줌마가 오지 않으면 안될 것으로 쐐기를 박는다. 영희는 아랫집 아줌마의 오지 랖이 좀 무섭다는 생각을 하며 읍내 가는 버스를 탔다. 읍내로 나 가 아줌마 말대로 통닭 다섯 마리에 음료수 몇병을 넣어주고 엄마 간다고 입을 삐죽이는 복주를 뒤로하고 어린이집을 서둘러 나온 것이, 아무래도 아줌마 말이 켕기기는 켕겼던 모양이다. 장사하는 남편한테 갈까 말까, 오늘 쉬라고 했는데 정말 쉬어버릴까 어쩔까, 버스정류장 근처에서 한참을 고민한 것도 아줌마 때문이고, 그러다가 집으로 오는 버스를 타고 만 것도 아줌마 때문이었다. 아랫집 아줌마가 음식도 갖다주고 하면서 자기에게 살갑게 군 것이 아무래도 이럴 때 이런 식으로 써먹으려고 그런 것만 같아서 절로 실소가 나왔다.

'여차직하면 사람 꼼짝 못하게 가둬버리려고 말이여.'

버스에서 내리는데, 마침맞게 중굿중굿하니 돌공장을 향해 가는 사람들을 만났다. 농민회, 청년회는 경운기에 콤바인까지 몰고 나왔다.

"안녕하세요."

"우리가 시방 안녕을 허들 못혀어."

안녕하시냐고 인사한 것이 무색하여 그러잖아도 후텁텁한 얼굴이 붉게 달아오른다.

"가야제에, 가서 악을 써야제."

"가만 앉았으면 어디 살겄든가?"

"아, 들깻잎삭 하나를 못 묵겄어어, 어뜨케 문지가 쌓여싸서어."

"나는 엊저녁에 잠을 한숨도 못 잤네, 다갈다갈다갈다갈, 쿵쿵 허는 통에."

"엊저녁뿐이간디, 한 달 내내 그러제. 저것을 그대로 놔두면 우리가 몰라죽겄어어."

하나같이 똑같은 스타일로 바글바글 파마머리를 한 아줌마, 할머니 들이 뜨거운 볕 아래서 돌공장을 성토하는데, 오도가도 못하고 서 있을 수밖에 없다.

"복주엄마도 가야제에."

"예? 아 예에."

가슴이 덜컥 내려앉는다. 깜빡 잊어먹기라도 한 것처럼 영희는 화들짝 놀랐다. 마음은 뒷걸음질을 치고 싶으나 용기가 나지 않아 복주엄마 영희는 쭈볏쭈볏 돌공장 가동저지 시위대를 따라나설 수밖에 없었다. 때는 바야흐로 오뉴월 염천. 해는 절대로 어디로 갈 생각 없이 정확하게 돌공장을 향해 가는 사람들 머리 위에서만 끓어대는 것 같았다. 꼭 그런 것만 같다고 영희는 생각하며, 울고 싶은 마음으로 돌공장 앞으로 나아갔다. 진평리와 그 주변 마을인 평주리, 영산리, 봉현리 사람들이 돌공장 앞으로 모여들었다. 방송에서 들은 대로 돌공장과 인접한 피해지역 주민들이다. 악이라도 쓰겠다고 돌공장 앞까지 오긴 했으나, 막상 뭘 어떻게 해야 할지 모르겠다는 표정으로 다들 서성대기만 하다가, 다리가 아팠는지 여자들은 돌공장 정문 앞 아스팔트 바닥에 주저앉았다. 그런데 그것이 생각도 못한 일종의 연좌데모 형식이 되었다. 영희도 여자들 한 귀퉁이에 끼어앉았다. 대부분이 할머니들이고 그중 젊다는 축이 환갑 이쪽저쪽 나잇대의 아랫집 아줌마 또래였다. 젊다는 표현이 그리 어색하지 않은 삼사십대는 영희를 포함해 서너 명 정도다. 정면 길 건너편에는 푸른 비닐천막이 쳐져 있고 남자들은 모두 그 천막 안에 들어가 있었다.

'여자들은 뙤약볕 밑에 있는데 자기들은 그늘막에?'

시위하러 나온 중임에도 영희는 남자들의 꼴불견이 먼저 눈에 들어왔다. 그러면서 마음속으로는 계속, 내 집 내 가게 뺏길 때도 이러지 않았는데, 괜히 그놈의 복사꽃 때문에 낯선 동네에 홀려 들어와서 이 꼴이 뭔가, 되뇌었다. 조금 있으면 복주가 어린이집에서 돌아올 시간이다. 그 시간에 맞춰서 집에 가 있어야 한다. 영희는 틈을 보아 시위대열에서 빠져나와 집으로 줄행랑치리라 결심하고 말없이 앉아 있는 시위대 뒤쪽으로 슬금슬금 몸을 뺐다. 모두들 누가 일어나서 가자고만 하면 돌아갈 것 같은 표정으로 뙤약볕 아래의 고통을 인내하고 있는데, 더위에 양복을 빼입고 짙은 썬글라스를 쓰고서 아까부터 주민들 앞을 왔다갔다 하며 실실 웃음을 흘리고 있던 남자가,

"할머니들, 뭣한다고 이 뙤약볕 밑에 앉아 계시요이."

"문지 땜에 못살겠단 말이요. 그래서 나왔제에."

꽃무늬 몸뻬 할머니 목소리가 애원하듯 간절하다.

"그러면 못살겠다고 악을 써야제, 왜 가만히들 있으셔?"

"올 때는 그리야겠다고 했는디 막상 말이 안 나오요. 그런디, 집이는 누구요?"

"나요? 나 알아서 뭣할라고? 연애할라고?"

이제쯤 빠져나갈까 틈만 보고 있는데, 왠지 썬글라스 남자가 기분 나쁘다. 할머니들한테 반말을 쓰는 것도 그렇고 장난질하는 듯한 태도도 그렇다. 정문 앞에서 이 사단이 벌어져도 길 건너 그늘막의 남자들은 도통 햇빛 쪽으로 나와보지를 않는다. 썬글라스 남자가 왠지 기분 나쁜데 뭐라고 표현할 길을 찾지 못해서 그러는 것

이 틀림없는 꽃무늬 몸뻬 할머니가,

"남자들은 그짝이서 뭣들을 혀어."

"여가 허가받은 디모구역이라요."

"허가를 왜 거그다 받어어. 공장 앞에다 받어야지이."

"공장 앞으로는 공장이서 받아났다고 안 내준게 여그다 받았지라우."

"여그서 디모허면 누가 잡아가는 것이여, 뭣이여."

"하먼이라우, 잡아가지라우."

"오살, 뜨거 죽겄네."

잡혀갈까 겁났는지, 할머니가 슬그머니 일어나 그늘막 쪽으로 뒤뚱거리며 건너갔다. 몇사람이 할머니를 따라 일어났다. 그 통에 우연히 만들어진 연좌데모의 형식이 흐트러졌다. 그 순간을 노린 것일까. 어디에 숨어 있었는지 모를 덤프트럭 한대가 정문을 향해 질주해왔다. 적재함에는 바윗덩이가 가득 실려 있었다. 레미콘공장 건너편 산밑 채석장에서 실어온 것이다. 그 순간, 누구보다 먼저 할머니들이 덤프트럭 앞으로 달려나갔다.

"인자 돌 좀 고만 깨애!"

드디어 할머니들의 악이 터져나왔다.

운전석에서 기사가 고개를 쑥 내밀고,

"칵 갈아버릴까보다 그냥."

하고 끔찍하게 내뱉는다. 걷는 모양이 유독 어기적거리는 할머니가 나서서

"그려어, 나를 갈어부러어. 갈어부리랑게."

하고서 트럭 바퀴 밑으로 들어갔다. 여태 정문 안에서 주민들을 주시하고 있던 공장 남자들이 우르르 달려나와 할머니를 난짝 들어올려 길가 수풀로 던지듯이 패대기쳤다. 영희는 지금 제 눈앞에서 무슨 일이 벌어지는가 싶었다. 대개가 칠십팔십인 할머니들이 벌떼처럼 젊은 남자들에게 달려들었다. 오십육십 아줌마들은 '언니'들에 밀려 주춤거리고 삼십사십 여자들은 숫자 자체가 희박하고 이십 색시들은 씨가 말랐으므로, 주력부대는 자연스럽게 칠십팔십 대가 된 것이다. 썬글라스 남자가 공장 남자들에게서 할머니들을 떼어내며,

"이러면 영업방해로다가 현장체포감들이여어, 우리 언니들이 토옹 뭣을 몰라아."

희롱하듯 할머니들을 놀리는 것이 징그럽다.

마치 나들이라도 나온 것처럼 하얀 면티 위에 단추를 잠그지 않은 하와이풍 남방을 걸치고 챙 넓은 야외용 모자를 눌러쓴 남자가 할머니들 얼굴에 사진기를 들이댄다. 하와이남방의 지휘 아래 공장 남자들은 손쉽게 할머니들을 제압했고, 썬글라스 남자의 호위를 받으며 덤프트럭은 유유히 공장으로 들어갔다. 해는 뜨거운데 여자들은 허우적거리고, 그늘막 남자들이 그제야 어이, 그러지 말어, 말로 허랑게들, 말로, 배운 사람들이 점잖지 않게 왜들 그려어, 그야말로 속터지게 휘적휘적 길을 건너오는데, 이게 무슨 비극인지 희극인지 알 수가 없다. 그 순간, 목구멍 안이 불에 덴 듯 화끈거려서 어찌해볼 도리가 없었다. 무조건 내지르는 수밖에.

"아저씨, 아저씨는 진짜 누구예욧!"

"야, 저 아줌마도 좀 찍어줘라. 자기는 안 찍어준다고 서운한갑다."

하와이남방이 영희 얼굴에도 사진기를 들이댔다.

"사진기 치워욧!"

"아줌마 얼굴 이쁘니까 많이 찍어줘야지이."

토할 것 같다.

"야 이 나쁜놈아아아아아아아아!"

분노가 햇빛만큼이나 부글부글 타올라 영희는 견딜 수가 없었다. 마음은 여전히 울고 싶기만 했다. 썬글라스나 사진기 같은 '나쁜놈들'에게 화가 난 때문이기도 하지만, 내가 지금 여기서 왜 이러고 있나, 싶어서.

순수한 사람

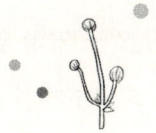

"아니, 세상에 뭔 그런 놈들이 다 있어?"

돌공장 가동저지 시위에 갔다 온 뒤로 영희는 잠자리에 들어서건, 밥상머리에 앉아서건 시도때도없이 대답 없는 질문을 해댄다. 새벽부터 들판을 건너오는 꾕음에 눈을 뜬 아침이라 왠지 밥맛도 없다. 철수는 아침부터 물에 밥을 말아 대충 후루룩 마시고 영희는 제 밥을 제쳐두고 복주에게만 밥을 먹인다.

"그래도 당신은 너무 나서지 마. 우린 외지사람이잖아."

"그야 그렇지만, 할머니들을 실실 약올리며 협박까지 하는데, 열불이 나더라고오."

"날씨가 더우니까 열이 나지."

철수 말에 영희는 고개를 끄덕인다. 맞다고, 자신이 순간적으로 분노가 치솟았던 것은 단지 날씨가 너무 더웠기 때문이라고. 그 몹쓸 햇빛 때문이었다고.

여느때와 마찬가지로 아이를 읍내 어린이집에 내려주고 둘은 시내로 들어갔다. 철수는 시장 입구 약국 옆 골목에 차를 세우고 장사를 하고, 영희는 시누이의 한복집에서 일도 배우고 거들었다. 그러다 철수와 점심을 먹은 다음 영희가 먼저 버스를 타고 읍내 어린이집에 들러 아이를 데려오든가, 영희가 들르지 않으면 오후 서너시쯤에 어린이집 차가 아이를 집앞 큰길까지 실어다준다. 시누이에게서 한복 일을 다 배우고 나면 집에서도 일할 수 있어서 좋을 것 같았다. 둘이서 그렇게 열심히 일하고 돈 벌어서 다시 시내에다 작은 아파트라도 장만하고 남들 보내는 만큼은 아니라도 아이 태권도학원 정도는 보내고, 부자로는 못 살아도 빚은 안 지고 살면 영희는 만족스러울 것 같았다. 시누이가 그랬다.

"자본 없는 사람이 안 죽고 살라면 기술이 있어야 혀."

지금, 자본이 없는 영희는 '안 죽고 살려고' 기술을 익히는 중이다.

"형님, 저 왔어요."

"그래애."

시누이 눈초리가 샐쭉하다. 아이 생일잔치 한다고 빠지고, 돌공장 데모하러 간다고 빠진 때문이리라.

"생일잔치 하는 데 안 가면 애가 울 것 같아서."

"복주한테 간 것 갖고 내가 뭐라 그러는 것 아니고오."

철수와 영희가 결혼한 지 십년 만에 생긴 아이라 시누이도 복주는 귀히 여긴다.

"돌공장 데모를 간 것은 언제까지 외지인으로 살 거냐고 눈치를 해서…… 성의는 보여야겠기에……"

"꼭 가야 할 곳 같으면 가야지마는, 거시기한다고 빠지고 머시기 한다고 빠지면 일은 언제 배울라고 그려어."

횟집 할 때, 구청 문화센터에서 하는 '시인교실'에 좀 다녀보려다가 시가 밥 먹여주느냐는 시누이의 잔소리에 포기한 적이 있다. 그때처럼 시누이에게 싫은 소리를 들으니 기분이 별로 좋지 않지만, 지금은 어쩔 수 없다.

"죄송해요."

반나절 동안 시무룩하게 저고리 한 벌을 겨우 만들어내고 일어섰다. 영희가 만들어낸 저고리를 짯짯이 보고 난 시누이가 잘못됐다,는 냉정한 한마디로 짝짝 뜯어버렸다. 눈물이 왈칵 샘솟아 그대로 한복집을 나와 철수에게 갔다. 철수는 컵라면 두 개에 물을 붓고 있었다.

"점심 먹어야지."

"안 먹어."

횡 하고 버스정류장으로 와서 집에 오는 버스를 타고 말았다. 영희가 버스에서 내려 터벅터벅 농로를 따라 걸어오는데, 공교롭게 또 데모 나가는 사람들과 마주치고 말았다.

"아이고, 복주어매 오네."

인사를 하고 싶은 마음이 별로 없으나 그래도,

"예에, 오늘은 몸이 좀 안 좋아서……"

몸이 안 좋다는 말로 차단해보려 했으나,

"어젯밤에는 자네 가불고 나서 어뜨케나 힘이 쏙 빠지든지이."

"애 땜에 할 수 없이…… 미안했어요."

미안하긴 뭐가 미안하단 말인가. 어제는 어떻게 해볼 수가 없어서 어린이집 운전기사에게 전화를 해서 아이를 돌공장 앞에 내려달라고 부탁했다. 돌공장에서 내린 아이는 어리둥절해하다가 이내 할머니들을 따라서 발을 탕탕 굴렀다. 할머니들이 돌공장 나쁜놈들아, 외치니까 저도 따라서 독꽁장 나빠, 독꽁장 나빠, 해서 애까지 이게 뭔 짓인가 싶어 시위대를 억지로 빠져나왔다.

"그놈이 말여, 읍내 형사라등마안."

"누구우……"

"꺼먼 라이방 쓴 놈 말여어."

"예에?"

놀라고 말았다. 놀랍긴 하지만 아차, 싶다. 반응을 보이면 안되는데.

"사진기 든 놈은 독공장 사장 동생이고 말여."

이젠 놀라지도 말아야지. 그저 고개만 끄덕였다.

"얼른 가세에. 오늘은 그냥 가서 작살을 내부러야제에."

어떻게 몸을 뺄 틈도 없이 영희는 할머니들에게 꼼짝없이 낚이고 말았다.

영희는 어제와 같이 오늘도 밥상머리에서,

"지렁이도 잡으면 꿈틀하잖아."

"잡으면이 아니고 밟으면."

"잡건 밟건, 내 말은 꿈틀한다고오."

"꿈틀하건 말건, 법적으로 하자 없으면 이쪽이 불법이여어."

"무슨 소리여어. 공장이 불법이래애."

"불법으로 공장 가동을 해?"

"웅."

"왜 그래?"

"몰라."

"불법이건 합법이건, 이제 그만 가아, 알았지?"

영희는 철수의 채근에 대답을 못하고 우물거렸다.

"당신이 계속 돌공장 일에 휘말리면……"

다른 곳으로 이사를 가야겠다는 말은 차마 하지 못한다.

"눈앞에서 할머니들이 당하는 것을 보니, 나도 모르게 악이 나오더라고오."

철수가 이마를 찡그리며,

"하여간 나쁜놈들의 세상이야아. 공장이 불법이면, 공장 가서 데모를 헐 것이 아니고 관청을 가야겠구만."

"그 말 해주까아?"

"알아서들 하겠지 뭐어."

"하긴."

남편의 무기력이 마음에 들지는 않지만 심기를 건드리고 싶지 않아 입을 다물고 막 밥상을 물리려는 참인데,

"계십니까?"

육십은 넘고 칠십은 안된 초로의 마을 이장이 찾아왔다. 외지인

이란 게 사실, 늘 마을사람 대하는 게 그리 편안하지만은 않다. 약간의 긴장 속에서 엉거주춤 일어나 이장을 맞이했다.

"일어나지 마시고, 자시던 밥 마저 자시지요."

철수가 이장 말투 따라서,

"다 먹었습니다."

점잖게 대꾸한다. 밥상을 물리고 커피를 내왔다. 커피를 달게 마시며 이장이,

"우리 같은 나이먹은 무지렁이들은 오늘내일 허다가 가불면 그만 아닙니까. 그런디 농촌을 이어가려는 갸륵한 뜻을 품고 귀농을 하는 사람들이 더러 있습디다. 다들 배운 사람들이드만요. 우리 새끼들은 배우들 못해서 귀농 생각도 안해요. 다들 굶어죽어도 도시 언저리 살라고만 허제."

무슨 말인가를 하려고는 하는데 어떻게 말을 꺼내야 할지 몰라서 서두가 길어지는 것이 틀림없다. 지루함을 견디지 못한 철수가,

"제가 바빠서……"

"시골 좋다고 와서는 어디 전원생활이나 즐길라고 허는 돈 많은 사람들을 많이 봤는디, 그런 사람들을 우리 마을은 환영을 안해요. 일례를 들어서 이 집도 도시사람이 와서 사겠다고 허는 것을 돈냄새만 펄펄 풍기는 사람 같아 쥔한테 소개를 안해부렀습니다. 그런디 이렇게 착실헌 사람들이 들어와서 이장으로서도 아조 마음이 좋습니다."

우리가 가난해서 환영한다는 것인가. 철수 표정이 일그러진다.

"특별한 용건이 없으시면 저 먼저 일어날랍니다."

발작적으로 트럭 시동을 걸고는 순식간에 언덕 밑으로 내닫고 말았다. 결국 이장을 상대하는 건 영희 몫이 되었다.

"내가 본의 아니게 실례를 했는갑네요. 아침부터 와서 뭘 부탁한다는 게 미안해서 뜻하지 아니허게 장광설을 늘어놓고 말았습니다."

"........."

"다름이 아니고오, 아주머니, 이것을 좀 봐주실랍니까?"

이장이 주섬주섬 내놓은 종이를 가만 들여다보는데, 공문서는 공문서 같은데 무슨 내용인지 전혀 감을 잡지 못하겠다.

"한번 자세히 읽어봐주십시오."

이장이 손으로 짚어주는 곳을 따라 눈으로 읽어내려갔다.

'군민이 주인되는 살맛나는 순양 건설'

순 양 군

수신자: 전남 순양군 유정면 진평리 산 15번지 순양석재산업(주)
　　　　대표 김수철
제　목: 업종변경(업종추가) 승인신청서 반려

1. ·········

2. ·········

3. 순양석재산업(주)은 공장부지의 사용권한이 없기 때문에

업종변경 승인이 불가하여 민원사무처리에 관한 법률 시행령 제15조에 의거 신청서류 일체를 반려하오니 관련법에 의한 요건을 갖추어 신청하시기 바랍니다.

　4. 또한 상기 신청장소에 순양석재산업(주) 명의로 비금속 광물 분쇄물 생산업을 신청할 경우에는 공장신설 승인사항으로 다음과 같은 요건을 갖추어 신청하시면 적극적으로 검토코자 함을 알려드립니다.

　가. 동 업종의 생산활동에 지장이 없도록 부지 확보가 선행되어야 함

　나. 국토계획 및 이용에 관한 법률에 의한 용도지역상 비금속광물 분쇄물 생산업종의 입지가 가능한 지역이어야 하며

　다. 건축물(공작물)의 설치가 가능한 지역이어야 합니다.

다음 장도 무슨 내용인지는 모르지만 비슷한 것 같다.

'군민이 주인되는 살맛나는 순양 건설'

순 양 군

수신자: 전남 순양군 유정면 진평리 산 15번지 순양석재산업(주)
　　　 대표 김수철

제 목: 업종변경(업종추가) 승인신청서 반려

1. ·········

2. ·········

3. ·········

4. 대안

현재 관리지역 세분화를 위한 용도지역 변경절차를 진행중
에 있으므로 용도지역 변경완료 후 관련행위가 가능하다는 관
련부서(도시과) 의견이 있으므로 향후 용도지역 변경완료 등
공작물 설치요건이 충족된 후에 재신청하시기 바랍니다.

5. 본 행정처분에 이의가 있을 때에는 처분 통보일로부터 90
일 이내에 행정심판 청구 및 행정소송을 제기할 수 있음을 알
려드립니다. 끝.

다 읽고 나서 영희는 이장을 바라보았다. 무슨 내용인지 감을 못
잡겠는데요,가 아니라 잘 모르겠는 이런 문건을 왜 저한테 가져오
셨는지,라고 묻고 있다는 것을 아는지 모르는지,

"군민이 주인되는 살맛나는 순양? 참 웃기는 이야깁니다. 원래
는 거그가 레미콘공장이었거든요. 그런데에, 야들이 거그를 인수
해서는 주민들 몰래 크락샤를 들였다고."

"크락샤요?"

"돌 깨는 기계를 이르는 건데, 허가를 받지 않고 설치부터 해놓

고 승인을 해도라고 신청을 했단 말입니다. 그런데 군에서 거가 농림지역이라고 승인을 안 내줬어. 그러고는 끝에다가 승인을 받을라면 이러저러 해라, 갈쳐줬어. 이의가 있으면 행정심판을 청구허라는 것까지 갈쳐줘논게 이놈들이 행정심판을 청구했다 이 말입니다. 이것이 바로 그것이여."

또다른 문서를 내보인다.

전 라 남 도 행 정 심 판 위 원 회

1. ………

2. ………

3. 소결론

따라서 피청구인의 이 사건 불허가 사유는 국토의계획및이용에관한법률 및 순양군 도시계획조례의 용도지역 안에서 행위제한에 저촉된다는 사유였으나, 이 사건 공장부지가 1988. 12. 13 중소기업창업지원법에 의거 (주)한신산업이 중소기업창업계획승인을 받았고 1994. 1. 20 창업계획 변경승인을 받아 공장부지를 확장하여 레미콘시설 제조시설 및 부대시설을 갖추어 공장을 운영한 사실이 있으며 공장부지 전면적이 공장용지로 등록전환되었는데도 농림지역으로 관리되고 있는 사실 등을 확인할 수 있으므로 구 국토이용관리법의 폐지에 따라 용도지역이 변경될 경우 현실에 맞도록 용도변경을 하여야

할 것임에도 피청구인이 용도지역 행위제한에 저촉된다는 사유로 반려처분한 이 사건 행정처분은 재량권을 남용한 부당한 처분이라 할 것이다.

4. 결론

그렇다면 청구인의 청구는 이유 있다고 인정되므로 이를 인용하기로 하여 주문과 같이 재결한다.

"다시 1번으로 돌아가서이."

손으로 짚어준다.

1. 귀 기관을 피청구인으로 하여 제기된 행정심판 청구사건에 대하여 2008년도 제2차 전라남도행정심판위원회 의결내용에 따라 따로붙임과 같이 재결하고 행정심판법 제38조 제1항의 규정에 의거 재결서 정본을 송달합니다.

서류를 탁 접고 나서 이장이 땅이 꺼져라 한숨을 내쉰다.

"일이 이렇게 되어부렀습니다. 일천구백팔십몇년부터 레미콘공장 부지인디 왜, 어째서 농림지역으로 묶어놔서는 돌공장 허가를 안 내주냐, 해서 행정심판을 청구허니, 행정심판위원회에서 승인신청서를 받아줘라, 해가지고는 저것들이 공장을 돌려부렀다, 이 말입니다. 한마디로 돌공장이 행정심판에서 군을 이겨분 거여."

"잠깐만요."

"예, 기탄없이 말씀허십시오."

"제가 잘은 모르겠거든요. 근데 방금 이장님께서 승인신청서를 받아주라고 해가지고 돌공장이 가동을 해버렸다고 하셨잖아요."

"옳제."

"정말 잘은 모르겠지만, 이장님 말씀대로라면 도행정심판위원횐가 어디서 승인신청서를 받아주라고 했을 뿐이라는 말로 저는 들리거든요. 말하자면 승인을 해줘라가 아니라 승인신청서를 받아줘라,라는 거지요. 안 그런가요?"

"다시 한번만 말씀해보실랍니까?"

이장이 바짝 긴장하는 눈치다. 영희도 덩달아 가슴이 떨려왔다. 내가 왜 이렇게 똑똑하게 구는가 싶어서. 그런데 이상하다. 자기가 알고 느끼는 부분을 이장에게 말해주지 않으면 왠지 마음이 불편할 것 같다. 그래서 자신이 이해한 대로,

"말 그대로잖아요. 승인신청서를 받아줘라. 승인을 해주고 안해주고는 그다음 일이고요. 그런데 첫날 시위할 때 사람들한테서 공장이 불법이라고 제가 들은 것 같거든요. 불법가동이란, 말하자면 승인도 안 받고 가동한다는 뜻이니까, 군에서는 아직 승인을 안 내준 것이 분명하고, 행정심판위원회에서는 승인신청서를 받아주라는 심판을 내린 것뿐인데, 공장은 행정심판에서 이겼으니 승인을 받든 안 받든 우선 공장부터 돌리고 봤다는 거 아니에요?"

"하이고오, 그렇제에."

"하여간, 이장님 말씀 듣다보니까…… 제가 주제넘게……"

"아닙니다, 역시 아주머니가 순수허신 분이라 다르시구만요, 아

조."

　이장이 '순수한 사람'이라고 해서 마음이 오그라든다. 그때 마침, 여태 장난감을 온 방바닥에 쏟아부어놓고 말없이 놀고 있던 복주가, 엄마아, 부른다. 어린이집 갈 시간이 다 된 것 같은데 엄마가 챙겨주질 않으니 뭔가 이상했던 모양이다.

　"저어, 애 어린이집 차가 곧 올 시간이 돼서……"

　"아, 우리 어린이가 있었제에, 하아 참, 하납씨(할아버지)가 줄 것이 없네."

하고서 주머니에서 꾸깃꾸깃한 천원짜리 지폐를 꺼내 굳이 아이한테 주는 걸 영희가 억지로 말렸다.

　"서류들은 읽어보라고 나눠주시는 건가요?"

　"다는 아니고 뜻이 있고 열성이 있는 몇사람한테만 돌렸습니다. 첫날 보니, 아주머니가 참 순수허신 분 같아서 이렇게 염체 불구허고 와서 보니, 제 직관이 과히 틀리지는 않았던 것 같아 참 기쁩니다. 가장 핵심 뽀인트가 아주머니가 말씀허신 거기 있는 것임이 이제 확실해지는구만요, 허허."

하고 돌아가는 이장의 천진난만한 미소가 때마침 떠오른 아침햇살에 '순수하게' 빛났다.

영희는 싸우고 싶지 않았다

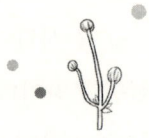

　한복을 '무자비하게' 뜯어버린 것을 사과한다고 시누이가 점심을 설렁탕으로 사줬다. 반주로 소주를 한잔하며 시누이가,

　"오늘 자네 올케 기일이지? 이거 제수용품 사는 데 보태써."

　시누이가 말 안해줬으면 자기도 깜빡할 뻔했다. 올케 제삿날을 기억해주는 것도 고마운데, 거기다 돈까지 주니 감격의 눈물이 솟구치려다가 문득 멈춘다. 지금은 결과적으로 허사가 되어버렸지만, 횟집을 열 때 시누이에게 돈을 빌리려 했으나 단호하게 거절당했다. 할 수 없이 친정 큰오빠가 보증을 서줘서 은행에서 융자를 받을 수 있었는데, 은행 융자금도 다 못 갚는 상황이 올 줄 미리 알고 시누이는 그때 그렇게 매정하게 굴었는지도 몰랐다. 보증인인 큰오빠가 불안해할까봐 전화를 걸었더니 오빠는,

"글안해도 불안해서 내가 갚아부렀다야."

살아보려고 도모했던 일이 오히려 삶의 짐이 되어버린 지금, 제 동생 철수가 미안해서 처갓집 행차를 못한다는 것을 시누이가 모르지 않을 것이다. 그래서 주는 돈일지도 모른다는 '의심'이 막 나오던 눈물도 멈추게 하니, 새삼스럽게 돈이 무섭긴 무섭다는 생각이 들지 않을 수가 없다.

"내가 시장바닥에서만 살다보니 모질어진 측면이 없지 않아 있어. 그러나아 다아 자네 야물어지라고 그런 것잉게, 너무 괘념치 말어어, 이?"

사돈네 제삿날을 기해 한껏 너그러워진 시누이를 먼저 보내고, 소주 몇잔에 기분이 풀어져서 여고동창, 설렁탕집 주인 종숙이를 붙잡고 수다를 좀 떨었다. 돈 없어서 시골 들어갔단 소리는 정말 하고 싶지 않아서, 전원생활을 해보겠다고 시골로 들어갔는데 돌공장 때문에 못살겠다고 했더니 종숙이,

"요새는 환경이 젤이야. 집은 좋은데 환경 안 좋으면 집값 떨어지겠다. 전원주택이라고 비싸게 샀을 거 아냐."

있지도 않은 전원주택 값이야 올라가든 떨어지든 알 바 아니지만, 그래서 좋다는 건지 나쁘다는 건지 알 수 없는 종숙의 묘한 표정이 왠지 얄밉다.

"우리집 아니거든."

"그럼 잘됐네, 빨랑 나와. 돌먼지가 얼마나 사람한테 안 좋은데. 복주는 아토피 없냐?"

중학생인 종숙의 애는 태어나서 지금까지 아토피로 고생을 한다.

"없어."

"시골 좋다고 들어가서 되레 아토피 걸린 애들 많어야. 요새 시골이 옛날 시골이 아녀어. 분리수거도 안하고 아무 쓰레기나 막 버리고 태우잖어어. 아주 그냥 다이옥신 천국이야아, 우리나라 시골이라는 게에."

"쓰레기는 태우더라."

"그니깐 나오라고오."

갈 데 없어 못 나온단 소리 또한 할 수 없어,

"근데, 너 그거 아냐?"

"뭐?"

"우리 마을 이장니임은 무슨 말 하기 미안해서 막 애먼 말을 헌다아."

"애먼 말?"

"응. 나도 횟집 했지마는 횟집에서는 본요리 나오기 전에 쯔끼다시가 나오잖아."

"니 말이 지금 쯔끼다시다."

"우리 마을 이장님이 딱 그짝이야아. 서두가 참 인간적으로 아름답더라고."

"그래서 이장의 쯔끼다시가 아름다워서 다이옥신 천국서 계속 살라고?"

"응."

"염병을 헌다아. 꼭 누구 같그만. 지 무덤을 지가 파요, 아주우."

"누구?"

"그 잘난 환경컨썰턴트. 띠동갑하고 결혼해서는 종노릇을 하고 산다, 지금. 아, 너희 동네 이장님한테 우리 오빠 소개시켜주면 쓰겠다. 환경문제 아녀어, 결론으은."

고등학교 다닐 때 종숙의 오빠 김종수한테 잠깐 시를 배운 적이 있다. 그때 그것이 발단이 되어 오늘날까지도 영희가 '시앓이'를 하고 산다는 것을 종수는 알까. 그 시선생이 지금 발음하기도 낯선 '환경컨썰턴트'라고 한다.

"환경컨썰턴트가 뭔 일을 하는데?"

"말을 하자면 환경에 관한 한 전문가란 말이지. 아까도 말했다시피 환경이 돈이 되는 세상이랑게. 환경 가지고 먹고사는 사람이 겁나게 많다더라."

영희는 종숙이 주는 환경컨썰턴트 종수의 전화번호가 적힌 종이를 주머니에 건성으로 받아넣고 철수에게 갔다.

"설렁탕 먹으니 기분 좋냐?"

영희가 아침에 싸준 도시락 속에 든 편지 때문에 정작 기분 좋은 건 철수다. 영희는 편지쓰기를 좋아한다. 이따금 '여성시대' 같은 라디오 프로에 글을 보낸 것이 당첨되어 맛듬기능이 있는 김치냉장고, 음이온이 뭔지는 모르겠지만 하여간 음이온정수기, 머릿결을 보호해주는 열이 나오는 헤어드라이어 같은 살림살이도 탔다. 돌공장 시위 때문에, 시누이 때문에 며칠간의 우울한 관계가 아닌 게아니라 오늘 시누이의 설렁탕 한 그릇과 '사랑의 편지'로 말끔히 해소된 것만 같다. 바로 그런 틈을 이용해야 한다는 걸 영희는 알고 있다.

"오늘 당신 처남댁 제삿날인 거 알지?"

"음."

"나 먼저 가 있을 테니까 복주 데리고 와."

조기는 너무 비싸서 못 사고 부세 몇마리와 과일 같은 제수용품을 사고 있는데, 누군가 등을 툭 친다. 아랫집 아줌마가 베트남 며느리의 부축을 받고 서 있다.

"어젯밤 늦게까지 우리가 공장 앞에서 촛불시위를 했거든."

"촛불시위요?"

"학생들이 허는 거 있잖어. 종이컵 씌워서 불 붙이는 거."

"근데 왜 발을 절룩이세요?"

"아, 그런디 그놈들이 우리를 와장창 미틀어불더라고오."

"그래서 다치신 거예요?"

"응, 그래서 시방 병원서 치료받고 오는 길이여어. 부상자가 한둘이 아녀어. 즈그들은 즈그 어매가 넘한테 못헐 일을 해서라도 돈 벌어야 쓴다고 갈쳤으까아?"

또 돌공장 이야기다.

"설마 그랬을라구요."

건성으로 대답한 것을 진지하게 받아들인 아줌마가,

"그러지 않고서야 어뜨케 그럴 수가 있느냔 말이여어. 복주어매 저녁에 촛불 들고 꼭 나오소이."

"오늘은 못 가요. 친정집에 제사가 있어서."

제사 있다는 걸 너무 당당하게 말했나. 뺨이 좀 달아오른다. 베트남 며느리가 바나나를 사가지고 와서 한 개를 건네며 수줍게 웃는다. 이름이 흐엉란이라고 아줌마는 그냥 란이라 한다.

"란이야, 복주어매한테 바나나 주지 마라. 촛불시위도 안 나올 건디 뭣이 이쁘다고 주냐."

아줌마가 농담으로 며느리를 야단친다.

"실은……"

"실은 뭐어?"

실은 우리 오빠가 '베트남 참전용사'라는 말을 하려다가 입을 다물었다. 시민운동가와 결혼한, 오빠의 잘난 딸 미란이가,

"이라크에 군대 보내는 건 옛날에 베트남에 보낸 거와 똑같애. 전쟁은 나쁜 건데, 그런 나쁜 전쟁에 왜 우리나라 군대가 가야 해?" 라고 말해서 저희 아빠를 슬프게 한 일이 생각났기 때문이다. 오빠는 딸의 그 말에 술을 왕창 먹고 영희에게 전화를 해서, 자신의 청춘이 다른 누구도 아닌 자식에게 부정당한 느낌이 들어 하염없이 슬프다고 했다. 그러면서 하는 말이,

"나는 다만 국익을 위해서 갔을 뿐인데 말여."

"오빠, 울지 말어요. 누가 뭐래도 나는 오빠 인정하니까."

"오냐, 고맙다. 맛난 것 사주께 오니라."

별말도 아닌, 인정한다는 말 한마디에 감격하는 마음 착한 오빠한테 가는 길은 늘 행복한 길이었는데, 지금은 그렇지 않다. 오빠네 현관문을 들어서니, 오빠가 앞치마를 두르고 한손엔 뒤집개를 들고서 맞아준다.

"오빠, 면목이 없어요."

"미안해할 것 없어. 느이 올케 살아 있으면 내가 그렇게 허고 싶

어도 못해."

　나이 차가 많이 나서 아버지 같은 오빠였다. 아버지 없는 집안의
가장으로 사느라고 오빠는 한번도 허튼 데 돈을 써본 적이 없다.
옷이건 신발이건 다 떨어질 때까지 새것을 사지 않았고 웬만한 거
리는 걸어다녔고 밥은 한 공기 이상을 먹지 않았고 잡기나 술 담배
도 하지 않았다. 그렇게 해서 만든 돈을 오빠는 동생 빚 갚는 데 썼
을 것이다. 오빠가 마누라 제사상에 놓겠다고 부친 생선전을 뒤적
여보다가 그예 눈물이 쏟아져서 방바닥에 주저앉아 울고 말았다.

　"느그 성이 차암 선량허게 살다 간 사람이다."

　"맞어."

　"아쉬운 것은 단 한 가지여. 넘 못헐 일 한 번을 안허고 산 사람
이 너무 빨리 간 것, 그것 한 가지가 나는 차암 억울혀."

　"맞어."

　"우리 어무니, 아부지도 느이 성도 느이들도 불량헌 사람들이 아
닌디……"

　"맞어."

　"에라이, 넘 못헐 일 안하고 살았으면 그걸로 되얐제, 뭐얼."

　오빠가 코끝이 빨간 채로 씨익 웃었다. 미란이 시민운동가 남편
하고 제 엄마 제사를 지내러 왔다. 아무리 기다려도 철수는 오지
않는다. 음복을 하면서 조카사위가 문득 물었다.

　"고모님, 시골생활은 어떠세요?"

　"뭐, 그냥 그렇지."

　"싸움다운 싸움 한번 못해보고 횟집 문을 닫은 게 아쉽긴 하지

만, 덕분에 시골생활 할 수 있어서 전화위복 같기도 하고."

조카사위가 그냥 처고모 위로 삼아 하는 말로 넘어가버려도 아무 문제 없을 것을 그만,

"속없는 소리 하지 말어. 요새 시골도 시끄러워 죽겠어, 아주우."

그렇게 해서 결국 그놈의 돌공장 이야기를 하고 말았다.

"아, 그래요? 그런 일이 있었어요? 그런 일이 있으면 시골사람들 자체 힘만으로는 힘들어요, 고모님. 단체 사람들하고 연계해서 주민들의 생존권, 주거권, 행복추구권, 환경권 문제로 이슈화되도록 각종 매체에 최대한 알려나가면서, 주민들 힘을 결집시키고 인허가권자인 관청과의 싸움도 준비해야 할 거예요. 그런데 지도부가 존재하나요? 대책위원회 위원장이 그만한 주민들 힘을 결집시킬 역량이 있는지가 가장 중요한데 어떨지 모르겠네요. 왜냐하면⋯⋯"

조카사위 강인섭의 눈이 초롱초롱 빛난다.

'아이고, 내가 괜한 말을 해가지고, 또 생각지도 않게 친정오빠 집에 와서까지 그놈의 돌공장 문제에 얽혀들고 있구나. 아닌게아니라 종숙이 말대로 그 동네를 떠나든지 해야지 원' 하다가 그만, '그럼 어디로 가지?' 깜깜한 절벽에 부닥치고 말았다. '사랑의 편지'까지 쓰는 성의도 보였고, 서로 기분도 풀어졌다고 생각했는데 착각이었던 것일까. 철수는 끝내 오지 않았다. 집에 그대로 돌아가면 싸움을 하게 될 것이 두려워 영희는 그만 과음을 하고 말았다.

"나는 정말 싸움 같은 거는 하고 싶지 않은 사람이야. 미란이도 알 거야. 이 고모가 그래도 왕년엔 시인이 되고 싶은 사람이었다는 거. 누가 시만 쓰고 살겠다고 하는 것도 아니고 시도 좀 쓰면서 살

겠다는데, 시 쓰고 살겠다고 하면 사람들이 막 조롱하고 비웃고 욕을 해. 먹고살기도 힘든데 무슨 놈의 시를 쓰냐고. 시도 못 쓰고 집 찾아 떠돌다가 발견한 게 그 집이야. 먼 데서 봐도 꽃빛이 너무 어여뻐, 그냥 갈 수가 없었어. 그래서 무작정 들어갔어. 아, 이런 집이라면 먹고살기 힘들어도 가끔 시도 생각하면서 살 수는 있겠구나. 근데 착각이었나봐. 시가 안 나와.”

“왜요?”

“그놈의 돌공장 땜에.”

자네 처고숙 김철수 때문이라고는 말할 수가 없다. 지금은 만만한 게 돌공장이다.

“싸우셔야겠네요. 고모님이 시를 쓰기 위해서라도. 암요.”

난 싸우고 싶지 않은데, 정말 아닌데…… 하다가 영희는 까무룩 잠이 들고 말았다.

거미와 참새와 벌

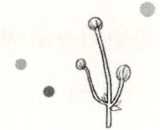

불도 켜지 않고 윗목에 쭈그리고 앉아 철수가 비장하게 물었다.

"우선 쓸 돈은 얼마나 남았어?"

"다행히 집값이 안 나가니까, 아직 여유는 있지 뭐."

"그래, 집값이 들어가면 쓸 돈이 없겠지. 그러나아."

그러나에 오금을 준다. 집값이 들더라도 다른 살 곳을 알아보겠다는 결의를 확실히 하기 위함일 거라는 짐작이 간다.

"패배의 경험이 당신 영혼을 좀먹어……"

조그맣게 한 소린데, 금방 알아들은 철수가 발끈한다.

"뭐, 뭐? 패배의 경험? 영혼을 좀먹어? 철없는 마누라야, 개 풀 뜯어먹는 소리 작작하고 내 말 진지하게 들어봐봐 좀. 처남한테 빚을 지고 사는 한, 나는 처남집에 못 가."

"괜찮……"

"내가 괜찮지 않아."

"그때, 싸웠으면……"

"지난일 그만 말해. 언제 한번이라도 세상이 없는 놈 편이 되어
준 적 있냐? 정부? 노조? 대책위? 세상천지에 믿을 데가 어디 있어.
결과적으로 순진한 놈들만 피 보는 거야."

가슴이 철렁했다. 사실은 며칠 전에, 시위현장에서 엉겁결에 메
가폰을 잡고 몇마디 한 것이 화근이 되어 대책위원장이 되어달라
는 주민들 요구를 받아들이고 말았기 때문이다. 대책위원장이 과
연 무엇을 하는 직책인지도 잘 알지 못하면서. 그래도 어찌됐든 대
책위원장이 되었으니, 한복집에 출근하는 것도 자주 빼먹고 있다.

밤인데도 희부옇게 떠다니는 먼지를 보니 사실 두렵기도 했다.
요새 복주 몸에 이상한 반점이 돋아났다가 사라지곤 하는 것도 심
상치 않게 느껴졌다. 주민들이 데모를 하면 공장측이 가동을 멈추
고 그러면 더이상 두려움에 떨지 않고 이곳에서 살면서 형편 풀릴
시간을 벌 수 있을 텐데, 그러나 어찌될지는 알 수 없었다.

"도대체 어디 가서 살아야 할지를 모르겠네에."

"돈 있으면 어디선들 못 살겠냐."

"돈 있어도 공해 심한 곳에서는 못 살지이."

철수가 아리송한 표정으로 슬쩍 영희를 돌아본다. '공해'라는 말
을 입에 올리기는 했어도 내가 언제부터 공해 타령을 했나, 딴에는
뜬금없기도 했다. 세상이 돈 때문에 미쳐가고 결국 자신들은 돈을
주인으로 모시는 세상에서 낙오자가 되어 시골 빈집으로 찾아들긴

했지만, 사실 영희는 이 집과 이 동네가 오래 산 고향처럼 편안했다. 왠지 이곳에서는 돈이 많이 없어도 살아질 것 같은 느낌이 들어서 그런지도 몰랐다.

"그래도 청정구역에서 돈 없이 사는 것보다 공해지역 사는 대신 돈 많이 주겠다고 하면 나는 돈 받고 공해지역 살란다 뭐."

청정구역이니 공해지역이니 하는 철수 특유의 투박한 어투는 언제 들어도 싫지 않지만, 그리고 그가 한 말이 농담일 거라고 여기기는 하지만,

"내가아 애초에 당신을 좋아했던 건, 당신이 돈 많아서가 아니고 당신의 그 맑은 눈 때문이었다는 건 당신도 알 거야. 그런데, 오늘날에 있어서, 이렇게 당신과 돈 때문에 힘든 것도 모자라 신경 거슬려가며 언쟁하는 게 정말 싫다."

"싫다고?"

"응, 싫어. 돈 때문에 형제간에 자유롭게 내왕 못하는 것도 싫고 돈 때문에 당신 영혼이 망가져가는 것도 싫고…… 다 싫어. 결국 우리를 내쫓은 것도 돈 많은 자들인데 당신도 또 공해지역 살아도 돈 많이 주면 좋다고, 그놈의 돈 돈 하니까, 가슴이 무너질 것만 같아."

"영혼이라…… 영혼 조오치."

오늘은 왠지 대화다운 대화가 이어지지 않아 마음이 산란해진다. 그럴 때는 그저 마음속으로 시나 외우는 수밖에.

'패배의 경험이 당신 영혼을 좀먹어……'

"손에 그것은 뭐냐?"

깜짝 놀라 그만,

"으응, 시이."

실토하고 말았다. 패배의 경험이 당신 영혼을 좀먹어 당신은 날로 쓸쓸해지고…… 내 눈물은 당신의 쓸쓸한 계곡으로 스며들지 못하네…… 헛되이, 헛되이……

라디오를 듣다가 흘러나오는 작자미상 시가 왠지 공감되는 바 있어, 따라적다가 소음 때문에 실패하고는 어떡하든 자신이 한번 완성해보리라, 저녁내 끙끙댔다.

"시이? 너 시 좋아하지 마라. 이 더러운 세상에 시는 무슨……"

차마 얼어죽을,까지는 못하고, 목소리를 착 내리깐다. 목소리를 까는 건 현실적인 이야기를 하겠다는 뜻이다.

"당분간 장사 접을 거야. 니미, 장사가 안돼. 낼부터 매형 따라 노가다 뛸 거야. 나주 영산강 쪽에 큰 공사가 있다더라. 사대강인가 뭔가. 돈 좀 모아서 새로 집을 얻든지, 이도저도 안되면 깊은 산골로 들어가 꿀벌 치고 살자, 작것."

이튿날 새벽같이 철수는 집을 나섰다. 남편이 매형 따라간 건 돈 때문이기도 하지만, 살갑게 굴지 못한 자신 탓도 크다는 자책감에 영희는 괴로웠다. 남편은 살아보려고 애쓰는데, 자기는 외지인 주제에 대책위원장씩이나 하는 감투까지 뒤집어쓰고 데모판에 휩쓸리지 않나, 사는 데 하등 쓰잘데없는 시나 끼적이지 않나, 남들은 돈 들여서도 배우는 한복을 자기는 공짜로 배우는데도 의욕을 내지도 않고…… 그래서 결국 남편이 고생을 하는구나 싶어 영 심란하다. 아이를 어린이집 차에 실어보내놓고 시누이 한복집에 갈 생각도 없이 마루에 넋놓고 앉아 있는데, 롤케이크 한 상자를 들고 이장이 터벅터벅 언덕길을 올라와서는 어색한 미소를 짓고 서 있다.

"위원장님."

"그냥 복주엄마라고 하세요."

"내가 부르고 자픈 대로 부를랍니다, 위원장님. 이것이 말입니다, 우리 아가 지난 설에 읍내 파리바게또에서 사가지고 와서 맛을 봤더니, 영양빵 비슷허니 먹을 만하더구만요. 이 집 애기 멕이면 좋을 듯해서…… 손이 부끄럽기는 하지마는 받아주십시오이. 아, 그러고……"

이장이 종이를 내민다. 이장이 내미는 종이를 보니 벌써부터 머리가 아파온다.

"이게 또 뭐래요?"

"나 원 참, 이것이 그러닝까 뭐이냐 하면, 소위 출석요구서랍니다."

출 석 요 구 서

이영희(진평리 180번지)

귀하에 대한 업무방해 피의사건에 관하여 문의할 일이 있으니 2008년 6월 18일 오전 10:00에 당서 수사과 지능범죄수사팀으로 출석하여주시기 바랍니다.

출석하실 때 반드시 이 출석요구서와 주민등록증(또는 운전면허증) 및 도장, 그리고 아래 증거자료와 기타 귀하가 필요하다고 생각하는 자료를 가지고 나오시기 바라며 이 사건과 관련하여 귀하가 전에 충분히 진술하지 못하였거나 새로이 주장하고 싶은 사항 및 조사가 필요하다고 생각되는 사항이 있으면 이를 정리한 진술서를 작성하여 가지고 나오시기 바랍니다.

지정된 일시에 출석할 수 없는 부득이한 사정이 있거나 이 출석요구서와 관련하여 궁금한 점이 있으면 지능범죄수사팀(T: 353 – 5112)에 연락하여 출석일시를 조정하시거나 궁금한 사항을 문의하시기 바랍니다.

정당한 이유 없이 출석요구에 응하지 아니하면 형사소송법의 규정에 따라 체포될 수 있습니다.

* 수사에 중대한 지장을 주지 않는 범위 내에서 선임된 변호사의 참여하에 조사를 받을 수 있으며 참여변호사는 법률적 조언을 할 수 있고 작성된 조서를 열람할 수 있습니다.

2008년 6월 15일
전남 순양경찰서
사법경찰관 경위 양순호
사건담당자 경위 양순호

지난 며칠새, 돌공장 가동저지 대책위에서 협상을 주장하던 청년회와 멜론, 딸기 작목반이 빠져나갔다. 작목반은 상대적으로 젊은 부부들이 많았다. 젊은 사람들이 대거 빠져나가자, 할머니와 할아버지 축만 남게 되었다. 자연, 시위대의 힘은 급격히 약해졌다. 젊은 사람들이 있을 때는 카랑카랑 쇳소리도 내곤 하던 할머니들도 이젠 악을 쓸 엄두를 내지 못했다. 한편에서는 공장을 염려하는 할머니도 있었다.

"이러다가 참말로 우리 따문에 공장 망허면 어떡혀어."

망하기는커녕 돌공장은 더욱 기세등등해졌다. 새벽부터 밤늦게까지 돌공장에서 나오는 소리들은 어디로 안착할 곳을 찾지 못해 들판을 헤매다가 인근 마을 사람들과 짐승들의 몸을 후려치고 마음을 찢어놓고 있었다. 새끼를 낳던 암소가 돌 깨는 굉음에 놀라 사산하고, 덤프트럭이 질주하는 농로에서 노인들이 소스라치게 놀라 논바닥으로 처박혔다. 먼지는 비닐하우스에 켜켜이 쌓여서 하우스 안은 구름이 낀 것처럼 햇빛이 들지 않았다. 깻잎에 돌가루가 박혀 입에서 싸그락싸그락 돌이 씹혔다. 논바닥에도 돌먼지가 쌓여 햇빛을 차단한 탓에 벼뿌리가 썩어갔다. 그런데도 여전히 시위대는 오합지졸의 꼴을 면치 못했다. 남자노인들은 소위 '시위허가 구역'에서 구시렁거리며 담배만 피워물고, 여자노인들은 덤프트럭이 오면 간헐적으로 막는 시늉을 하다가 공장 남자에게 사진이라도 박힐라치면 슬그머니 물러나 그저 삿대질만 할 뿐이었다. 아랫집 아줌마처럼 부상당한 사람들도 하나둘 빠져나가 결국 시위대는 누가 봐도 그저 할 일이 없어 남의 공장 앞에서 시간을 때우는 노인들로 보이기 십상이었다. 서울에서 미국 쇠고기 수입을 반대하며 촛불시위를 하는 아이들처럼 할머니들이 밤에 촛불시위를 하다가 공장 남자들에게 패대기질당했다는 말을 들은 터라, 공장 앞을 무심히 지나칠 용기가 나지 않았다. 그래서 그날도 영희는 공장 앞 시위현장으로 갔던 것인데, 그날따라 할머니들은 덤프트럭이 올라와도 힘없이 바라보기만 하고 있었다. 지친 것이다. 어떤 할머니는 눈에 눈물을 꾸적꾸적 매달며,

"우리가 뭣을 원허간디이, 우리는 그저 지금까지 살아온 그대로 조용히 살게만 해달라고 허는 것뿐이여어, 늙었다고 사람이 아닌 것이 아닌디, 저것들은 우리가 전부 사람으로는 안 비는 모냥이여."

할머니의 말이 영희 가슴을 쳤다. 무엇보다, 누구 하나 이 시위대를 앞에서 이끌어주는 사람이 없었다. 다들 그저 힘없이 공장 앞에 주저앉아 있다가 아무도 들어주지 않는 원망만 토해낼 뿐. 그것이 너무나 답답했다. 가슴이 터져버릴 것만 같았다. 그래서였을 것이다. 영희가 공장 시위가 시작되고 여러날이 지나도록 여태 한번도 써먹지 못하고 그늘막 귀퉁이에 방치되어 있던 메가폰을 손에 든 것이.

"할머니들, 힘을 내세요. 돌공장은 승인받지도 않고 불법가동을 하고 있으니까, 할머니들은 공장을 막아도 죄가 없어요. 할머니들이 싸우는 것은 정당해요. 그러니 힘을 내세요. 유정면민 여러분, 파이팅."

그러고 나자 진작 힘내시라는 말 한마디 못해서 미안하던 마음의 빚이 누그러지면서 왠지 모르게 편안해졌다. 할머니들을 향해

빙긋 웃음을 보이는 여유도 생겼다. 아이 때문에 현장을 떠나려고 하니, 할머니들이 아쉬워했다. 늘 점잖기만 하던 이장이 다가왔다.

"오늘부로 아주머니가 우리 새 대책위원장을 해주십시오."

할아버지 할머니 들이 일제히 박수를 쳤다.

"이르케 당장에 죽겄는디, 거그다 대고 돈 몇닢 받아묵고 말자고 헌 것들을 우리는 따를 수가 없어어."

송아지가 사산을 한 집 할머니가 외쳤다.

"첨에 제가 이분들을 보매는, 눈빛이 아조 착실해서 첫눈에도 우리 마을 사람이다 싶었습니다. 겪어보니 마음도 그리 비단결입디다. 인자 오늘부로 저어…… 성함이……"

"저기요, 제 이름은 이영희라고 합니다마는, 제가 어떻게 대책위원장씩이나…… 저는 타관사람인데……요."

"시방 현재 유정면 진평리 주민이잖애요. 그리 사람 많앴어도 야문 사람 한나가 없어서 멍챙이들 모냥으로 멀거니 서 있다가 당허기만 헌 몇날 며칠이었습니다. 간곡히 부탁드립니다. 이영희 위원장님. 우리, 이 힘없는 노인들을 도와주세요."

다시 한번 박수소리가 터져나왔다.

"제가 사실은 생계 문제도 있고 아이 문제도 있고 인생이 복잡헌 사람이라……"

박수소리는 영희가 말하는 도중에도 계속 났다. 심지어는 채증을 한답시고 사진기를 들이대던 공장 남자들까지 박수를 쳤다. 야유인지 조롱인지 휘파람까지 불었다. 그 야비한 휘파람소리가 영희 마음을 돌려세웠다. 영희는 내려놓았던 메가폰을 집어들었다.

사람들이 조용히 영희를 바라보았다.

"제가 사실은 도시철거민 출신입니다. 저희는 비록 돈을 많이 벌지 못해도 성실하게 일해서 가족들끼리 오순도순 사는 것, 오직 그하나만 바라고 작으나마 식당을 열었습니다. 그러나 그 작은 행복조차도 시샘하는 사람들이 있더군요. 그 사람들은 아홉 개의 행복을 쥐고 나머지 한 개의 행복을 채우기 위해 겨우 한 개의 행복만가지고 있던 저희를 내쫓았습니다. 그래서 저희 가족은 이곳 유정면 진평리까지 들어와 살게 된 것입니다. 말씀은 안 드렸지만, 아무런 사심 없이 저희 가족을 받아주신 마을 이장님 그리고 주민 여러분께 이 자리를 빌려 감사의 말씀을 올립니다. 천행으로 좋은 집주인을 만나 저희는 주거비가 들지 않는다는 사실 하나만으로도 이곳 삶이 그런대로 행복했습니다. 그런데, 도시에서 쫓겨난 저희가지금, 바로 이 돌공장 때문에 또 어디론가 떠나야만 하는 사태가발생한 것입니다. 여러분, 여러분은 평생 살아온 고향을 떠날 수 없겠지만, 저는 갈 곳이 없어 못 떠납니다. 그러니, 부족하면 부족한대로 여러분을 도와드리겠습니다."

자신이 엉겁결에 내뱉은 '한 개의 행복' '아홉 개의 행복' 운운이부끄럽기도 하고 난생처음 여러 사람 앞에서 마이크를 잡은 것도믿어지지 않아 덜덜 떨리는 가슴을 어찌해야 좋을지 몰라, 영희는그만 폭삭 주저앉아 무릎에 얼굴을 묻고 말았다. 명색이 대책위원장이 되었다고는 하지만 아직 이름뿐이라, 뭘 어떻게 해야 할지도모르고 그저 퇴근길에 들러 격려나 해주고 돌아오곤 했는데, 그사이에 공장측에서 주민들을 고소한 모양이었다.

"다 읽어보셨습닝까?"

"예에."

"그놈들이 며칠새 이 동네 저 동네를 기웃기웃허고 다님서, 즈그들이 찍어놓은 사진허고 이름을 대조허고 다녔던 모냥입니다. 업무방해죄라나 뭐라나."

눈앞이 핑글 돈다.

"이장님, 제가요, 지금 머리가 너무 아프네요."

"다들 위원장님을 기다리기는 할 것이지마는, 제가 오늘은 시위에 나오시라는 말씀은 안 드릴랍니다. 쉬십시오, 위원장님."

돌아가는 이장의 하얀 남방에 땀이 후줄근히 배어 있고 걸음은 힘없이 휘청거린다.

왠지 모를 낯선 서러움 때문에 방문을 닫고 바람벽에 등을 대고 앉아 있자니, 속이 상할 때면 늘 그렇듯이 눈물이 나온다. 참 희한한 일이다. 지금까지 자신의 일 말고, 혹은 가족의 일 말고 타인들의 '고난' 때문에 서럽다거나 눈물이 날 만큼 속이 상한 적은 없다. 그런데 지금, 이장의 땀에 밴 후줄근한 남방이, 휘청거리는 힘없는 걸음걸이가 영희를 울리고 있다. 그것이 아무래도 이상해서 헛기침을 하는 참인데, 천장에서 거미가 줄을 타고 주르르 내려오다가 영희 눈앞에서 똑, 하고 멈추었다. 처음에는 무의식적으로 손을 뻗어 거미를 잡으려다가 문득, 어쩌는가 보려고 내버려두었더니 고맙다는 인사라도 하듯, 대롱대롱 춤을 춘다. 거미 춤을 한참 동안 바라보고 있는데 이번에는 지붕 밑에서 바스락바스락, 찌그락찌그락 하는 소리가 난다. 뽀시락 장난을 하는 참새들이다. 기왓장 골

거미와 참새와 벌 61

밑에 용케 저희들의 비밀 아지트를 만들어놨나보다. 어린시절에는 겨울에 쥐가 천장에 들어와서 시끄럽게 굴 때 주먹으로 한번 툭 치면 조용해지곤 했다. 가만히 들어보니 희희낙락하는 것 같은 게 보통 즐거운 게 아닌 모양이다. 그래서 그냥 참새들도 내버려두기로 했다. 그러고 있자니, 또 뒤안 쪽으로 열어놓은 뙤창으로 웨애앵, 하고서 벌 한 마리가 방 안에 날아드는 게 아닌가. 벌은 마치 원무를 추듯 방 안을 한번 비잉빙 돌다가 바닥에 내려앉아 머리를 흔들며 춤을 추었다. 거미를 바라보고 참새 소리를 듣고 벌 춤을 지켜보고 있자니, 눈물이 시나브로 말랐다. 영희는 말개진 눈을 들어 방 안을 한번 둘러보았다. 어둑신한 방 안에 말할 수 없는 평화의 기운이 가득 서린 것 같았다. 영희는 문득, 자신이 누군가로부터 위로받고 있는 느낌이 들었다. 거미가, 참새가, 벌이 그 위로의 말을 소리로, 몸짓으로 대신해주는 것만 같았다. 울지 마라, 울지 마라, 등을 다독이는 것만 같았다. 대롱대롱대롱, 뽀시락뽀시락뽀시락, 곤지곤지곤지…… 하면서.

무서운 꽃나비

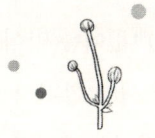

"박석택씨, 김용택씨, 김애순씨, 노분례씨, 이영희씨, 김공님씨, 이름이 없으시네요이, 영산리 김기택씨 큰어머니, 봉현리 사는 박석춘씨 이모 되시는 분, 하면 총 몇분이시죠?"

"야닯 아니여어?"

"박석택씨 포함 여덟 분은 이쪽으로 앉아주시기 바랍니다이. 먼저 차례차례 신원을 확인하는 인정신문에 들어가겠으니 묻는 말에 성실히 답변해주시기 바랍니다이. 먼저, 영산리 김기택씨 큰어머니 되시는 분 앉아주세요."

'김기택씨 큰어머니'는 시장에서 맘먹고 샀을, 초록색 지지미 바지에 같은 천 계열의 꽃무늬 남방을 입고 비닐 쌘들에 하얀 양말을 신었다. 양다리가 활처럼 휘어서 걸을 때마다 아고아고 소리를 내면서 형사 앞에 겨우겨우 앉았다.

"이름을 확인해야 되니까, 거 뭣이냐, 영산리 김기택씨 큰어머니 되시는 분께서는 본인의 성함을 말씀해보실랍니까?"

"나? 좋자잖은(좋지도 않은) 내 이름 알아서 뭣할라고요?"

"여그 진술서에 이름을 쓰셔야 합니다."

"내가 뭔 잘못을 했가니 집이한테 이름을 갈쳐줘야 혀어?"

"잘못을 했는지 안했는지를 판단허는 것은 제 몫이 아니고 검찰에서 판단할 것이고요, 우선 제가 묻는 말에 성실히 답변을 해주시기를 바랍니다요이."

"내 이름은, 거 뭣이냐, 오가여, 오맹순이."

옆에 있던 백발이 성성한 영산리 김용택 이장이, 오맹순이 아니고 오명순이라고 정정했다.

"참고로 제가 어르신께 오명순씨, 해도 양해 바랍니다이."

"좋자잖은 이름이래도 누가 내 이름 불러주닝까 좋그만그랴."

오명순씨가 입을 삐죽이며 결코 좋지 않은 표정으로 대꾸한다.

"오명순씨, 본적이 어딥니까?"

"본적? 시앙골."

"정확하게 말씀해주십시오."

"시앙꼬올. 울 아부지 울 어매가 나를 시앙골서 났당게. 시앙골서 났응게 거가 내 본적지제에."

형사 얼굴이 벌게진다.

"주소는요?"

"내동 아까 영살리 김기택이 큰어매라고 해놓고는 그러요. 영살

64

리제 어디여어?"

"영산리 몇번집닝까?"

"번지수는 내가 모르겠소."

"주민번호요."

"고무차대기라 암것도 몰러 나는."

"주민등록증 내놔보세요."

"안 갖고 왔는디."

"직업이 무엇입닝까?"

"직업이 뭣이여?"

"현재 오명순씨가 하시는 일 말입니다."

"땅 파묵고 살제에. 나 같은 고무차대기가 뭔 재주가 있겠소이? 이날 평상토록 땅 파서 씨 뿌리고 거둬서 나도 묵고 새끼들 멕이고 입히고 갈쳐서 이우고, 그러고 살았제. 아 그런디 청천벽력맹이로 독공장이 들어와갖고는 이르케도 사람을 못살게 허낟 말이요오. 천불이 나서 못살겄기에, 공장 앞에서 악을 좀 썼다고 우리를 경찰서에 고소를 허는 것들이 사램이여, 짐승이여어. 아무리 사램이 돈에 허천병이 났다고 해도 그러면 못써어. 돈을 벌어묵고 살래도 착허게 벌어묵어야제, 넘한테도 싫은 소리 안 듣고 내 뱃속도 핀헐 것인디이……"

"가족관계를 말씀해주시죠."

"딸이 한나에 아덜 한나 있는 것, 작년에 가부렀어. 가부렀당게. 그르케 차거게만 살던 놈이 허는 일마다 실패를 보고는 비관을 혀서…… 아이고오, 우리 아덜이가아 에미보다 몬차 가부렀어어어어, 알고오, 포옥."

"할아버지는 안 계시고요?"

"그 냥반? 남양군도 모집가서 여태 소식 한 자를 안 줘부러."

"딸은 출가하셨구요?"

"출가외인이여. 그려도 겁나게 차개. 환갑 넘은 저도 핀허지 못 헐 것이고 즈그 메느리 눈치도 빌 것인디, 철철이 옷도 사주고, 어무니, 어무니, 해감서 맛난 것도 사다주고, 그려."

"예, 그러면 현재는 오명순씨 단독세대구만요이. 이것으로 오명순씨 인정신문은 끝났고요, 다음은 오명순씨가 언제 어디서 왜 무엇을 어떻게 했는지를 물을 테니 성실히 답변해주시기 바랍니다이. 오명순씨가 이번 순양석재 정문 시위에 참가하게 된 동기는 무엇입닝까?"

"동기가 뭣이여?"

"누가 오명순씨같이 연세드신 분을 순양석재 가동저지를 위한 시위현장에 가자고 권유했습니까?"

"내가 내 발로 나온 것인디?"

"자발적 참여구만요. 그러면 오명순씨는 순양석재 가동을 반대하는 이유가 무엇입니까?"

"내동 아까 말했는디 까묵었는개비. 조용히 살다 죽고 잡다, 안 했소 내가."

그때 낯익은 썬글라스 형사가 음료수 상자를 들고 나타났다. 그가 썬글라스를 살짝 올려 조사를 받고 있는 사람들에게 찡긋 윙크를 보낸다. 그러고는 조서를 쓰고 있는 형사 어깨를 툭툭 친다.

"야아, 김경사, 우리 노인네들, 겁나서 떨고 있잖나. 날도 더운데 조사고 뭐고 다들 댁에 보내드려. 주동자는 따로 있는데 뭣 땜에 노인들 고생시켜어. 너는 부모도 없냐, 자식아."

자신이 사들고 온 드링크병을 친절하게도 주민들에게 돌린다. 병을 다른 어디도 아닌 바로 그 썬글라스에 던지고 싶은 것을 꾹 참느라, 영희 손이 부들부들 떨린다.

"아이고오, 우리 위원장님도 떨고 계시네에."

"당신, 형사 맞죠?"

"예, 위원장님. 이제 저를 알아보시네요?"

"그런데에, 왜 형사가 공장을 편들죠? 당신이 순양석재 직원이에요, 뭐예요?"

"위원장님, 이것은 알으셔야 합니다. 저희들에게는 인근 마을 주민들도 순양석재도 똑같은 민원인이라는 겁니다. 저희는 다만 중간자적 입장에서 어느 한 곳이라도 불상사가 일어나면 안되겠기에, 경찰공무원의 당연한 직무의 일환으로 근무를 나갔던 것뿐이고요이."

"그런데 왜 매번 주민들만 막고 공장 사람들은 안 막나요?"

"앗따아, 얼굴만 이쁜 줄 알았더니 똑똑하기까지 해부네요이."

모욕감 때문에 숨도 잘 쉬어지지 않는다. 보다못해 점잖은 진평리 박석택 이장이 나섰다.

"이거 보십시요이, 형사님. 박카스도 음석이라 고맙게 먹겠습니다마느은, 우리 위원장님이 마음이 겁나게 여리신 분인데, 아무리 좋게 봐줄라고 해도 형사님의 태도는 상식 이하로서 문제가 있다고 감히 말씀드리고 싶고요, 위원장님이 결코 없는 사실을 가지고 항의를 하는 것은 아니라고 저나 우리 주민들도 다들 생각하는 바입니다요."

힘이 세지도 못하고 돈이 많지도 않은 가난한 사람들의 힘은 '답답함'인지도 모른다. 결국 썬글라스 형사가 뭐라고 대꾸할 말을 찾지 못하고 슬금슬금 물러나고 조사가 재개되었다.

"오명순씨의 시위참여 동기는 조용히 살고 싶어서."

"조용히 살다 죽을라고까지 혀."

"죽을라고까지 어떻게 쓴답니까. 그냥 살고 싶어서."

"조용히 살다 죽을라고."

"조용히 살다 죽고 싶어서. 오명순씨는 일어서서 나가주시고, 다음, 박석춘씨 이모 되시는 분."

'박석춘씨 이모'가 의자에 철퍼덕 주저앉으면서 휘파람 같은 한숨을 내뿜는다. 주름고랑이 온 얼굴을 뒤덮고 손가락은 갈퀴처럼 구부러져 있다.

"박석춘씨 이모 되시는 분 성함이요?"

"이매기."

"성이 이씨고 이름이 매기입닝까?"

"오살, 이매기랑게."

김경사가 종이에 싸인펜으로 이매기라고 써서 들어 보인다.

"그것이 뭣이여?"

"이 이름 아니에요?"

"내가 글자를 알가디."

"그러면 다시 물을랍니다. 성이 이씨가 아니고 임씨입닝까?"

"그려어."

"이름이 매기가 아니고 혹시 애기입닝까?"

"똑똑허네, 넘의 이름도 착착 알아맞추고이. 그런디, 나는 오맹순이 허드키는 허지 마쑈이. 시방 빙원에 갈 시간이 다 되얐당게. 오늘 못 가면 또 사날을 지다려야 되야. 밤 되면 물팍이 셔서 잠을 못 자. 시한 내내 새물팍(쇠무릎) 뿌렝구를 과묵었어도, 이것이 하도 오래된 고질이라 낫지를 안해. 차부 옆에 한의원서 침 맞고는 내가 포도시 기어댕기요, 시방."

"임애기 본적이 어디입닝까?"

"소리쟁이."

김경사가 웃고 만다.

"웃지 마러, 정든게."

그래서 모두 웃고 말았다. 오명순, 임애기, 박석택, 김용택, 김애순, 노분례, 김공님까지 조사가 끝났다. 그제야 김경사는 피로한 한숨을 토해냈다. 남자인 진평리 이장 박석택, 영산리 이장 김용택과 육십대라 상대적으로 젊은 김애순만 빼고 네 사람이 글자를 알지 못했다. 이제 영희 차례가 되었다.

"성함을 확인하겠습니다."

"이영희입니다."

"본적지는요?"

"배고픈다리요."

오명순의 시앙골, 임애기의 소리쟁이가 오래 잊고 있던 배고픈

다리를 떠올리게 하다니.

"위원장님까지 왜 그러십닝까아."

김경사가 웃는다. 영희도 웃는다. 웃기는 웃는데, 왜 그런지는 몰라도 자꾸만 가슴 한복판에서 졸졸졸졸, 물 흐르는 소리가 난다. 물소리는 오명순이 태어난 시앙골에서 발원한 것이 틀림없다. 마을 이름에 '골'자가 들어가니, 하마 깊디깊은 골짜기일 것이다. 시앙골 골짜기에서 생겨나 영희 가슴골을 따라 흐르던 그것은 급기야 영희 눈 밖으로 분출되기 직전이다. 그 사태를 피하기 위해 고개를 한껏 들어올리고 김경사의 등 너머 창문 밖을 바라보았다. 창문 너머 화단에 하얀 수국꽃이 뭉클뭉클 피어 있었다. 바람이 불 때마다 수국 이파리가 우수수 흩날렸다. 그것은 마치 수많은 나비떼가 한꺼번에 날아오르는 것 같았다.

"대답은 회피하고 자꾸 창밖만 쳐다보시깁닝까, 위원장님?"

"김경사님, 꽃 좀 봐요."

"위원장님이 수사협조하는 데 모범을 보이시야지, 해찰이나 하고 말입니다. 자아, 여기 순양석재 측에서 업무방해 증거로 내놓은 사진을 보면, 트럭 앞을 가로막는 노분례씨 뒤에서 뛰쳐나오고 있는 분이 위원장님 본인 맞으시죠이?"

열어놓은 창문으로 바람 한줄기가 불어왔다. 그 틈을 타고 꽃들이 책상 위로 날아들었다. 할머니들이 일제히 탄성을 질렀다.

"야 이놈들아아, 꽃나비다아! 꽃나비여."

야 이놈들아,라고 한 게 재밌었는지, 노인들은 어린 소녀들처럼 서로의 옆구리를 찌르며 까르르 웃어젖혔다. 김경사가 파르르 떨며 창문을 꽝 닫았다.

"어떤 사람들은 이쁜 꽃나비가 무섭기도 허는 모냥이여어."

왕언니 오명순의 한마디에 겨우 멎었던 웃음소리가 또다시 꽃처럼 피어났다.

화전놀이

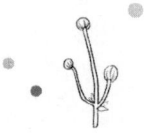

다시 또 이승에는 봄이 왔나보다. 내내 보이지 않던 백세할멈이 우리집으로 들어선다.

"누가 소리허먼 같이 가잘깨비 즈그들끼리 가부렀어."

구시렁거리며 뜰방에 주저앉는다. 언제나 봄이면 그렇듯이 우리 집은 사방이 꽃천지다. 저를 누가 보아주든 말든 꽃들은 절로 피어 나서 저희들끼리 소곤소곤, 속닥속닥, 조단조단 놀다가 누가 보든 말든 옷을 갈아입었다.

"어이, 무수굴떠기."

유채밭에서 날아오른 나비를 보고 백세할멈 해징이댁이 나를 부 른다. 나비 훨훨 날아 살포시 해징이댁 발밑에서 날개를 접는다.

"어이, 무수굴떠기, 이승 떠난게 재미가 존가?"

나비가 깜박깜박 날개를 파닥인다.

"호랭이가 물어가던갑다, 클클클."

해징이댁 서슬에 놀라 나비가 홀쩍 날아올라 산수유나무 가지에 폴딱 올라앉아버린다.

"어이, 무수굴떠기, 암도 몰래 우리 오늘 자네 집에서 화전놀이나 험세. 조낸넴이가 영판 심심허네."

육신을 빠져나오고 나서 바람에 떠돌고 햇빛에 바래고 달빛에 젖은 내 혼은 이제 반귀신인 해징이댁 조난님에게도 목소리를 들려줄 수 없고 형상을 보여줄 수 없게 되었다. 이제 나는 하염없이 가벼워지고 하염없이 말개졌다. 가볍고 말개져서 티끌과 같아질 때, 나는 저승사람이 될 수 있을까. 그러나 아직 나는 티끌이 되지 못해 저승과 이승 언저리를 헤매는 중이다.

"어이, 오매기, 왜 아무 말이 없는가. 한번 저승 가불면 그것으로 끝이란 말이여?"

나, 이오목이 시집을 온답시고 보따리 하나 싸들고 산을 넘어왔을 때, 집은 굴속 같았다. 머슴 김춘복은 장가를 들기 위해 눈속임으로 마당에 짚벼늘(짚가리)과 사내끼(새끼) 다발을 쌓아두었다. 중신을 선 방물장수가 짚벼늘과 사내끼가 마당에 그득하더라고 하니, 어머니는 그 집에 가면 밥은 굶을 리 없겠다고 내 등을 떠밀었다. 조실부모하고 조선천지에 의지가지 하나 없는 외톨배기라고 울음을 우는 김춘복이 가여워 나는 친정으로 돌아가지 못했다. 김춘복한테 있으나 친정으로 가나 굶기는 매한가지, 나는 산 넘어온 지 사흘 만에 친정집에서 가져온 베틀에 앉았다. 굴속 같기는 우리

집이나 마찬가지인 앞집 사는 해징이댁이 시엄씨 몰래 감자를 싸 들고 왔다. 무수굴에서부터 나를 따라온 것이 틀림없는 저승새가 휘이익휘이익 새되게 울어대던 밤, 뱃가죽이 등가죽에 달라붙던 밤, 해징이댁이 가져다준 감자에 나는 목이 메었다.

"그것이 그렇게에……"

나는 해징이댁이 그것이 그렇게에, 뒤에는 노래를 한다는 것을 알고 있다. 그날도 그랬던 것이다. 감자를 먹으며 목이 멘 풋각시 등을 다독거려주며 해징이댁 조난남이 뜬금없이 그것이 그렇게에, 하면서 노래를 불렀던 것이다. 미영(목화)씨 기름불 가늘게 타오르던 그 밤에.

"아이고오 불쌍한 울 오머니 왜 나럴 낳으셨나요오 못 묵고 못 입힐라면서 왜 나를 낳아설랑 그리 설워하시나요오 불쌍한 울 오머니 나럴 난 게 죄가 아닝게로 우지를 마소 산해진미는 아니라도 오색채상에다는 아니라도 유과 석짝은 아니라도 사우가 잡은 꿩괴기를 고아설랑 오지함지에 이고지고 산 넘어 무수굴로 울 오머니 찾아가세에, 어이 인자부터는 나럴 성이라고 부르소이?"

그때부터 해징이댁은 성이 되었다. 누가 머슴 출신들 아니랄까 봐 비만 오면 둘이서 골방에 들어앉아 봉초담배 피워가며 사내끼를 꼬던 무수굴양반 김춘복과 해징이양반 양도출이 그렇게 꼰 사내끼 몇다발과 새로 깎은 지게를 팔러 장에 간 날, 난남이성하고 나는 마당에 불을 피우고 베를 날았다. 돌배기를 등에 매달고 일을 하다 불이 무서워 마당 한쪽 감나무에 비끄러매놓은 아기가 뙤약 뙤약 울어젖혔다.

"난남이성, 애기가 젖 주라고 우요."

내 말을 못 들은 척 동쪽 끝에서 서쪽 끝까지 왔다갔다하며 삼베 올에 치잣물만 먹이던 난남이성이 부아가 잔뜩 난 목소리로,

"내가 조낸넘이가 아녀어, 조낸넘이는 조낸넘이여어."

"조낸넘이는 조낸넘이가 아니고 조낸넘이는 조낸넘인 것은 차후에 따지기로 허고 우선에 애기 젖……"

아기는 곧 숨이 넘어간다.

"그것이 그렇게에…… 넘의야 인사는 당꼬쓰봉 하이카라 펜대를 잡는디이 베잠뱅이 또출이는 배나무거리 도라무깡통 각시를 안고 돈다네 천불이 나네 천불이 나네 이녀러 오목가심에 천불이 나네 니 에미가 죽었냐 니 애비가 죽었냐 뭣이 어쩐다고 처울어쌓냐아."

하고는 아기 앞에 푹 엎어졌다. 젖을 물렸지만 보타진 젖이 잘 나오지 않아, 아기는 젖을 빨다 화가 나서 다시 또 끼역끼역 울었다. 그날, 먹을 것은 없고 장에 간 신랑은 오지를 않고 아기는 울어싸니 조낸넘이는 조낸넘이가 아니고 조낸넘이는 조낸넘이라는 엉뚱한 말로 사는 일의 설움과 혼자 힘으로는 어찌해볼 수 없는 밑도끝도 없는 부아를 깡통 우그러뜨리듯 우그러뜨리던 아직 새각시 시절의 난남이성이 지금도 눈에 선하다.

"어이, 오매기동생, 어디서 술 한 통개만 받아오소. 화전놀이를 헐라며는 술이 있어야 혀어."

이 산에서 저 산으로 송홧가루 노랗게 달리던 그 봄에 우리는 군서기 몰래, 면서기 몰래, 순경 몰래 담근 술을 이고 지고 화전놀이

를 갔었다. 한강쟁이댁, 시앙골댁, 살푸쟁이댁, 밤실댁, 오류골댁, 해징이댁, 용수막댁, 무수굴댁이 장구 둘러메고 솥뚜껑 거꾸로 들고 산에 올라갔다. 우리는 이쁜 치마저고리 입고 산에 올라 술을 먹고 꽃전을 지져먹고 장구를 치고 놀았다. 새끼들이 울건 말건, 서방들이야 굶건 말건, 시부모들이야 눈을 흘기건 말건 우리가 그만 놀고 싶을 때까지 지치도록 놀았다.

"어이, 오매기 자네 어디 갔는가, 이리 와서 나랑 화전놀이 허잔께에. 아이고, 내 정신 좀 보소 노망이 왔다 허둥마는 내가 헌 말도 잊어부네, 술 받아갖고 얼릉 오소이. 그런디 장구는 누가 갖고 올랑가아? 김채선이가 갖고 올랑가아, 양불란이가 갖고 올랑가. 양불란이, 김채선이, 오맹순이, 이수님이는 언제나 올랑가아."

장구는 살푸쟁이댁 김채선이 잘 쳤다. 장구를 치는 김채선은 참말로 이뻤다. 이쁘다는 말로는 한참이 부족하게 이뻤다. 김채선이 탱탱하게 약이 오른 장구를 토옹 하고 건드려보고 나서 가는 어깨와 허리에 장구끈을 질끈 동여매고 빙글, 나서면 그 어여쁨에 나는 포옥, 눈물이 나왔다. 초록 저고리에 붉은 치마를 입고 곱게 낭자를 한 김채선이 하얀 버선코 사뿐사뿐 들어올리며 드디어 당글당글당글당글 장구를 치기 시작하면 내 마음이 통개통개통개통개 뛰기 시작했다. 그래서 누구보다 먼저, 술에 안 취했어도, 김채선의 장구 소리에 취해 내 몸이 나도 모르게 움찔거렸다. 그러면 그때부터 꽃 지짐이 냄새가 고소하게 퍼지기 시작하고 술향기가 코끝을 간질이며 조난남의 노랫소리가 터져나오는 것이다.

영자야 호박 쌀마라 채선이 젖통 같은 호박을 쌀마라 호박조
청을 델이다가 양은솥에 구먹을 내라 구먹낸 솥단지는 시엄씨
몰래 엿 바까묵고 호박조청은 암도 몰래 너하고 나하고 묵어불
자 시엄씨 몰래 묵어불고 시압씨 몰래 묵어불고 서방 몰래 묵어
불고 새끼들 몰래 묵어불자 입 싹 딱고 보리밭 매러 가세나 보리
밭 매러 가서 산신령을 꼬셔다가 갓두루매기는 떡 사묵어불고
꽤를 홀랑 뱃겨서는 신방을 채리자 시엄씨 몰래 채리고 시압씨
몰래 채리고 서방 몰래 채리고 새끼들 몰래 채리자 입 싹 딲아불
고…… 어이 인자 어디를 가까아?

우리는 자지러지게 웃었다. 데굴데굴 굴렀다. 먼 데 산에 불이 붙
었다. 진달래가 불꽃처럼 팡팡거리며 터져나왔다.

오동통통 발동기야 울지만 말고 돌아라 니가 돌아야 쌀을 사
서 밤봇짐을 싼단다

우리는 웃다가 울었다. 검은골댁 한연순은 쌍둥이를 낳았다. 하
필이면 아들 딸이었다. 젖을 물릴 때면 시엄씨 시압씨가 지켜보다
가 딸한테 먼저 물리면 며느리를 잡아먹을 듯이 으르렁거렸다. 시
부모야 그렇다 쳐도 검은골양반 박두봉이 말은 안해도 연순이 눈
치 살살 보면서 아들아이만 안아줄 때면 딸한테 미안해졌다. 쌍둥
이는 돌 무렵에 홍역을 앓았다. 아들은 살고 딸은 끝내 숨이 넘어
갔다. 두봉이가 금간 오지에 딸을 넣어 지게를 지고 산골짝으로 가

서 묻었다. 연순이는 일식이, 이식이, 삼식이까지 아들을 내리 셋을 낳고 밤봇짐을 쌌다. 그놈의 아들들한테 뉘(싫증)가 나서 속이 울렁거렸다. 봇짐을 들고 갈 곳이 없어 딸이 묻힌 애기무덤에 갔다. 거기서 하룻밤을 자고 아무리 생각에 생각을 굴려도 갈 곳이 없어 집으로 돌아왔더니 두봉이가 득달같이 달려들어 두들겨팼다. 그리고 그것은 습이 되었다. 두봉이는 틈만 나면 연순이를 팼다. 두들겨맞아가면서 연순이는 삼식이 밑에 사채, 오채, 육채까지 낳았다. 발동기가 울지도 않고 돌아버렸다고 주막거리에서 두봉이가 지나가는 사람을 붙잡고 자랑질을 했다. 딸딸딸딸, 하지도 않고 바로 아들을 낳았단 뜻이다. 화전놀이에서 연순이는 운다. 죽은 딸 생각이 나서 운다. 딸아 딸아 내 딸아 꿈속에서나 보는 내 딸아 내 품안에 있을 적에 햇님같이 웃던 딸아 너는 이제 내 맘속에 달님같이 되었구나 너는 이제 내 맘속에 별님같이 되었구나.

검은골댁 한연순이 서럽게 우는 한옆에서 큰골댁 양막녀가 울었다. 막녀는 꽃을 좋아했다. 누가 꽃 안 보고 배부르게 먹을래, 꽃 보고 배 곯을래, 하면 다른 사람은 다 꽃 안 보고 배부른 쪽으로 가는데 막녀 혼자 배 곯고 꽃 보는 쪽으로 갔다. 막녀는 그런다고 큰골 양반 장석조한테 시도때도없이 쥐어박혔다. 콩밭을 매는데 매서 없애버려야 할 비름꽃, 달개비꽃이 이쁘다고 넋을 놓고 있는 참에 뒤에서 푸푸거리고 달려온 석조한테 직신 얻어맞은 막녀는 얼굴에 멍 가라앉힌다고 종종 호박범벅을 붙이고 다녔다. 호박범벅을 붙이고 사는 와중에 막녀는 딸만 다섯을 낳았다. 원래 일곱을 낳았는데 둘은 돌 되기 전에 날려버렸다. 막녀네 콩밭이 우리 고구마밭

바로 옆에 있었다. 뙤약볕이 내리 쏟아지는데 사방은 적막했다. 한낮의 산밭은 적막해도 수선스럽다. 밭을 매다가 막녀가 낄낄거리며, 닝꿍닝꿍닝꿍니잉, 했다.

"뭣이여?"

"무수굴성님, 칡넝구 가지 새로 내려오는 거무가 닝꿍닝꿍닝꿍니잉, 안허요이?"

"자네 집 밭에 거무는 닝꿍닝꿍닝꿍니잉 헌가? 우리집 밭에 거무는 지꾸지꾸지꾸지잉 허그만."

그 옆에서 깨밭을 매던 살푸쟁이댁 김채선이,

"아이고 성님들도 차암, 소리 안 내는 것이 소리는 더 많다고 안 그럽디여?"

"자네 말이 옳네. 소리내는 거시(지렁이)는 띠룽띠룽띠룽, 띠루룽 한 가지 소리지마는 소리 안 내는 것들이 뭔 소리를 가졌는지 우리가 얼매나 알겄는가이?"

우리는 적막한 속에서 소리 없는 것들의 온갖 소리를 들었다. 소리가 없다고 해서 소리가 없는 것이 아닌 것들의 소리다. 그래서 가슴 한쪽이 먹먹해왔다. 꼭 우리들 같아서. 우리도 소리를 안 내고 살 뿐이지 소리가 없는 것이 아닌데도 세상은 땅 파먹고 사는 아낙들은 소리가 아예 없는 줄 아는 모양이었다. 우리가 무슨 소리라도 낼라치면 무식한 아낙네가 뭣을 아느냐는 투였다. 그래도 우리는 울지 않았다. 우리 울음 알아주는 데도 아닌 데서 울면 우리만 설워지니 울지 않았다. 어쩌다 울 때도 놀 때나 울지, 일할 때는 힘이 들어 울지 않았다. 무엇보다 우리가 울면, 닝꿍닝꿍닝꿍, 지꾸지꾸

지지잉, 띠룽띠룽띠루룽, 하는 것들이 우리 울음에 묻힐까봐 울지
않았다.

"어이, 무수굴떠기, 어디 갔다 인자 온가아?"

나비를 좇다가 지쳐 잠이 든 해징이댁이 부스스 깨어나 나를 찾
는다. 나비가 해징이댁 앞에서 너울너울 춤을 춘다.

"아이고, 술은 받아왔는가아?"

나비가 이제 방금 벙글기 시작한 모과꽃술에 이마를 비빈다.

"나를 놔두고 살째기들 가부렀네에. 화전놀이를 가부렀어. 즈그
들끼리 가부렀어. 암도 모르게 우리도 화전놀이를 허세나. 무수굴
떠기 이리 와서 술 한잔을 쳐보소. 채선이가 장구 치고 불란이가
적 부치고 우리는 춤이나 추세나그려어."

하는데, 우리집 가득 봄꽃들이 폭죽처럼 터지기 시작했다. 벌들이
윙윙거리고 나비가 공공거리고 명새도 찌찌거렸다. 적막강산이 한
량없이 수선스러운 봄날의 대낮, 해징이댁 혼자 화전놀이를 하는
한낮, 나도 한 소리를 보탰다. 닝꽁닝꽁닝꽁니잉, 지꾸지꾸지꾸지
잉…… 해징이댁은 신이 나서 저고리를 벗어던지고 치마끈을 홀러
덩 풀어버렸다. 이승사람들은 아무도 보이지 않고 이승하고 짠 듯
이 저승도 오늘따라 적막하였다. 때는 이때다 하고, 나 또한 내 혼
을 감싼 허물 하나를 벗고 한층 가벼워진 혼을 때마침 날아온 나비
날개에 싣고 공중으로 훨훨 날아올랐다. 해징이댁은 여전히 나비
보다 어여쁘게 춤을 추고 있었다.

물 같고 풀 같은

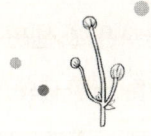

후배 형미하고 술을 잔뜩 마시고 들어온 날, 석현이 자신을 노려보며 한 말이 해정의 폐부에 와 박혔다.

"글을 몸으로 써야지 머리로 쓰려니, 그러잖아도 나쁜 머리에서 글이 나오냐 나오길."

꽝 방문을 닫는데, 해정은 제 머릿속이 꽝 터지는 줄 알았다. 시인 김수영이 그와 비슷한 말을 한 것도 같지만, 새삼스레 그렇다는 사실을 너무 오래 잊고 있었다는 아픈 자각이 가슴이 아니라 머리를 쳤던 것이다. 아무래도 자신은 글쓰기 재주가 없는 것 같다는 해정의 하소연에 형미는 환경을 바꿔보는 것도 좋으리라는 조언을 줬다. 문제는 환경이 아니라 나 자신이라고 술김에 우기다가, 그러면 문제의 근본원인을 그렇게 잘 아는 사람이 왜 바쁜 기자를 나오

라고 해서 술을 퍼먹이고 하소연하느냐고 또 술에 취해서 씨부렁
거리는 형미를, 헤어지네 마네 하는 와중인 형미 애인한테 애걸복
걸하다시피 아주 굴욕적인 포즈로 인계하고 너덜너덜해진 몸과 마
음으로 들어온 참이었다. 해정은 소설을 쓰자고 다니던 잡지사를
그만두고 취재중에 안면을 튼 출판사와 덜컥 계약부터 해버렸다.
출판사 사장이 해정의 기사가 단순한 기사가 아니라 거의 작품이
라고 극찬하면서 그런 건조한 기사문체로 소설을 쓰면 아주 독특
하고 매력적인 작품이 될 거라고 적극적으로 추어올린 탓이 크다.
출판사 사장이 검증 안된 사람에게 덜컥 계약금을 안기는 만용을
부릴 수 있었던 근거는 해정이 신춘문예에 예의 그 기사문체로 쓴
단편소설을 투고해서 최종심까지 올라간 사실을 알고 있었기 때문
이리라. 인간에게 받은 상처를 자연에서 치유받는 사람의 어느 하
루에 관한 이야기인데, 출판사 사장은 그것을 장편화하자고 했다.
그런데 해정은 소설을 쓰는 동안의 생활비와 취재며 뭐며 소설 구
상에 들어갈 제반 비용으로 써야 할 계약금을 그만 결혼비용으로
쓰고 말았다. 술 먹으면 말 많다는 이유로 실연을 당하고 돌아서던
그 쓸쓸한 거리에 술 먹으면 더 예뻐 보인다고 말하는 석현이 기다
리고 있었다. 뒤야 어떻게 될 값에, 실연의 아픔 뒤에 다가온 녹작
지근한 아스피린 같은 사랑을 거부할 용기가 해정은 없었다. 어찌
됐든 간에 그 아스피린과 이왕지사 결혼까지 했으니, 과거의 남자
는 숨겨도 빚진 사실은 고백할 수밖에 없었는데, 결혼하자마자 종
족보존의 욕망에 끓어오르는 열기를 주체 못하는 석현을 겨우겨우
진정시켜놓고 책상에 앉았으나, 도무지 머릿속에는 하얀 등과 까

만 등만이 명멸할 뿐이었다. 인생사가 천연색이니 소설도 그러해야 할진대 흑백텔레비전만이 깜박이니, 형미 말대로 환경을 바꾸든지, 석현 말대로 어디 몸으로 부딪쳐야 하는 '삶의 현장'에라도 나가든지, 무슨 특단의 대책이 있어야 할 것 같았다. 출판사와 약속한 기한은 일년이었다. 앞으로 일년 안에 해정은 장편소설 하나를 완성해야 한다. 바로 그때, 연락을 해온 경희가 하나의 나침반이 되었다.

"야, 해정아, 아파트에서 뭔 글이 나오겠냐. 자고로 글은 산천경개 수려한 곳에서 청풍명월을 벗 삼아야 나오는 법이란다."

고향이 전라도 순양인 경희는 대학에서 만났다. 자기 고향에서 여자가 대학에 입학한 게 동네 유사 이래로 처음이라고 떠벌리던 기억이 아직도 생생하다. 하여간, 이래도 안 나오고 저래도 안 나오는 글일 바에야, 우선 형미 말대로 환경이라도 바꿔보자, 하고서 지난겨울 산천경개 수려하고 청풍명월 벗 삼을 만한 경희네 비어 있는 친정집으로 들어오게 되었다. 이 집에서 혼자 살던 경희네 엄마가 경희 여동생 아이 바라지를 위해 서울에서 일년 정도 살기로 했다는 것이다. 방금 전까지도 경희 엄마가 살던 곳이어서 냉장고에는 해놓고 다 못 먹은 반찬이 가득했고, 해정은 보일러에 기름만 채우면 되었다. 남향집이라 햇빛이 방 안 깊숙이 들어와서 낮에는 보일러를 틀지 않아도 그리 춥지 않아 기름도 그다지 많이 넣을 필요가 없었다. 집 뒤로는 산죽나무가 바스락거려서 귀가 심심하지 않을 것 같고, 집 앞으로는 산을 휘돌아 냇물이 흘러 눈이 심심하지 않을 것 같았다. 그야말로 배산임수, 금환락지라 아니할 수 없었다. 그 수려한 경치에 홀려서 시간 가는 줄을 일부러 잊어버리고, 청풍명월 벗 삼는다는 핑계로 또 몇날 며칠을 흘려보내고 나니 '환경 바꾼 지' 벌써 한 계절이 지났다. 겨울이 가고 봄이 온 것이다. 문득 정신이 들어 떨리는 마음으로 노트북을 열었다. 자아, 이제부터 쓰는 일만 남았다, 하고서 막 자판을 두들기려는 순간, 햇빛 자글거리는 어느 봄날에, 낯선 여인이 해정을 찾아왔다.

누군가 찾아오면 해정은 먼저 손사래부터 쳤다. 자신을 찾아올 사람은 석현이나 경희 말고 아무도 없을 테니까 말이다. 인사를 트기 위해 찾아온 이장한테도 저기요, 저는 살러 온 사람이 아니고 그저 글 쓰러 온 사람이니 그리 신경쓰지 마시라고, 조용히 들었다가 조용히 나가겠노라고, 그러니 너무 서운케 생각 마시라고 신신당부를 했더니, 이장이 정색을 하고,

"배운 분 앞에서 제가 주제넘는 소리를 허는지는 몰라도 제 생각은 그렇습니다. 사람 사는 동네에 사람이 들어왔으니 인사 정도는 터야 사람 사는 동네라 헐 수 있지 않겠느냐, 허는 것이지요."

"이장님 말씀은 백번 지당하신 말씀이오나…… 제 생각은…… 그게 그러니까…… 근데요, 아저씨, 저 정말 조용히 있으면서 글만 쓰다가 조용히 나가려고 들어온 사람이거든요. 그러니 제발…… 네? 아저씨."

"제 생각은 그렇습니다. 물론 글을 쓰실라면 조용헌 환경이 제일 차적으로 최적의 조건이 되겠지요. 허지마는 동네에 누군가 들어왔는데에 이장으로서 모른 척하고 있을 수만은 없었던 점을 이해 바랍니다. 그러고 글 쓰시는 데 혹여라도 필요헌 것이 있으면 물심

양면으로 지원을 아끼지 않을 생각이니 언제라도 허심탄회허게 말씀해주십시오. 글 쓰시는 데 방해를 끼쳐서 대단히 죄송합니다."

허심탄회하게 말을 안했는데도 '심'적인 것은 아니더라도 '물'적인 지원이 바로 되었다. 마을 노인들이 자박자박 와서는 비닐이나 신문지에 싼 먹을거리들을 마루에 슬쩍 놓고 가곤 했던 것이다. 처음에는 놀라서 튀어나가, 왜 이런 걸 저한테 주시느냐고, 괜히 모르는 사람한테 잘못 놓고 가시는 거라고, 설명을 하고 해명을 시도하기도 했다. 그랬더니,

"누구먼 어쩌가디."

방 안에 들어와 '누구먼 어쩌가디'를 뇌다가, 양에 안 차서 볼펜을 꾹꾹 눌러 써보기도 하다가, 그만 쿡쿡 웃고 말았다. 그 뒤로는 굳이 튀어나가지도 않고 가져다주는 대로 감사히 받아먹는 중이었다. 그런데 지금 문으로 들어서는 여인은 태도가 이 동네 사람은 아닌 듯하다. 말하자면 이제야말로 해명을 해야 할 때인 것 같았다. 문틈으로 여인의 동태를 살피다가 방문을 열고 나왔다.

"저기요, 저는……"

"알아요. 알고 찾아왔어요. 작가시라면서요."

"예에? 자, 작가요?"

"네."

"자, 작가…… 아, 예에, 뭐 그냥……"

작가라는 말이 그리 싫지만은 않다.

"그래서 온 거예요. 실례가 되는 줄 알면서도, 부탁할 만한 사람이 없어서. 저는 이영희라고 합니다. 여기서 멀지 않은 유정면 진평

리 살고 있구요."

"그런데 왜 절 찾아오셨는지……"

이영희가 편지 비슷한 흰 종이를 내놓는다.

"이걸 읽어봐주세요."

유정면 할머니들 물 같고 풀 같은 데모를 하십니다.

이름 석 자도 잘 못 쓰시지만 시절인연과 사람의 도리는 잘 아십니다. 애기 낳은 다음날에도 논밭에 나가야 했던 서러운 일생이었지만 내 삶터는 내가 지킨다는 일념으로 오늘도 아픈 다리 이끌고 순양군청 앞에 모이십니다. 바위를 깨서 잘게 부수는 최악의 공해업종인 쇄석기가 유정면 한가운데 버젓이 밀고 들어왔는데 순양군청은 문제가 없다고 하니 환장할 노릇입니다. 밤낮 시끄럽고 먼지 나서 못살겠는데 그것을 단속하는 공권력은 없고 항의하는 주민들을 죄인 취급하는 공권력만 있으니 천불이 났습니다.

불법을 저지른 자들은 점령군처럼 군림하는데 수많은 민원에도 불구하고 주민의 손에 의해 뽑힌 국회의원, 도지사도 외면을 합니다. 소위 전관예우라는 것에 기대를 하고 쌈짓돈 털어 수임한 변호사님도 약자의 고통을 마음에 담아주지 않아 고아처럼 외로웠습니다. 심지어 진보적인 인사나 단체마저도 지역의 작은 사건이라고 무관심하기 일쑤였습니다.

지금 이 순간, 숨쉬고 살아 움직이며 아프고 고통받는 구체적인 삶에 기반하지 않은 생각이나 활동이 무슨 의미가 있을까요. 우리 주민들이 물 같고 풀 같은 싸움을 시작한 지 네 계절이 지나고 있습니다. 이 봄날, 단단한 아스팔트를 뚫고 올라오는 여린 풀들처럼 영차영차 최선을 다하고 있습니다. 생명을 유린하고 이를 묵인 방조하는 강자들의 세계에 맞서 만만한 사람끼리의 끈질긴 연대의 힘을 보여주고 있습니다.

그런데도 순양군청은 불법에 면죄부를 주는 마지막 관문인 공장등록을 해주려 하고 있습니다. 여론이 잠들지 않도록 도와주세요. 순양군청, 환경부, 언론사, 인터넷 등에 널리 항의글이나 제보의 글을 올려주세요. 이제 농번기여서 농사지으랴, 교대로 데모하랴, 라면으로 끼니 때우랴, 할머니들이 너무 힘드십니다. 당신의 작은 정성이 우리 할머니들에게 큰 힘이 됩니다.

유정면 쇄석기 설치반대 대책위원회

일종의 호소문이다. 호소문 아래에는 후원계좌와 연락처가 적혀 있다. 후원계좌를 적어온 걸 보니 후원을 해달라는 건지, 아니면 쇄석긴가 뭔가 설치반대하는 데 서명을 해달라는 건지 알쏭달쏭했다. 그러나 뭐가 어찌됐든, 일단 다시 한번 상기시킬 필요가 있을 것 같았다. 그래서 또다시.

"저기요······"

"시간 많이 안 뺏을게요. 다만, 부탁이 하나 있어요. 제가 쓴 호소문이에요."

"네에."

새삼스레 이영희라는 여자를 훑어보게 되던 것인데,

"사실은, 제가 호소문이란 걸 처음 써보는 거예요."

"너무 잘 쓰셨어요."

혹시 호소문을 잘 썼는지 못 썼는지 봐달라는 부탁인가 싶어 해정은 서둘러 칭찬부터 하고 봤는데,

"사실은 그게 아니고, 작가님, 부탁이에요. 제 호소문에도 나와 있다시피 우리 할머니들이 지금 너무 힘듭니다."

우리 할머니들이 너무 힘들다는 말을 하면서 동시에 이영희의 눈가가 붉어진다.

"그쪽에 무슨 공해업소가 들어왔나부죠?"

"네에. 불법업소죠. 도대체 법대로 한 게 아무것도 없어요. 그런데도 관청은 왜 그런지 알 수는 없지만 불법업소의 불법영업을 묵인하고 있죠. 우리 주민들은 당장에 생활하는 것도 불편하기 이루말할 수 없지만, 관청이 불법업소를 묵인해주고 심지어는 비호까지 하면서 못살겠다고 아우성치는 주민들을 죄인 취급하는 것도 억울해서, 억울해서…… 하여간, 지난해 여름부터 지금까지 군청 앞마당에서 데모를 하고 있답니다. 그래서 제가 작가님께 부탁드릴 것은 말하자면 이 억울한 사연을 작가님께서 글로 써서 세상에 알려주십사 하는 것입니다. 초면에 이런 부탁을 드려서 정말 죄송하지만, 어디다 하소연할 곳이 이리도 없네요. 우리 할머니들이 너무 힘들어해서…… 영산리 이장님에게서 여기 대곡리에 작가님이 내려와 계시다는 말씀을 듣고 제가 염치불구하고 이렇게…… 작가님을 찾아왔네요."

말하면서 몇번을 솟구쳐오르는 눈물을 삼키고 숨을 몰아쉬는 것

을 보면, 이영희에게는 정말 절실한 문제인 것 같기는 하다. 그러나,

"저기요⋯⋯"

"알아요, 작가님 글 쓰시느라 바쁘신 거. 하지만, 우리 할머니들이, 우리 할머니들이⋯⋯"

'우리 할머니들'만 말하면 바로 눈물이 그렁거리는 것이 마음 아프기는 하지만, 이번에는 되도록 빠른 어조로,

"제가요, 사정은 충분히 이해하지만, 그리고 마음은 아프지만, 제 사정이 지금, 다른 글을 쓸 처지가 아니라서⋯⋯ 제가 오죽했으면 글 쓴다고 이런 시골까지 내려왔겠어요, 저도 가정이 있는 사람인데, 사정이 워낙 급박하다보니, 정말 미안합니다. 안녕히 가세요."

고개를 꾸벅 숙이고 다소 매몰차게 방문을 닫고 들어와버렸다. 그래도 사람이 가는 걸 보고 문을 닫아야 했던 것이 아닌가 싶어 다시 문을 열고 인사하려 했지만 이영희는 이미 가버렸다. 마루에 호소문 한 장이 낙엽처럼 놓여 있을 뿐이다. 그렇게 절박하다더니, 한 번 더 부탁을 해보지도 않고선⋯⋯ 뭐, 그리 절박한 것도 아닌가보네⋯⋯ 호소문 종이쪽을 들고 벽에 등을 기대고 앉아 왠지 무안하고 민망하고 속상해서 혼잣말을 해보다가, 에라 모르겠다, 어차피 남의 일, 내 코가 석 자다 하고서 다시 노트북 앞에 앉았지만, 그러나 이영희의 눈물이 자꾸 제 눈앞을 가로막았다.

군청 앞, '군민의 쉼터'란 현판이 붙은 정자에 노인들이 오물오물 쪼그려앉아 있다. 정자라고 하지만 마루가 있는 건 아니고 누각

아래 나무색깔을 입힌 씨멘트 벤치가 놓여 있다. 대부분 육십대 이상으로 보이는 남자노인들이 그 벤치를 밥상 삼아 밥을 먹는 중이다. 이영희는 보이지 않았다. 남자노인들이 밥을 다 먹고 일어서자 이번에는 여자노인들이 밥을 먹기 시작했다.

"저기…… 안녕하세요?"

"어서 오씨요. 그런디 우리가 시방 안녕을 허덜 못허요."

"밥 맛있겠네요."

"괴기반찬은 없어도 아직 밥 안 묵었으면 좀 드씨요."

어디서 온 사람인지, 누구를 찾아왔는지도 묻지 않고 노인들이 주섬주섬 플라스틱 그릇에 밥을 고봉으로 퍼서 숟가락을 꽂아준다. 엉겁결에 노인들 틈에 앉아 밥을 퍼넣었다. 반찬은 말린 고구마대를 넣은 잡어찌개, 마늘종 장아찌, 유채 겉절이다. 배가 고프지 않은데도 밥은 꿀맛이다.

"밥이 정말 맛있네요."

의례적으로 한 말이 아니다. 단순히 맛있기만 한 것이 아니다. 오래전 떠났다가 이제 방금 돌아온 집에서 눈물과 함께 먹는 회한의 밥 같다고나 할까. 하지만 그렇게 복잡한 느낌을 말할 수는 없어서, 그냥 맛있다고만 한다.

"밥 많이 있응게 더 자시씨요."

아닌게아니라 더 먹고 싶기는 하지만, 밥을 먹고 있는 사람은 자기 혼자라 뻘쭘해져서 그만 숟가락을 놓았다.

"할머니들, 여기서 데모하시는 분들이죠?"

"쿠쿠쿠쿠, 그런다요. 우리가 시방, 디모를 허는 망구들이다요.

우리 아덜이 디모헐 적이는 디모허지 말라고 벤또 싸갖고 다님서 몰리고 댕기든 내가, 호랭이 물으갈, 오널날에 이러고 디모를 다 헐지를 어찌 알았겄소이? 그런디, 집이는 어디서 온 냥반이요?"

밥 실컷 먹여놓고 한참 말 섞고 나서야 온 곳을 묻는다. 모든 할머니들이 해정만 주시하고 있다.

"서, 서울서 왔어요."

다 들었을 텐데도 어디서 왔느냐고 물은 할머니가, 서울서 왔디야 하고 다시 전한다. 해정의 말에는 고개 끄덕이지 않던 할머니들이 일제히 고개를 주억거리며, 서울서 왔어어? 먼 디서도 왔네에, 독가리나 날리는 이리 물짠 디(형편없는 데)를 뭣허러 왔으까이, 볼일이 있응게 왔겄지라우, 한마디씩 중구난방으로 거드는 와중에 이영희가 나타났다. 어색하게 인사를 하는데 이영희가 반색을 한다.

"써주실라구요?"

이영희가 왔다 간 뒤 해정은 마음이 편하지 않았다. 자신이 직접 글을 써서 언론사에 보낼 마음은 없었다. 유명작가가 아니어서 실어주지 않을지 모른다는 불안감도 없지는 않았지만, 무엇보다 자신은 자신의 글을, 이미 돈까지 받아먹은 장편소설을 써야 했기 때문이다. 대신 형미한테 부탁하면 유정면 쇄석기 설치반대 대책위원회의 사연이 세상에 알려질 계기가 생기지 않을까 하고 전화를 했다. 명색이 그래도 시사잡지 기자가 아닌가. 사연을 이야기했더니, 형미 왈,

"언니, 그게 그러니까 말야, 무엇을 반대한다고 하는 싸움이 유정면에만 있는 게 아냐. 전국이 다 그래, 다. 내 말은 그러니까, 유정

면 주민들의 투쟁이 특별한 이야기가 아니란 거지."

"그래, 그렇다고 쳐. 그러면, 특별하지 않으면 기사로 쓸 가치도 세상에 알릴 이유도 없다는 거야, 뭐야?"

"요는, 그러니까, 그런 시시콜콜한 동네 이야기까지 기삿거리로 다루기엔 대한민국이 그리 한가한 나라가 아니란 말이지. 물불 안 가리잖아? 불만 해도 봐. 남대문에서, 이천에서, 광화문에서, 용산에서. 물은 또 어디야? 당장에 사대강이 있네. 언니, 근데, 사대강 중에 섬진강도 들어가나?"

"섬진강은…… 아닌 것 같애. 한강, 금강, 낙동강, 영산강인가?"

"있는 곳이 남쪽이라면 영산강 쪽이야? 섬진강 쪽이야?"

"아무 쪽도 아냐."

"으음, 그럼 뭐 시끄러울 일도 없겠네."

"사대강만 시끄러워야 하냐? 돌공장이 시끄러우면 안된다는 법이라도 있어?"

말해놓고 보니 이상하긴 하다. 그러면 돌공장은 시끄러워야만 하는 것인가. 지금, 돌공장이 시끄러워서 못살겠다고 할머니들이 데모를 한다지 않나. 그런 판국이니, 정말 돌공장이 시끄러우면 안 되는 법이라도 있어야 하지 않는가.

"그러니까, 내 말은 시끄러운 것도 다아 순서가 있단 말……"

욱, 하고 치밀어오르는 어떤 기운 때문에 형미 말을 가로챘다.

"순서? 순서 좋아하지 마라. 여기 지금 애기 낳고 다음날 바로 논밭에 일하러 나가야 했던 할머니들이…… 할머니들이……"

이것이 무슨 조홧속이란 말인가. 아무래도 이영희한테서 전염된

게 분명했다. 이영희가 할머니들이라는 말만 발음하면 눈에 눈물이 고이더니, 그 증세가 자기한테 옮겨올 줄이야. 더구나 자기는 할머니들을 본 적도 없지 않은가. 출판사와의 약속이고 뭐고, 할머니들을 직접 보지 않으면 도저히 안될 것 같았다. 그러지 않으면, 정말 장편이건 뭐건 아무것도 써질 것 같지 않았다. 할머니들의 무엇이 그토록 이영희를 울리는가, 궁금하기도 했다. 그래서 나온 길이었다.

"지난번엔 미안했어요."

"바쁜 분을 찾아간 저도 미안하더라고요. 그건 그렇고 밥 좀 드시지요."

"밥은 할머니들이 주셔서 먹었어요. 정말 맛있었어요."

고달픈 나날 속에 준비했을 밥을 단순히 '맛있다'고 표현해야 하는 것이 미안하지만 덜 미안해도 될 다른 말이 생각나지 않는다.

"우리 할머니들이 날마다 이렇게 길에서 밥을 드시네요."

"날마다 소풍을 나오는 것이제이."

군청 화장실에서 받아온 물로 설거지를 하던 꽃무늬 몸뻬 할머니가 소풍이라고 말하자, 여기저기서 웃는다.

"뭔 놈의 소풍을 비가 오나 눈이 오나 나와야 돼야."

"오늘 소풍에는 막걸리 한잔도 없네."

"이왕에 소풍 왔응게 장구도 들고 나와야제."

이영희가 빙긋이 웃으며 손바닥을 딱딱 친다.

"이제 밥도 먹고 설거지도 끝났으니까, 우리 언니들 공부합시다."

이영희가 누각 아래에 가갸거겨고교가 적힌 차트를 건다. 해정
은 군청 건너 들판을 바라보았다. 거기, 가갸거겨고교가 물처럼 흘
러 풀처럼 일렁이고 있었다.

지렁이 울음소리

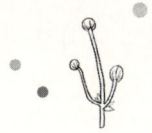

영희는 자신이 없어 종숙을 앞세웠다.

"여기야? 야아, 변호사님이 무슨 글도 쓰시는 분인갑다아."

사무실로 올라가는 계단참에 이주연 변호사의 사진과 함께 실린 글이 스크랩되어 걸려 있다. 영희는 잠깐 서서 그걸 읽었다. 작년 가을에 지방신문에 쓴 칼럼이다.

"천고마비의 계절 가을이 왔다. 하늘은 높고 말은 살찐다는데, 우리 인간은 이제 꼭 가을이 아니라도 사계절 내내 살찌는 삶을 살고 있는 것이 아닌가 생각된다. 몸이 살찌는 것과 비례하여 마음은 더욱 여위어가는 삶을 살고 있지는 않은가, 이 가을에 다시 한번 돌아보게 된다. 그리하여 저절로 마음의 양식인 책을 찾게 되는 것이다……"

"야, 뭐 해?"

종숙이 채근한다.

"종숙아, 이 사람 책도 많이 읽는가봐."

"책 많이 읽는 사람이라면 맘도 착할 거다."

"니가 걸 어떻게 아는데?"

"책에서 작대기 하나만 빼면 착이잖냐."

우습지도 않은 농담을 하는 것은 영희의 긴장을 풀어주려는 종숙 나름의 배려인지도 모른다. 이윽고 변호사 사무실 문 앞에 섰다. 심호흡을 하고 문을 열었다.

오기 전에 미리 전화를 했을 때, 심드렁한 목소리의 사무장은 일단 사무실로 나와서 이야기하자고 했다. 그도 영희도 불편한 자리이기는 마찬가지일 것이었다. 불편해도 할 수 없었다. 그 돈이 어떤 돈인가. 시골 노인들의 피 같은 돈이잖은가. 이 사태는 자신이 세상 물정을 너무 몰랐던 탓이라고 영희는 생각했다. 사무장은 영희가 사무실에 들어오는 걸 분명히 봤을 텐데도, 못 본 척 제 책상에 엎드려 서류에 코를 박고 있다. 한참을 기다렸다가 영희가 다가가 인사를 하니, 조금만 더 기다리란다. 어디 앉아 있을 만한 의자도 없는데 어디에 앉으라는 말도 안한다. 종숙이 일부러 그러는지는 몰라도 한쪽 벽에 등을 기대고 아예 사무실 바닥에 책상다리를 하고 앉아버린다. 영희는 차마 그럴 용기는 나지 않아 어정쩡한 자세로 서서 사무실 안을 구경하는 참인데, 따로 문이 달린 변호사 방에서 전화벨 소리가 났다.

"사무장님, 혹시 변호사님 안에 계세요?"

사무장이 그제야 고개를 들고 일단 자기 앞으로 오라고 한다.

"제가 바빠서 긴 대화는 못 나누겠고요, 전화로 말씀드린 대로 이런 일은 사실 저희도 처음이거든요. 그러니깐, 아주머니도 어디 가서 수임료 돌려받았다는 이야기는 허지를 마십시오이? 원래 수임료라는 것이, 이기고 지고와 상관없이 계약한 대로 주고받으면 그걸로 끝이란 걸 아셔야 합니다이. 그런데, 이번에 아주머니한테 돌려드리는 것은, 우리 변호사님이 특별히 생각해서 그러는 것이니, 그 점은 꼭 알아주셔야 합니다. 아시겠지요이? 돈은 이따 오후에 바로 입금될 겁니다. 그런데 얼마 정도를 돌려드려야 합니까?"

"네?"

다 돌려주는 게 아니었던가? 그러나 도저히 다 달라는 말이 입에서 떨어지지 않는다.

"하여간, 이따 오후에 통장 확인해보십시오이. 근데, 좀전에 농성체제로 앉아 있던 아줌마는 어디 갔다요?"

종숙이 보이지 않는다. 변호사 방 안에서 종숙의 목소리가 들린다.

"변호사님, 그 돈이 어떤 돈인지 변호사님도 잘 아실 거 아닙니까? 시골 노인들이 콩 팔고 깨 팔아 한닢 두닢 모은 돈이랍니다. 기름 아낀다고 한겨울에도 벌벌 떰시로……"

변호사 방 문이 벌컥 열렸다.

"아주머니, 사무장하고 얘기하세요. 저는 일이 있어서 나가봐야 해요."

문을 나가는 변호사를 종종거리며 쫓아가는 종숙을 영희가 붙잡았다.

점심을 먹을 겸 실빗집에 종숙과 막걸리 한 병을 놓고 마주 앉았다.

"멋모르고 따라오긴 했다만, 도대체 뭣 땜에 변호사를 샀는데? 그래서 또 나까지 끌고 와 착하지도 않은 변호사 붙들고 돈을 돌려달라 애걸해야 하는 이유가 뭔데?"

목이 말라 우선 막걸리 한 잔을 따라먹고,

"돌공장이 크락샤라는 돌 깨는 기계를 채석장에 설치하려고 했어. 채석장 인근 동네 사람들이 가만있어? 그러니까 이 사람들이 머리를 쓴 거야. 우리 동네, 진평리 앞 레미콘공장을 인수했어. 레미콘을 없애버리고 거기다가 크락샤를 설치했어. 군청에 업종추가 신청을 했는데, 군청이 안 받아줬어. 그걸 전문용어로 행정처분이라고 해. 나도 이 싸움 하면서 알았어. 그러니까 업체가 군청을 상대로 공작물, 크락샤 철거처분 취소소송을 낸 거야. 공작물 축조신청서 반려처분 취소소송도 함께 냈지."

종숙이 미간을 찡그리며 주모에게 노트와 연필을 달라고 한다.

"다시 한번 읊어봐."

"하여간, 그래서 우리가 피고 보조참가인으로 신청을 해가지고 노인들 피 같은 돈을 거둬서 오백으로 변호사를 샀어."

"피고 보조참가인이란 게 뭐여?"

"피고가 군청이잖아. 우리도 피고와 같은 당사자 입장이 되는 거지."

"그러려면 변호사가 필요해?"

"레미콘회사가 레미콘사업은 안하고 크락샤사업을 하는 것이니, 당연히 승인을 내주면 안되니까, 우리 변호사를 사서……"

"그런데, 왜 돈을 돌려달라고 해?"

"이자들이 소송을 취하한 거야."

"싸워보도 않고?"

"응."

"왜 그랬으까?"

"……하여간, 한번 싸워보지도 못한 소송이라 변호사가 한 일이 없잖아. 노인들한테 면목이 없고, 어젯밤 내내 고민하다가 안되겠어서 전화를 했지. 그랬더니 이렇게 오라고 하잖아."

"근데, 이 변호사는 누가 소개해줬어?"

"니네 오빠 김종수. 학교선배라나 뭐라나."

"지랄."

자신이 지금 밥을 먹는지 모래를 먹는지 영희는 알 수가 없었다. 그래도 그냥 퍼넣었다. 복주가 곧 어린이집에서 돌아올 시간이니, 서둘러 집에 가야 해서 막걸리는 더 마시고 싶어도 마실 수가 없었다.

"애 꼴이 저게 뭐냐?"

아이 얼굴에 땟국이 잘잘 흐른다. 요즘 가끔 영희가 마중나가지 않으면 어린이집 차에서 내린 복주는 저 혼자 들로 산으로 돌아다니다가 집으로 왔다.

"쪼끔밖에 안 늦었어. 그리고 인제 지가 집도 잘 찾아올 줄 알어. 여기는 시골이고. 뭐가 걱정인데?"

요즘 철수는 영희한테 불만이 가득하다. 철수도 요새 자기 매형 일로 동분서주하고 있다. 트럭 노점을 그만두고 최근 중장비기사 인 매형을 따라 새만금둑 쌓는 곳에 가서 노동품을 팔고 왔다. 새 만금 일이 끝나면 죽이러 가는지 살리러 가는지는 몰라도 하여간 사대강살리기 공사현장으로 가려던 참이었다.

"사대강이 환경에는 좋지 않다고 하던데요."

철수가 내키지 않아하자,

"물론 물이라는 것은 흐르지 못하고 고이면 썩는 것이 당연지사 지. 허지만 그런 것은 높은 사람들이 책임질 일이고, 우리 같은 사 람들은 환경도 좋지마는 우선 먹고살아얄 것 아닌가벼어. 물이 고 여서 썩으면 또 언젠가는 뜯어낸다고 허겄지만서두우."

술 한잔에 그만 매형 말에 설복당했다. 아니, 설복당한 척했다. 그러지 않으면 따라갈 명분이 서지 않아서 그랬다. 처남이 그래도 자기를 직수굿이 따라다니는 것이 기분 좋았던 매형은 복주 갖다 주라고 과자를 사오다가 달려오는 차에 치이고 말았다.

처음에는 별것 아니다 여길 정도로 멀쩡했다. 그런데 날이 갈수 록 매형은 몸을 맘대로 움직일 수 없었다. 요즘은 숫제 휠체어 신 세를 지고 있다. 매형이 보험 들어놓은 게 있었다. 그래서 당연히 교통사고 보험금을 신청했다. 그런데 보험회사에서 조사를 하더 니, 매형이 몸을 움직이지 못하는 것이 교통사고 후유증이라는 증 거가 없어서 상해보험을 지급할 수 없다고 했다. 누나는 철수만 붙 잡고 징징거렸다. 며칠 전 철수는 애초에 매형을 진찰했던 의사와 드잡이를 하다가 경찰서까지 다녀왔다. 그런 상황인데 영희조차 돌공장 일로 밖으로 나도니 철수가 기분이 좋을 리 없다.

"매형이 생사의 갈림길에서 헤매고 있는데 너는 애조차 팽개쳐두고…… 우이씨."

철수 손이 올라간다. 영희는 그만 사색이 되어버렸다.

"왜, 그 손으로 날 치려고?"

"치고 싶다아!"

"치고 싶다고? 치고 싶으면 쳐, 왜 못 쳐?"

순간, 뭔가가 영희 얼굴로 퍽 날아왔다. 분명히 철수 손이다. 철수가 영희를 쳤다. 어스름이 내리는 마당으로 쓰러진 영희가 고개를 들었을 때, 철수는 길지도 않은 팔을 휘적휘적 흔들며 집을 나가버렸다. 그 난리에 복주가 울다가 그만 옷에 오줌을 지렸다. 아이가 새된 악을 쓴다.

"오주움, 오주움……"

콱 엉덩이를 때려주고 싶은 것을 겨우 참으며, 오줌싼 아이 뒤처리를 하다가 마루에 구겨져 있는 '특별송달'이라 씌어진 우편물을 발견했다.

소 장

손해배상 청구의 소
원고: 순양석재산업(주) 대표 김수철
피고: 진평리 180번지 이영희

철수가 화가 나게도 생겼다. 그런다고 사람을 쳐? 하여간에 순양석재가 손해배상으로 청구한 돈이 얼마인지 다시 한번 세어본다. 가슴이 떨려와서 어떻게 해야 하나, 복주를 쳐다본다.

"복주야, 사는 게 왜 이렇게 힘드냐?"

"뭣이 우리 엄마를 힘들게 하까아?"

아이가 나름대로 엄마를 위로하려는 몸짓으로 아양 떠는 목소리를 내며 엄마를 그윽이 들여다본다. 떨리는 가슴을 진정시키려 아이를 꼬옥 안고 쏟아지는 눈물을 훔치고 있는데, 앞집 베트남 며느리 흐엉란이 음식이 든 양푼을 들고 들어선다.

"우지 마라요. 콩죽 먹고 힘내요."

틀림없이 좀전의 소란을 봤을 것이다. 그래서 위로 차원에서 음식을 가져온 것이리라. 양푼에는 고소한 콩죽이 담겨 있다. 뜨겁고 고소한 콩죽 덕분에 파도치던 가슴이 적이 가라앉았다. 겁에 질린 마음이 차분해진 것이 꼭 콩죽 때문이라기보다, 콩죽을 가져다준 사람의 정 때문이라는 걸 영희는 알았다. 처음에는 그 정이란 것이 좀 성가시고 의아하기도 했다. 그러나 정을 정으로 받아들이지 않으면 다른 것으로는 도저히 받을 만한 것이 없었다. 정은 정으로 받아야 가장 편안하다는 것을 영희는 그제야 깨달았다. 한참 콩죽을 먹고 있는데, 앞집 아줌마가 또 뭔가를 들고 온다.

"란이야, 콩죽만 들고 가면 어쩌냐."

아줌마가 들고 온 것은 방금 무쳐낸 파김치다. 앞집 아줌마 아들, 흐엉란의 남편 양정호는 청년회원이자 딸기 작목반이다. 영희야 얼떨결에 대책위에 들어온 뒤에야 알게 되었지만, 이장단과 주민들이 협상을 시도하던 청년회와 작목반들을 불신임하고 외지인인 영희를 새로운 대책위원장으로 뽑은 사실을 아줌마네도 알 테니, 사실 앞집과는 불편한 관계일 수도 있겠으나 아줌마는 전혀 신경쓰지 않았다. 아들과는 상관없이 앞집 아줌마는 영희를 좋아했다. 콩죽에 파김치로 저녁을 배부르게 해결하고 나니, 김철수고 뭐고, 소장이고 뭐고 다 용서가 되는 기분이다.

"어쩌, 배부릉게 속이 좀 풀린가?"

"아니요."

"알았어어. 란이야, 우리집 냉장고에 가서 션허게 시아시된 막걸리 한 통만 갖고 와라."

어, 하면 아, 하고 알아듣는다. 그런 사이가 되는 동안에 앞집 아줌마는 어느새 남숙이성이 되었다. 그녀가 어느날 그랬던 것이다.

"우리 동네는 택호가 따로 있어도 성이라고도 불러. 이 집 무수굴아짐도 우리 씨오머니한티 난남이성이라고 불렀어. 우리 씨오머니가 조난남이여. 복주엄마도 인자부터 날보고 아줌마 하지 말고 남숙이성이라고 불러. 내 이름이 공남숙이여."

할머니에서 아줌마로 아줌마에서 남숙이성으로 바뀌는 동안 나이 차이와는 상관없이 남숙은 영희와 친구가 되었다. 마을에서 육십대 초반은 젊은 축에 속했다. 남숙은 아직 젊기도 하고 성격도 활달해서 이런저런 이야기를 스스럼없이 잘했다. 내놓고 하기에는 낯부끄러운 이야기까지. 가령 이런 것이다.

"호박을 이고 오는디 누가 뒤에서 빵빵거려. 길을 알켜달라고 해서 내가 가는 길이다 했더니, 타래. 타고 보니, 손목아지도 두툼허고 어깨가 실해. 눈빛도 교양있이 생겼고이. 말허자면 이런 디서 흔히 볼 수 있는 무식헌 얼굴이 아녀. 생각 같애서는 그 차 타고 한 허고 가불고 싶드만. 내릴랑게 아숩드라고."

"한 하고 가면, 어디까지 가고 싶었는데요?"

"어디 강변 같은 데이, 음악이 잔잔허니 나오고 허는 디서 그라스를 부딪침시로이, 나중에 어찌될 값에, 시방은 당신을 사랑헌다고, 속색이면 그놈이 도망가불것제이?"

속으로야 웃음이 재채기처럼 간질간질 비어져나오려고 하지만, 그런 상황에서는 진지하게 듣고 있다가 적당한 데서 추임새를 넣어줘야 말하는 사람이 더 재미나서 듣는 사람 또한 더 진한 이야기를 들을 수 있다는 것을 영희는 겪어봐서 잘 알았다. 절대로 웃어버리면 안된다. 그러면 말하는 사람이 자존심 상해할 수도 있다. 눈빛을 반짝이며,

"내가 말여, 지난번에 거그매떠기한테 오줌소태 이야그를 했거든. 그런디 그 인사가 사방에다 그 이야그를 퍼뜨린 통에…… 아이고 참나."

듣고 있다가 별 의미 없이 웃었더니,

"자네도 내 말이 우스매소리로배끼는 안 듣기는갑네이."

하면서 입을 꼭 다물어버렸던 것이다. 웃어서는 안되지만, 속으로 웃을 수 있는 이야기를 해주려나 술 한잔을 먹고 기다리는데, 남숙이 노래를 부른다.

"싸랑한다고 말할 걸 그랬찌이 님이 아니면 못 싼다 할 것을…… 우리 씨오머니가 노래를 잘해. 저 집이 노래 잘허는 메느리만 들이는 것이 내림인가벼어."

자기 집을 가리키며 남의 집 일인 것처럼 말한다. 노래 잘하는 며느리만 들이는 집이라니, 흐엉란도 노래를 잘하는지가 궁금해 한 자리 시켰더니, 노래는 하지 않고 뜻밖에 시를 외운다. 따우 왜 따바오 메이 따우 라랑 공아이…… 띠루띠루띠루루루 또르또르또르르르 어디선가 지렁이 울음소리가 난다. 처음에는 그게 지렁이 울음인지 몰랐는데, 저 맑은 벌레소리가 무슨 소리냐고 물었더니 남숙이 지렁이 울음소리라고 가르쳐줘서야 지렁이가 운다는 사실을 처음 알았다. 낭랑한 지렁이 울음소리에 실린 흐엉란의 낭송은 정말 아름다웠다.

"물소야 내가 너한테 할 말 있다 나하고 논에 가서 경작하자 모를 심고 경작하는 것은 원래 농민의 일이다 여기 나 저기 물소 누구도 힘든 것은 생각하지 않는다 언제라도 벼 한 포기 있으면 그때는 물소 네가 먹을 풀이 있다는 것이다."

"란이씨가 직접 지은 신가요?"

"아니요, 우리 베트남사람 다 아는 시예요."

시 때문이었을 것이다. 흐엉란도, 공남숙도, 이영희도 그저 아무 말 없이 한참을 띠루띠루띠루띠루루루 또르또르또르또르르르 소리만 듣고 있었던 것은. 어둠속에서 사르르르사르르르사르르르 지는 조팝나무꽃만 바라보고 있었던 것은.

아이를 재우고 철수를 찾으러 살금살금 나가보았다. 짐작되는 바가 있었다. 얼마 전 영희가 이장네에서 얻은 밭에 나가 있을 거였다. 밭가에는 늙은 팽나무가 있다. 그 팽나무 아래 앉으면 사방이 훤히 내려다보였다. 진평리에 이사와서 철수가 유일하게 정을 붙인 장소다. 영희가 다가가자 철수가 한 뼘쯤 떨어져 앉는다. 두 사람은 한참을 말없이 있다가, 영희가 불쑥,

"시 하나 들어봐."

"시 같은 소리 하지를 마라."

철수의 냉소를 무시하고 베트남시를 읊는다. 물소야 내가 너한테 할 말 있다 나하고 논에 가서 경작하자 모를 심고 경작하는 것은 원래 농민의 일이다……

얼마 전에 감자를 심었는데 벌써 싹이 돋아 어둠속에서도 푸릇푸릇하다.

"감자가 싹이 나서 잎이 나서 감자감자 숏."

하면서 영희가 철수에게 주먹감자를 먹였다. 피하지 않고 주먹을 받으며 철수가 낮고 음산하게,

"우리 여기 떠나자. 이사가자고."

"이사 못 가, 아니 이사 안 가."

영희가 단호하게 대답했다. 철수 얼굴이 일그러졌다.

"솔직히 여긴 우리집도 아니고, 우리 고향도 아니고…… 당신이 나설 상황이 아니잖아."

"어디 가면 우리집이 있고 어디 가면 우리 고향이 있는데?"

"하여간 우리집, 우리 고향은 없더라도 여기는 싫다. 진짜 싫다. 지금이라도 당장 짐 싸면 되는 거잖아."

"싫어. 식당 철거당했을 때처럼 맥없이 물러나진 않을 거야."

"이유가 뭔데?"

"여기가 좋아졌어. 여기 사람들하고 정이 들었다고."

"그놈의 정 두 번만 들었다간 노인들한테 아예 함께 살자고 하겠네?"

"노인들이 나만 바라보고 있어. 우리는 동지야. 여기서 못 버티고 떠나버리면 나는 어디 가서도 못 살아. 여기 사람들한테 미안해서 편히 못 살아."

"여기 살면 내가 안 편해. 애도 안 불쌍하냐?"

"복주가 왜 불쌍해?"

"아 씨발, 날마다 안 좋은 공기 들이마시잖아. 잠도 편히 못 자고."

"좋은 공기 마시고 살려고, 잠 편히 자고 싶어서 지금 싸우고 있잖아."

"싸우면 이긴다는 보장이 있냐?"

"몰라. 그래도 싸워야지 어떡해."

"너하고는 답이 안 나온다, 답이. 이 양반은 진짜 이름만 보고 짝을 맺어줘놓고는 무책임하게……"

애먼 매형 원망이나 하다가, 똥 마려운 강아지 꼴로 안절부절못하고 서성이더니 끝내 폭력 쓴 것을 사과하지 않고 철수는 산을 내려가버렸다.

어디선가 귀에 익은 지렁이 울음소리가 띠루띠루띠루루루 들려왔다. 그와 동시에 돌공장에서도 다갈다갈다갈 쿵쿵 소리가 나기 시작했다. 가만히 듣자 하니, 지렁이는 돌공장 소리에 결코 지지 않겠다는 듯, 간절하게, 줄기차게 울 태세였다. 철수가 그런 지렁이 울음소리를 듣지 못하고 산을 내려간 것이 안타까웠으나 할 수 없었다. 가만히 귀기울여야 들리는 지렁이 울음소리를 듣지 못하는 철수의 귀에는 오직 돌공장 소리만 들릴 거였다. 이 세상에는 돌공장 소리 말고도 지렁이 울음소리도 있다는 것을, 철수에게 어떻게 설명할까 생각하며 영희는 감자밭에 몸을 엎드리고 한참 동안 가만히 있었다.

외롭고 괴로워서 우는 새

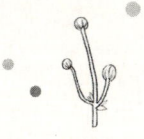

용수막댁 김공님은 뒤꿈치에서 뭔가 터지는 느낌에 그만 움찔, 몸이 굳고 말았다. 틀림없이 그것은 좀전에 자신이 빗자루로 잘 걷어냈다고 걷어냈던 거미일 것이었다. 분명히 걷어냈던 거미가 언제 다시 방으로 기어들어왔는지는 하늘에 맹세코 정말 모를 일이었다. 죽이려고 맘먹은 게 아니었다는 것을 그러나 누구에게 증명해 보일 것인가. 가슴이 후들후들 떨려와서 공님은 우선 첫새벽에 길어온 우물물은 아니지만 안방 옆 입식 부엌으로 부리나케 가서 수돗물을 한 대접 받아서는 뒤안 장광(장독대)으로 달려갔다. 그곳에서 가장 큰 독에 물을 올려놓고 일단 철용신이든 조왕신이든 성주신이든 아무나 붙잡고 용서받고 이해받고 싶은 마음에 손부터 비볐다. 아침해가 떠오르려면 한참 먼 어스름 새벽이었다. 손에 땀이 나도록 비비고 나니, 그제야 마음이 좀 가벼워져 방으로 들어와 이르다 싶기는 해도 전화기를 들었다. 얼른 전화를 해줘야 내려오겠다는 막내딸을 말릴 수 있을 것이기 때문이다. 딸이 전화를 받자마자,

"아야, 오늘 내래오지 마라."

"왜애? 지난 설에 싸운 일로 엄마 아직도 꽁해? 오빠하고 우리는 진작에 풀었구마는."

"그것이 아니라아."

"황서방이 새 차 사서 제일 먼저 엄마부터 태우고 싶다고 기어코 오늘 내려가자잖아."

"나 새 차 안 타도 된다. 새 차고 헌 차고 차 타면 머리 아파. 그렁게에 지발직신 내래오지 마라 잉."

"그래, 그럼 내려가지 않을 테니 왜 오늘 내려오지 말라는지 이유나 말해줘, 엄마."

"그것이 그렁게에…… 거무를 주, 주개부렀단마다. 그렁게 오늘은 내래오지 말고 니얼이나 모레나 내래오그라이?"

예부터 아침에 거미를 죽이면 집에 오는 손님한테 해가 있다는 말이 있었다. 그걸 믿든 안 믿든 공님은 어쨌거나 마음이 편하지 않았다. 다행히 딸이 더는 추궁하지 않고 직수굿이 오늘은 내려오지 않겠다고 해서 그제야 마음이 놓였다. 꼭 거미 때문이 아니라도 딸이 이번에 오려는 속셈이 따로 있는 것 같아 좀 걸리기는 했다. 돌공장 싸움이 길어지자 큰딸 큰아들 작은아들 막내딸이 번갈아가며 전화를 해댔다.

"엄마, 하더라도 살살 하셔요이. 남들 한 발짝 나가면 엄마는 반 발짝만 따라감서이."

큰딸은 그나마 점잖은 편이다.

"어머니, 당장에 안 그만두시면 제가 어머니 서울로 모셔와버릴 랍니다이."

큰아들은 공무원이라 제 입장이 있어서 그런다 치자.

"앗따, 엄마 투사 났소, 투사 났어. 나라에서 주는 효부상까지 받은 사람이 데모를 허면 안되지라."

중학교 졸업하고 집을 뛰쳐나가 제 맘대로 살다가 지금은 서울 강남에서 무슨 업소인지는 자세히 안 가르쳐줘서 공님으로서는 알 수 없으되, 하여간 무슨 업소인가를 하면서 형제 중에 돈을 가장 잘 버는 작은아들이 하는 소리였다. 마음은 비단결인데 배움이 짧아 말이 좀 거칠어서 그러려니 이해를 해버렸다.

"엄마, 어차피 우리 집값이 얼마나 하겠어. 나 같으면 공장 들어와, 도로 놔져, 발전하면 땅값 올라가, 그러면 집 팔아서 그 돈으로 도시에서 편안히 살겠네. 그러니까, 데모하지 말라고오."

막내딸이야 막내로 자라 철이 없어 그러려니 이해해보려 했는데, 가만 생각해보니 고등학교는 나왔으니 초등학교하고 중학교밖에 안 나온 제 언니나 작은오빠보다 배움이 더 적지도 않은 애가, 처자식밖에 모르는 신랑 만나 먹고사는 것도 부족함 없는 애가 하는 말치고는 듣기에 좀 민망해서 전화기를 먼저 내려놓고 말았다. 전화를 끊고 나서 멍하니 앉았자니 탁, 기가 막혀왔다. 이것이 다 그놈의 돈이 없어서 그렇게 가고 싶어하던 대학을 가르치지 못한

탓인가 싶어, 새삼스럽게 오목가슴이 쿡쿡 아파왔다.

아무리 고향 떠난 지 오래라 하더라도 정말 그 아이들은 자기들이 나고 자란 이곳을 잊어버린 것일까. 저희들이 물장구치고 놀던 냇물이 돌가루로 썩어버려도 상관없다는 것일까. 택배로 보내주면 역시 엄마가 만들어준 간장 된장이 세상에서 가장 맛있다고 한 그 간장 된장 만드는 콩밭이 돌가루로 망가져도 괜찮다는 것일까. 그래서는 냇물이 썩고 콩밭이 망가져도 막내딸 말대로 땅값이 올라가기만 하면 좋다는 것일까. 공님은 암만 생각해도 알 수가 없었다. 그래서 자식들이 다 내려온 설에 그동안 맺힌 설움을 맘먹고 토해낸 것이다.

"나는 평상을 삼서 느그 하납씨, 할마씨한테는 말헐 것도 없고 느그 압씨 마진생이한테도 허고 싶은 말을 다 못허고 살았다. 느그 잘난 압씨 마진생이 저세상 가불고 인자 자유가 왔는갑다, 허는 판인디, 인자 마진생이가 나한테 허든 짓을 대를 물려서 진생이 새끼들이 허는구나. 나도 한번 내가 허고 싶은 말 좀 허고 살다 죽자꾸나, 이 씨러죽일 것들아."

막내딸이 고개를 절레절레 흔들었다. 말미에 붙인 욕 때문인 줄 알았더니,

"엄마, 엄마가 아부지한테 큰소리 한번 못 치고 산 것은 우리도 알아. 그치만 엄마가 우리한테 큰소리치면 어떡해."

그때 갑자기 큰아들이 달려들어 막내딸 뺨을 후려쳤다. 막내딸이 제 남편을 부르며 쓰러졌다. 역시나 제 처자식밖에 모르는 사위가 달려와 제 각시를 부축했다.

"황서방, 좀 비켜주게."

"이게 무슨 짓입니까?"

"오빠로서 내가 애한테 할 말이 있네."

"저한테 하십쇼."

"오빠로서……"

그대로 있으면 아들과 사위 간에도 쌈이 날 것 같았다. 일껏 끓여놓은 떡국도 먹지 않고 막내딸이 저희들이 타고 와서 마당에 세워둔 차에 올라탔다. 제 아이들과 남편을 불러 차에 태우고서, 차문을 열고는 오빠한테,

"내가 왜 대학을 못 갔는데에, 다아 오빠 때문이잖아아."

절규를 하더니, 그대로 쌩 하고 떠나버렸다. 다른 아이들은 욕을 먹어도 직수긋이 가만히 있는데 막내딸은 유독 욕만 하면 눈을 치뜨고 대들어서 욕을 더 먹었다. 열 손가락 깨물어 다 아프지만 공님은 그중에 유독 새끼손가락이 더 아파서 그러는지는 몰라도 욕을 가장 많이 먹는 막내딸이 맘속으로는 기중 예뻤다. 기중 예뻐한 막내딸이 제 맘을 가장 아프게 하는 게 속이 상해서 공님은 그만, 차디찬 뚤방에 주질러앉아 오래오래 마른울음을 울었다. 눈물이라도 시원하게 나와주면 좋으련만 늙어서 눈물도 맘대로 나와주지 않으니, 그 또한 서러웠다. 지난 설날, 자식들 앞에서 마른눈물 쏟은 집이 공님네뿐이 아니었다. 평주리 사는 이학수는 소 팔고 논 팔아 자식 다섯을 모두 대학에 보냈다. 그 자식들이 하라는 공부는 안하고 데모를 했다. 첫째가 데모 쪽으로 길을 트더니 둘째 셋째까지 그랬다. 군인 출신 대통령들의 시대가 끝날 때까지, 이학수는 자

식들 데모 말리러 다니느라 골치깨나 썩었다. 그런데 이제 와서 그 자식들이 이학수의 싸움을 한갓 웃음거리 삼았다. 놀리는 것은 말리는 것보다 더 고약하다.

"지나다 보니까 공장도 쬐끄맣드만요."

"그 사람들도 싼 부지에 작은 공장 하나 차려서 어떡하든 벌어먹고 살려고 애쓰는 서민들인지도 모르잖아요. 웬만하면 좀 봐주시지."

"우리 아부지, 우리들 데모하는 데 많이 쫓아다니셔서 데모 노하우는 있으실걸."

그날 학수는 자식들한테 딱 정나미가 떨어져서 세배도 받지 않고 집을 나와버렸다. 며느리들 보는 앞에서 늙은이가 악을 쓰는 것도 꼴사나울 것 같았기 때문이다. 괜히 늙은 아비가 권위 세운답시고 명절의 평화를 깨뜨릴 이유가 없었다. 더군다나 악을 써서 권위를 세우기에는 자식들도 머리에 서리 내리는 나이가 되었다. 그러나저러나 어쨌든 속이 편하지만은 않아, 일단 집을 나왔지만 딱히 갈 곳이 없어 되도록 먼 길을 돌아 마을회관에 갔더니, 학수 또래들이 베톨침하게 앉아서는 할 일 없이 텔레비전을 쳐다보고 앉았는 것이 또 보기가 싫었다. 설날 하루종일 학수는 어디 맘 편히 앉을 곳을 찾지 못해, 일없이 바람 부는 들녘이나 걸어다니다가 저녁 어스름녘에야 집에 돌아와 꽁꽁 언 몸을 행랑채 사랑방에 부리듯이 뉘고 말았다.

설날이 서글펐던 집이 어찌 김공님네와 이학수네뿐일까. 다만 서로가 내색을 안할 뿐이다. 위원장인 이영희가 너무 짠해서 내색을 할 수가 없다. 협상파를 내쳐버리고 이영희를 대책위원장으로 내세웠을 때는, 사실 마음속으로 끝까지 싸우겠다는 각오들이 있었을 것이라고 공님은 생각했다. 공님도 왠지 인상이 선해 보이는 영희가 마음에 들었다. 그러나 싸움이 이렇게 오래갈 줄은 몰랐다. 북풍한설이 몰아치던 지난겨울, 군청 앞에다 비닐천막을 치고 옹기종기 둘러앉았다. 비닐집 안에서 라면도 끓여먹고 아무리 데모라고는 해도 달리 할 것이 없어 노래도 부르고 재미나게 놀았다. 며칠을 그렇게 군청으로 출근을 했는데, 하루는 아침에 가보니 비닐집이 없어져버렸다. 이영희가 추위도 추위지만 부아가 나서 그러는지 덜덜 떨면서 물었다.

"어르신들, 이제 어떻게 할까요?"

옆에서 영산리 사는 오명순이 외쳤다.

"빌어묵을 것, 한디서라도 허야제 어쩌."

아흔 노인이 그리 말해놓으니, 그보다 젊은 일흔, 여든짜리들은 왕언니 오명순을 따르기로 했다. 그렇게 겨울을 보내고 이제 다시 봄이 온 것이다. 오늘은 진평리 사람들과 공님이 사는 봉현리 사람들이 군청 앞으로 나갈 순번이다. 봄이 오자 또 이영희가 물었다.

"어르신들, 일철도 돌아왔는데 어떻게 할까요?"

그래서 순번을 정해 군청에 나가기로 했던 것이다. 오늘은 군청 나가기 전에 해야 할 일이 많다. 동터오기 전에 종종거리며 산밭으로 갔다. 고추모종에 지지대를 꽂고 마늘종도 뽑아줘야 한다. 내일이나 모레쯤 딸네가 오면, 가져가서 해먹을지 안 해먹을지는 모르지만, 마늘종을 들려줄 수 있을 것이다. 산밭 여기저기 이른 새벽부터 나와 일하는 사람들이 보인다. 이웃한 밭에서 호미로 동부밭을 깔짝깔짝거리던 소리쟁이댁이 호르르 웃는다.

"앗따매, 눈을 뜨지 말 것인디 차건 것이 젖통에 쑥 들어오자마자 그냥 눈이 떠져부렀네."

"꿈에 존 것 봤는갑소이?"

"저기 누워 있는 오정섭이가 말이여, 호르르."

동부밭가에 있는 남편 오정섭의 무덤을 가리키며 소리쟁이댁 임애기가 자꾸만 호르르 호르르 웃는다. 김공님의 마음조차 임애기 웃음소리에 맞추어 호르르 호르르 자꾸만 들까불어진다. 잠에서 깨어난 새들도 호르르 호르르 날아오른다.

"정섭이 저 인사가 밤새도록이 안 와."

"이승허고는 영영 하직을 해분 사람이 올랍디여. 나 같애도 징글징글헌 이놈의 세상 느그들이나 잘 묵고 잘 살아라 허고 뒤도 안 돌아보제."

"그것이 아니고오, 그날밤에 말여."

또 '그날밤' 이야기다. 봉현리 오정섭이 마진생하고 진평리 김춘복, 양도출과 주막집 뒷방에서 도리짓고땡으로 밤을 새우던 그 밤에 눈이 내렸다. 푸지게 눈이 오던 그 밤에, 공님은 첫애를 낳았다. 임애기가 공님의 아기를 받았다. 애기가 애기를 받았다고 우스갯소리를 해놓고도 애기는 웃지 않았다. 아기를 받고 나서 애기는 진평리로 갔다. 김춘복 마누라 이오목하고 양도출 마누라 조난남한테 주막을 덮치러 가자고 했다. 새댁인 이오목은 망을 보고 목청 좋은 조난남이 악을 쓰기로 했다. 세 사람이 여차하면 무기로 쓰려고 각자 손에 호미 하나씩을 들고 현장에 도착했을 때, 남자들은 이미 뒷방 뒷문으로 내뺀 뒤였다. 그날 애먼 주막집 주모 옥화만 작살이 났다.

"그러고 나서 자네 신랑은 언제 들어왔든가?"

"언제 들어왔는가 슬그머니 들어와서 애기 한번 슬쩍 쳐다보고는 그냥 내처 잡다. 딸이라고 두 번도 안 딜이다보고."

공님은 정말 그날 마진생의 자는 엉덩이를 냅다 걷어차주고 싶었다.

"하매 첫닭 올 때였든가아, 눈을 홈빡 뒤집어쓰고 슬그머니 들어와서 내 옆에 착 눕더니만 차디찬 손을 내 젖통에다 쑥 넣드란 마시. 그럼서 허는 말이 걸작이여. 아따, 썩을놈들이 하도 붙잡는 통에 꼼짝을 못했네. 그놈들한테 붙잡혀 있음서도 자네만 생각나드란 마시. 그 말 들응게, 오정샙이 머리에 달라붙은 눈 녹듯이 내 맘이 녹아불드란 말여어, 호르르."

그러니까, 임애기가 이 새벽에 하고 싶은 말인즉슨, 그날밤 그 차디찬 오정섭의 손이 어젯밤 꿈속에서도 들어왔다는 것이로되, 눈을 너무 빨리 떠 아쉬운 판에 말로라도 아쉬움을 달래보려는 수작임을 알겠다.

"징그랍소."

"그때는 징그로왔제. 그런디 시방은 차디찬 님의 손이 이리도 그리울까나아…… 간밤에 꿈속에 님의 자취 선연헌디이 날 새고 뵈는 것은 님의 무덤이로세에, 무덤가에 피는 꽃은 작년 멩년 꽃인디 무정타 우리 님은 영영 이별이로세…… 어이, 새들이 새복부터 초랭이방정을 떠는 것 봉개로 오늘은 겁나게 더울랑가비."

아침부터 임애기 꿈이야기에 마음이 동했던가, 호르르 쪽쪽쪽, 찌르르, 꼭꼭꼭…… 임애기는 뒷짐진 손에 호미를 들고 새들 소리에 맞추어 건들건들하고 공님은 머리에 마늘종 바구니를 이고 산들산들거리면서 집으로 왔는데 트럭 한 대가 집 앞에 서 있다. 누가 왔나, 오목가슴에서 쿵, 소리가 났다. 거미가 내려오더니 진짜 손님이 왔구나 싶어서.

"고모."

친정 동네 용수막 사는 조카 영식이다.

"왔냐아?"

심상하게 맞이하기는 했지만, 맹세코 임이 아니라서가 아니라, 뒤꿈치에 깔려죽은 거미 때문에 반가워도 반갑지가 않다. 아니나 다를까 영식의 표정이 그리 밝지가 않다.

"고모, 인자 집 안에 암것도 안 키우요?"

"나는 키고 싶어도 느그 성들이 못 키게 안허냐."

"짐승이 없응게 집 안이 휑하네."

진짜 본론은 말 안하고 딴전을 피우는 것임을 눈치로 알겠다. 딸네 오면 주려고 꺾어놨던 햇고사리를 참기름에 무치고 혼자서는 먹지 않는 조기 한 마리를 굽고 넣을 것이 아무것도 없어서 그냥 멸치 두어 마리 넣고 막된장을 지져서 밥상을 차려줬더니, 게눈 감추듯 먹어치운다. 집이 어려워 상급학교를 못 다니고 일찌감치 공장직공 생활도 하고 고생을 많이 한 조카라 고모가 늘 마음 한구석에 짠한 마음을 갖고 있다는 것을 아는지 모르는지, 밥은 맛나게

먹어놓고 오만상을 찡그리며 대뜸,

"고모, 거기 안 나가면 안될 게라우?"

뭘 말하는지 단박에 알겠다.

"누가 보냈냐, 느그 작은누이가 보냈냐?"

오지 말라고 했더니 막내딸년이 기어코 제 사촌동생한테 전화를 해서 고모 데모바람 좀 붙잡아달라고 기별을 했는지도 모른다.

"누가 보내서 온 게 아니고 제가 안 와볼 수가 없어서 왔는디요. 사실을 실토허자면, 시방 내가 순양석재를 다니고 있단 말이요오."

"아이고, 참말로 지랄맞다이."

"고모 남한테 우세살까비 일찍 왔네요. 웬만허면……"

저를 봐서라도 돌공장 가동저지 투쟁을 멈춰달라는 것이다. 남들 볼까봐 조카가 후딱 떠난 직후, 마을회관 옥상에 매달린 스피커가 울린다.

"아아, 이장입니다. 오늘은 진평리하고 봉현리가 나갈 차렙니다. 점심밥은 진평리서 마련헌답니다. 덧붙여서 오늘은 케비씨 방송에서 촬영을 헌답니다. 모다들 깨끗한 의복을 착용하시고 아홉시 정각까지 회관 앞으로 모여주시기 바랍니다."

방송소리가 나니 공님은 마음이 훨씬 더 괴로워진다. 내 자식들이 말려서가 아니라 마누라가 도망가버린 뒤 셋이나 되는 아이를 혼자서 키우고 있는 조카를 생각하면 돌공장 문 닫으라는 소리를 해서는 안될 것 같다. 그러나 또 제 부모 같은 사람들을 고소하고 고발하는 돌공장 사장의 처사를 봐서는 그대로 물러나는 게 분하다. 무엇보다 공님은 위원장 영희를 배신할 자신이 없었다. 조카야

핏줄이니 얼마든지 짠한 마음이 들어갈 수 있었다. 그런데 생판 남인 영희가 핏줄처럼 여겨지는 것은 무슨 이유 때문일까를 공님은 곰곰이 생각해봤다. 영희 표정이 환하면 공님도 환해졌다. 영희가 한숨을 쉬면 공님도 억장이 무너졌다. 영희가 발갛게 익은 얼굴로,

"언니들 오빠들, 방송국에서 우리 싸움을 세상에 알려준다네요."

기분이 좋으면 영희는 다 늙은 사람들을 언니 오빠라고 부른다. 김공님도, 오명순도, 임애기도, 노분례도 신이 났다. 성이라고는 불려봤어도 언니라는 말은 영희한테 처음 들었다. 어쩐지 젊어진 기분에 군청 시위 나갈 때면 옷도 이왕이면 밝고 예쁜 것으로 입고 나갔다. 뻣뻣하기가 가죽 같은 얼굴에나마 '구루무'라도 바르고 나갔다. 그래야 영희가 좋아했다. 공장 앞에서 백날 천날 악을 써봤자 소용없다는 것을 알기는 했지만 데모장소를 군청으로 옮기자고 했을 때는 데모고 뭐고 슬그머니 그만두고 싶기도 했다. 그러나 이제 공님은 왜 공장이 아닌 관청을 상대로 싸워야 하는지를 알게 되었다. 작은아들이 왜 공장 앞에서 군청으로 갔느냐고 물었다.

"왜냐, 군청이 허가를 내주기 때문잉게."

"아따, 우리 용수막떠기가 엄청 똑똑해져부렀네."

"내가 언제까지나 고무차대기같이 살아야 쓰겄냐. 요번 일 아니었으면 언제 나 같은 사람이 군수고 도지사고 국회의원이고 장관 앞에서 큰소리 한번을 쳐봤겄냐고오."

"아이고, 그 높은 사람들 앞에서 큰소리까지나?"

"그 사람들이 높은 사람들이면, 그 높은 사람들이 다 어디서 맹

글어졌겄냐, 다아 우리 손에서 맹글어졌제. 그렇게 그 사람들은 우리가 허라는 대로 혀야 써어. 그래야 되는디 안 그렇게 악을 썼제."

그렇지만 군수는 뇌물을 먹고 감옥에 갔고, 도지사는 바쁘다고 뒷문으로 내뺐고, 해결해보자고 한 국회의원은 감감무소식이고, 장관은 아무 말도 않고 악수만 하고 가버렸다. 돌공장 덕분에 높은 사람들이 하나도 무섭지 않게 되었다. 그런데 오늘은 방송국에서 나온단다. 모두들 다른 날보다 더 좋은 옷을 입고 이장이 모는 트럭을 타고 군청 앞으로 갔다.

"어르신들 안녕하세요, 저는 케이비에스 시청자칼럼 '우리 사는 세상'을 만드는 이수경 피디라고 합니다. 여러분의 억울한 사연을 세상에 알리려고 나왔습니다. 자아, 지금부터 촬영에 들어가겠으니, 모두 위원장 뒤로 서주세요."

공님이 을자동댁 노분례 옆구리를 쿡 쳤다.

"어이 을자동떠기, 우리가 데레비에 나와불면 새끼들이 가만히 있을랑가?"

"데레비 나왔다고 자랑헐라느만."

분례 자식들은 제 엄마 데모를 막지 않는 모양이었다. 여기저기 눈치를 살피다가 슬그머니 빠져 가로수 뒤에 서 있는데, 오토바이를 탄 한 무리의 아이들이 멈춰선다.

"할머니, 저기서 뭐 한대요?"

"촬영헌단다."

"영화요?"

"우리들 데모허는 것 찍는디야."

"그런데 왜 할머니는 안 찍어요?"

"……오투바이 타고 어디를 그리 가는 거여?"

"우리요? 외롭고 괴로워서 그냥 달려보는 거예요, 씨발. 별것도 아닌갑다, 가자."

아이들은 순식간에 떠나버렸다. 군청 앞마당에서는 본격적으로 촬영이 시작되었다.

"이영희씨, 되도록 말씀을 좀 크게 해주세요."

"아아, 조용하고 평화롭던 시골마을에 난리가 났습니다. 이른 새벽부터 통탕거리는 소리, 마을 안 농로까지 들어와 질주하는 덤프트럭 크락샤 소음과 먼지 때문에 살 수가 없습니다. 더구나 순양석재라는 회사는 허가받지 않고 크락샤를 설치 가동하고 있습니다. 항의하는 주민들에게 회사측은 폭력을 행사하고 업무방해로 고발하고 손해배상소송을 통해 겁을 주고 있습니다. 순양석재는 지난해부터 올해까지 오개월 동안 무려 십오억원이 넘는 골재를 불법 생산 판매했습니다. 그런데도 군청에서는 벌금 백만원이라는 솜방망이 처벌만으로 할 일을 다 했다는 듯 뒷짐을 지고 있습니다. 그러는 동안에 아흔이 넘은 독거노인을 포함한 가난한 농민들은 업무방해죄라는 명목으로 백만원의 약식명령을 받는, 이런 코미디 같은 일이 21세기 백주대낮에 벌어지고 있습니다. 법은 멀리 있고 주먹은 가까이 있군요. 힘없는 농민들은 아무리 당해도 그저 죽어지내란 말인지요. 계절이 몇번을 바뀌는 동안 우리 어르신들은…… 어르신들은……"

"이영희씨, 그렇게 감정적으로 하시지 마시고……"

그러나, 이미 이영희 뒤에 서 있던 노인들은 울음바다가 되었다. 이러시면 오늘 내로 촬영 못한다고 방송국 사람이 말려도 소용없었다. 이영희가 울먹이며 말했다.

"너무 외롭고 괴로워서…… 너무……"

젊으나 늙으나 외롭고 괴로운 사람 천지라서 그런지 공님은 자꾸만, 가로수 가지 사이를 나는 새들도 외로워 괴로워 외로워 괴로워 하고 우는 것만 같았다.

담배 생각

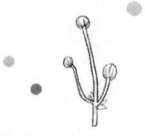

    술에 좀 취하긴 했어도 늘 놓아두는 장소인 침대맡에 둔 것이 틀림없는 썬글라스가 아침에 일어나니 보이지 않았다. 침대를 다 까뒤집어봐도 나오지 않아 막 딸에게 물으러 가려는 찰나, 요새 부쩍 멋을 부리는 눈치인 중3짜리 큰딸이 학교 다녀오겠습니다, 하고 별스럽게 쏜살같이 내빼는 느낌이 들었다. 강신환이 누구인가. 배는 좀 나왔지만 명색이 그래도 범인 잡는 형사가 아닌가. 비호처럼 내달려 큰딸 등에 매달린 가방을 낚아챘다.

    "아빠아, 학교 늦었단 말야아."

    그 또한 별스럽게 사색이 되는 것이 암만해도 이상해 가방검사를 안할 수가 없었다.

    "명색이 3학년인데, 왜 이리 가방이 가벼워?"

"아빠 제발, 저 좀 가게 해주세요."

숫제 덜덜 떨기까지 한다. 가방 지퍼를 확 열어젖히고서 뒤적거리는데 뭔가 냄새나는 게 손에 잡힌다. 담배다.

"야, 이년!"

딸은 그만 꺄악, 비명을 지르고는 가방도 안 가지고 내빼버린다. 자기도 언제 끊었는지 모를 담배를 딸이 피우다니, 이젠 신환이 덜덜 떨리는 순간이다. 아침부터 볼륨을 있는 대로 높여놓고 텔레비전 드라마를 보고 있던 노모가 누가 온겨? 비긋이 문을 열어본다. 어머니는 요새 부쩍 귀가 어두워졌다. 보청기를 끼워줘도 시끄럽다고 자꾸 빼버리는 통에 신환은 어머니에게 무슨 말을 하려다가도 그만두기 일쑤다.

"엄마, 아람이가 담배 피우네."

담배를 들어 보이자,

"아이, 갸가 속이 안 존개비여, 칙간에서 댐배를 묵드라마다."

강신환의 어머니 옥화는 열두 살 봄에 곽란이 났다. 된장물을 한 바가지 마시고는 토하고 나니 속이 메슥거렸다. 그때 할머니가 풍년초를 말아서 건네주는 것을 피우고 나니, 신기하게도 메슥거리는 기가 사라졌다. 옥화는 그때 배운 담배를 팔십 평생 피우고 있다. 마누라 죽고 나서 방황하던 신환이 어느 날, 이제부터는 정신차리고 맑은 정신으로 새롭게 살겠다고 제 앞에서 담배를 툭 분질러가며, 저도 끊겠으니 엄마도 끊으라고 옥박질러도 너는 끊어라 나는 필란다, 하고서 꿋꿋이 피워오던 중이었다.

"하여간 엄마 손지딸 아니랄깨비 일찌거니도 배운다, 차암 내

원."

"댐배도 음석이여. 너무 그래쌓지 마라."

하고는 또 통통 담뱃대를 턴다. 옥화는 누가 개비담배를 사다줘도 꼭 종이를 뜯어내버리고 가루를 통에 쟁여넣어서 피웠다. 평생을 그래왔다.

"아이고 엄마 담배, 딸 담배 징그러서 내가 떠나불던가 해야지 원."

"너무 그래쌓지 마라 해도 그래쌓네. 댐배가 서방보다 낫드라고 에미가 내동 안 그랬냐. 아이, 시난아, 씨불렁씨불렁 그만허고 얼릉 나가봐라. 니 소리 따문에 연속극을 못 보겠다."

귀는 좀 어두워도 총기는 누구보다 좋아서 할 수 있는 껏 참견도 하고, 하고 싶은 말은 또박또박 조리있게 잘하는 옥화다.

"엄마, 이 가시내 들어오면 디지게 뚜드러패불랑게 말리지만 마씨요."

어젯밤 먹은 갈빗집에서 남은 것을 싸달라고 해서 가져온 갈비를 옥화가 먹기 좋게 구워서는 데우기만 해서 먹을 수 있게 은박지에 싸놓고 상추도 깨끗이 씻어서 물이 빠지도록 꽃바구니에 담아놓고 집을 나섰다. 얼핏 농협창고 뒤에 딸 종아리가 보이는 듯했다. 아무것도 든 것 없어도 가방은 들고 가야 해서 신환이 출근하기만 숨어서 기다리고 있는 것이리라. 신환은 못 본 척하고, 일부러 더 크게, 내 이년을 그냥 들어오기만 해봐라, 어쩌고 하면서 오토바이 시동을 걸었다. 오늘은 경찰서로 가서 출근도장을 찍을 필요 없이 군청으로 바로 가야 할 것 같았다. 오늘부터 유정면 쇄석기 설치반대 대책위원회에서 1인시위를 하기로 했고, 멜론농사를 짓는 농민들이 멜론가격 하락에 따른 피해보상을 요구하는 시위를 한다는 정보를 입수했기 때문이다. 순양석재의 불법가동에 맞서는 시위가 허가받지 않은 불법이라 집회장소를 무단사용하면 처벌을 받을 수 있다고 경고했더니 집회형식을 바꾼 것이다. 공장 앞에서 할 때보다 숫자가 많이 줄긴 했으나 시위대는 전보다 훨씬 더 요령도 늘고 노련해진 것도 같다. 일종의 단일대오를 이룬 느낌이랄까, 하여간 일사분란해진 것이 확실하다. '크락샤를 멈춰라' '쇄석기를 허가하면 유정면은 고사(枯死)한다'는 팻말을 들고서 군청 앞 도로를 왔다갔다하다가 '군민의 쉼터'로 모이는 것으로 오늘의 집회가 시작된 모양이다. 신환은 순양석재 시위대가 군청으로 이동한 뒤부터 자신의 지정석이 되어버린 군청 회의실 2층 창가의 가죽의자에 몸을 부렸다. 오늘은 썬글라스가 없어 시선 처리가 영 곤란하다. '만일에 발생할 수 있는 사고를 예방하고 공공의 안녕질서에 반하는 행동을 하는 사람을 감시 적발하기 위함'이랍시고 군청으로 출장을 나와 있기는 하지만, 조금도 위협적이지 않고 짜증날 정도로 평화로운 시위현장을 하루종일 지켜보고 앉았는 것도 못해먹을 짓이었다. 꾸벅꾸벅 졸다가 눈을 떠보면 어느새 점심시간이었다. 노인들은 트럭에 시위현장에서 밥해먹을 도구들을 싣고 다녔다. 라면을 끓이기도 하고 밥을 하기도 했는데, 어느날은 슬쩍 들여다보니 자기가 좋아하는 고추장 멸치볶음이 있었다. 주막집 주모인 어머니는 멸치볶음이라든가 콩자반 같은 반찬을 할 줄 몰랐다. 그런 것은 주막집이 아닌 여염집 반찬이었다. 어머니는 막걸리에 빤 가오리회무침이라든가 염소 내장탕이라든가 개고기 수육 같은 것은 잘했다. 모두 주막집 안줏감들이다. 그래서 신환은 도시락을 쌀 수가 없었다. 가오리회무침이나 염소 내장탕이나 개고기 수육을 싸갈 수는 없는 노릇이었다. 발갛게 윤기나는 멸치볶음을 보자 노인들 틈에 끼어앉아 밥을 먹고 싶었다. 자신의 신분이 알려진 뒤로는 스스럼없이 인사를 나누기도 하지만, 그러나 입장이 입장인지라 밥 좀 달라고 말할 용기는 나지 않았다. 혹시 주민들의 밥을 얻어먹었다가 상부에 알려지면 근무수칙 위반으로 불이익처분을 받을지도 몰라 매번 입맛만 다시다가 맛없는 군청 앞 식당밥을 먹어온 지가 벌써 몇달째인지 모른다. 일단 오늘은 1인시위를 한다니 어떻게 하는지나 지켜보기로 했다. 강신환 뒤에서 창밖을 주시하고 있던 김경사가 오호 하면서 낮은 휘파람을 분다.

"왜 그래 인마?"

"오늘의 첫번째 타자 나오십니다."

테가 넓은 밀짚모자를 쓴 대책위원장 이영희가 '쇄석기 분쇄'라고 씌어진 앞치마를 입고 '유정면은 고사한다'는 팻말을 들고 군청 정문 앞으로 사뿐사뿐 걸어나왔다. 늘 이영희의 동태를 주시하고 살아서인지, 신환은 어쩌다 이영희가 보이지 않으면 은근히 기다려지기까지 했다. 그녀가 보이지 않으면 지루하고 안달이 났다. 그런 날은 군청에서 나와 뒷골목 중국집으로 가서 길다방 효리를 불러 빼갈을 마셨다. 강신환의 가슴에 뭔가 심상치 않은 바람이 설렁설렁 불어서 효리라도 부르지 않으면 무슨 사고를 낼 것만 같았다. 가수 이효리하고는 전혀 닮지 않았지만 신환은 길다방 효리가 멀리 있는 이효리보다 더 예쁘다고 여기며 바람 부는 가슴에 술을 붓 곤 했던 것이다. 사실 어젯밤에 과음을 한 것도 어쩌면 요 며칠 영 희가 보이지 않은 탓이 분명히 있었을 거라고 신환은 생각했다. 이 영희가 가끔 가서 침을 맞는 한의원에 알아보니 감사원장인지 국 민권익위원장인지를 만나러 서울에 갔다고 했다. 이영희가 보이지 않으니 신환의 가슴 한가운데로 어쩌나 찬바람이 불어대는지, 신 환은 한속이 들어 더운 술을 부어주지 않고는 배길 수 없었다. 어 김없이 효리가 달려왔다.

"효리야, 오빠가 죽을 지경이다."

저를 보고 싶어 죽을 지경인 게라고 여겼는지 얼굴이 발갛게 상 기된 효리가 부지런히 숯불 위의 갈비를 뒤적이는 것을 보고 은근 히 기대했으나 역시나, 고기가 익자마자 냉큼냉큼 제 입으로만 가 져간다.

"많이 먹어라. 오빠한테는 술잔이 빌 때마다 한 점씩만 주고."

"내가 왜 오빠를 좋아하는지 알어?"

"나 좋아하지 마라. 니가 상처받는다."

어머니가 잘 보는 아침드라마에서 남자주인공의 대사가 왠지 멋 있게 느껴져서 외워놓았더니 이런 식으로 써먹을 줄은 몰랐다. 신 환은 자신이 읊은 대사에 어울리는 쓸쓸한 표정으로 고기는 먹지 않고 술잔만 연방 비웠다.

"그래, 맞아, 바로 지금 그 표정이야. 남자의 그 쓸쓸한 표정이 여 자 가슴을 찢어놓는 거라고."

"너도 드라마를 많이 본 모양이구나."

"아냐, 진짜루 그렇다니까. 오빠 좋아한다는 내 말 못 믿어?"

상처한 홀아비 강신환은 효리가 오빠가 좋다고 호들갑 떠는 것이 그다지 싫지는 않았다. 효리라도 있어서 그나마 겨우 제 마음속 한기가 가라앉는다는 사실을 그러나 신환은 홀아비티 날까봐 말하지 않았다. 대신에 목소리를 착 깔고 알쏭달쏭하게 말하는 것이다.

"니가 사람을 살리는구나."

그 말은 그러나 사실이었다. 효리 덕분에 마음속 한기가 가시지 않았다면, 분석보고서가 왜 날마다 이렇게 맹탕이냐고, 하다못해 이영희 예쁜 사진이라도 좀 많이 올리라고 이죽거리는 팀장의 살찐 턱이 날아갔을지도 모를 일이다.

날이 너무 좋아서인가. 썬글라스가 없어서 더 그럴 것이다. 신환은 이영희를 똑바로 바라볼 수가 없다. 김경사가 고성능 카메라로 이영희를 채증했다. 늘상 하는 업무에 포함되는 일이지만, 김경사가 카메라를 여러 각도에서 연방 눌러대자 은근히 역정이 난다.

"야, 1인시위하는 거 뭐 찍을 게 있다고 발광을 하냐."

"이영희 오늘따라 아름답네요. 산뜻한 녹색 앞치마에."

"함부로 말하지 마라. 그래도 위원장이다."

"야아, 지난번 버스정류장에서 우연히 딱 마주쳤는데, 이봐요 김형사님, 김형사님네가 무슨 순양석재 대변인인가요? 하고 눈을 동그랗게 뜨고 대드는데 와아, 자세히 보니까 생각보다 미인이데요?"

"그만 씨부리라고 했다아."

"아줌마치고 몸매도 뭐 저 정도면 괜찮은 거고요이. 길다방 효리보다 낫네."

그런 경우를 두고 주먹이 운다,라고 했던가. 갑자기 손이 부르르 떨렸다. 그 순간, 휴대폰이 울리지 않았으면 김경사 머리통이 무사했을지는 장담할 수 없다.

"아빠, 죄송해요."

"집에 가서 보자."

음산하게 전화를 탁 끊었다.

"왜 그래요? 이쁜 딸한테."

"너, 우리 딸 땜에 무사한 줄 알아, 자식이 그냥 콱."

"핫따, 우리 형님이 순양석재 건으로 많이 예민해지셨네에. 메론 사람들 안 오면 천일식당으로 오씨요."

말해놓고 김경사가 단골로 밥을 대먹는 식당으로 쪼르르 도망가버렸다. 그러나 강신환은 이영희의 순서가 끝날 때까지만이라도 좀더 1인시위를 지켜보고 싶었다. 군민의 쉼터에서는 시위에 나서지 않는 사람들이 점심을 먹고 있었다. 이영희의 순서가 끝나자 영산리 사는 오명순으로 파악되는 노인이 뒤뚱뒤뚱 정문 앞으로 걸어나왔다. 신환이 태어나기 전, 그래서 아직 읍내로 나오기 전 진평리와 영산리 마을 입구에서 주막을 할 때, 맹순이성이 얼마나 인정 있게 했는지 모른다고 어머니는 말했다. 그 맹순이성이 저 오명순인지는 알 수 없었다. 노란 블라우스와 하늘색 몸뻬를 입고 기다시피 걸어와서 이순신 장군처럼 우뚝 선다. 사람들이 지나갈 때마다 예에, 예 말이요, 우리는 언제나 해방이 될 게라우, 해방이 언제나 된다요, 해방 좀 시켜주씨요 한다는 아흔 노인.

맹순이성 신랑허고 느그 누나 압씨가 한날한시에 모집이 되았더란다. 제대허고 온 사램덜한테 물었더란다. 우리 순옥이 압씨가 어디 가 있답디여. 나망군도에 가 있답디다. 나망군도가 어디다요. 남태평양 바다 가운디가 나망군도라요. 소식 한 자가 안 와부렀더란다. 순옥이가 죽고 나도 죽을라고 했더니, 맹순이성이 살살 달개서 주막을 열었드란다. 이것이 느그 어매 주모인생의 시작이드란다.

어머니의 맹순이성일지도 모르는 오명순이 앉은 거나 다름없는 키로 우뚝 서서 무심히 지나가는 사람들을 향해 소리지른다. 예에, 예 말이요, 해방이 언제나 된다요, 해방 좀 시켜주씨요. 군청 입구로 들어오던 승용차가 빵빵거린다. 오명순이 비키지 않자 승용차에서 내린 젊은 남자가 노인을 향해 삿대질을 한다. 이영희가 달려온다. 1인시위 장소가 정문 한가운데쯤에서 구석 쪽으로 약간 비켜난다.

"저런 개자식을 봤나."

저절로 욕이 나왔다. 마음 같아서는 당장 뛰쳐나가 번들번들한 승용차 운전자를 패대기라도 치고 싶었다. 야 자식아, 너는 부모도 없냐, 자식아, 니가 비켜가야지 시위하느라 고생하는 노인보고 비키래? 너 아녀도 평생 서럽게 사신 분한테 자식이…… 정말로 신환은 텅 빈 군청 2층 회의실에서 연극배우처럼 혼자서 중얼거렸다. 서럽게 사신 분이라는 독백 때문에 코까지 시큰해졌다.

그 맹순이성이 저 오명순이라면, 오명순의 인생 또한 서럽기는 어머니 김옥화 못지않을 터였다. 신환은 갑자기 어머니가 보고 싶어졌다. 천일식당으로 가지 않고 집에 가서 어머니와 점심을 먹고

싶었다. 정말 마음만은 어머니의 맹순이성일지도 모르는 노인한테
잘해주고 싶었다. 점심 먹고 오면서는 하다못해 물이라도 한 병 사
다주고 싶었다. 무엇보다, 이영희 앞에서 이제부터라도 험한 모습
은 그만 보이고 싶었다. 신환이 출장근무지인 군청 회의실을 나와
1인시위장 앞을 막 지나치려는데, 노인한테 비키라고 삿대질했던
승용차가 스르르 다가오더니 차창을 열고,

"할머니, 아무리 억울한 일이 있어도 법대로 하셔야 합니다이?
여기, 이거나 드시고 호소하십씨요."

박카스 한 병을 건네려는데, 신환이 닫히려는 차창 안으로 손을
뻗었다. 승용차 운전자의 멱살을 쥐려는 참인데, 언제 왔는지 이영
희가,

"고양이 쥐 생각하는 척 그만하시죠!"

소리쳤다. 신환이 움찔하는 사이 승용차 운전자가, 이상한 새끼,라
고 내뱉고는 쌩 가버렸다.

순간, 곽란이 난 듯 배알이 뒤틀리면서 끊었던 담배 생각이 격렬
하게 솟구쳤다. 오늘 예정되어 있던 멜론시위대가 둥둥둥 북을 울
리며 군청 정문을 향해 행진해오고 있었다. 오랜만에 어머니와 함
께 점심을 먹으려던 생각은 접어야 할 듯했다. 점심보다도 신환은
우선 담배가 급했다. 점심을 먹다 말고 오는 듯 김경사가 헐레벌떡
달려왔다.

"형님, 상황이 어쩌요?"

"어쩌긴, 좆같지."

역시 욕은 담배연기와 함께 뱉어내야 제맛인 것 같다.

당산나무가 운다

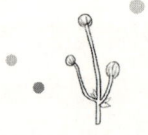

　진평리 당산나무가 우웅우웅 운다. 내 허물이 한 꺼풀씩 벗겨질 때마다, 그래서 내 영혼의 무게가 더 가벼워지고 더 말개지고 더 조그마해질 때마다 나는 놀란다. 왜냐하면 지난봄까지만 해도 이 승사람들의 말소리가 바람이나 달이나 해나 별이나 나무나 강물이 하는 말보다 더 크게 들렸는데, 이제 이승사람들 말소리는 아득히 멀어지고 사람 아닌 것들이 내는 소리들이 성큼성큼 다가왔기 때문이다. 당산나무가 언제부터 울었던 것일까. 사람들 소리가 멀어지고 나서 들려오기 시작한 당산나무 울음소리는 사뭇 애간장을 녹이는 듯하다.

　당산나무 울음소리가 이곳 저승길까지 울려오는 것을 보니, 나무가 많이 아프긴 아픈 모양이다. 당산나무는 팽나무다. 예전에 마을은 지금보다 더 위쪽에 있었다. 그래서 사실은 마을 위 팽나무가 원래 진평리의 당산나무다. 원래의 당산나무를 사람들은 웃당산나무라고도 하고 어미당산나무라고도 했다. 산을 내려와 심은 당산나무는 아랫당산나무, 혹은 새끼당산나무라고 했다. 새끼당산나무는 내가 진평리로 시집오기 이태 전에 심었다 했다. 어미당산나무는 언제 누가 심었는지 아무도 모른다. 옛날 옛적에 동네에 도둑이 들었다. 도둑은 이 집 저 집에서 놋그릇을 훔쳐 지고 가다가 하도 무거워 당산나무 아래서 잠시 쉬었다. 다시 일어서려는데 이상하게 당산나무 발치에 붙인 엉덩이가 떨어지질 않았다. 일어서려면 주저앉게 되고 또 일어서려면 주저앉게 되더니 날이 새고 결국 도둑이 붙잡혔다는 전설이 있는 나무가 바로 어미당산나무다.

지금 어미당산나무와 새끼당산나무가 같이 울고 있다. 어미가 우웅우웅 우니 새끼는 끼잉끼잉 운다. 어미가 우니 새끼도 운다. 짐승들이 그렇듯 나무도 그렇다. 세상만물은 다 그렇다. 사람과 똑같이 아프고 똑같이 울고 똑같이 웃는다. 내가 아직 이승사람일 때는 긴가민가하다가 혼사람이 되고 나니 그렇다는 것을 확실히 알겠다. 나무들의 울음소리가 애처로워 나는 어찌해야 할 바를 모르고 저승 가는 길목에 다시 주저앉아버렸다. 이승을 떠나는 순간 이승 것들 중에서 냄새가 가장 먼저 멀어졌다. 우리집 꽃이 훤히 보이는데도 도무지 꽃냄새를 맡을 수 없고서야 나는 내가 혼사람이 된 것을 실감했다. 그다음에는 소리다. 내가 아직 저승 초짜라 모르긴 몰라도 냄새, 소리, 다음에는 형상일 터인데, 아직은, 사람들 소리는 들리지 않아도 형상은 보인다. 이제 자연의 소리가 들리지 않으면 사람의 형상들도 멀어질 것이다. 냄새야 경황이 없어 허망하게 떠나보내고 말았지만 소리와 형상은 모두 멀어지기 전에 한 소리라도 더 들어두고 싶고 한 모습이라도 더 봐두고 싶다. 안타까이 안타까이 귀를 모으니, 우는 것은 당산나무뿐이 아니다. 어미당산나무 위에 있던 대나무 산죽나무 들이 피울음을 울고 있다.

내가 이승 나이로 마흔살쯤 됐을 때, 새마을운동이 한창이었다. 그때 동네 남자들끼리 한 회의에서 어미당산나무를 베어내자는 결정이 났다. 당산나무를 베어낸 자리에 마을 공동 잠실(蠶室)을 짓자는 것이었다. 남자들은 그전에 소득증대사업을 한답시고 마을 공동 산을 개간하여 뽕나무를 잔뜩 심어놨다. 나라에서 다른 무엇도 아닌 뽕나무를 심으라고 했다는 것이었다. 뽕나무를 심는 조건으로 개간 허가를 내줬다고 했다. 뽕나무는 남자들이 심었지만 나중에 누에치기는 고스란히 여자들 몫이 되고 말았다. 어쨌든, 잠실을 지으면 나라에서 씨멘트가 나온다고 했다. 남자들은 군에서 나오는 씨멘트와 모래를 쓰지 못해서 환장이었다. 멀쩡한 돌담들을 허물고 그 자리에 공터에서 찍어낸 씨멘트 브로꾸(블록)담을 쌓았다. 자기들 딴에는 좋은 일 한답시고 혼자 사는 과부인 시앙골댁 오명순네 돌담을 와그르르 무너뜨리고 브로꾸담을 쌓아주고는 자기들끼리 좋은 일 한 기념으로 개를 잡아 잔치를 벌였다. 산에서 나무를 해서 이고 오다 자기 집 담이 브로꾸담으로 바뀐 것을 보고, 오명순이 나무를 조용히 내려놓고는 희희낙락 개추렴을 하고 있는 남자들에게 갔다.

"내가라우, 이날 평상에 넘 못헐 일은 안허고 살았어라우. 그런디 이것이 먼 억하심정이다요, 금메에."

오명순은 울음도 안 나오고 그저 치가 떨렸던 것 같다. 으륵, 으르륵 하는 소리가 날 정도로 자꾸 몸을 떨었다.

"앗따, 시앙골떠기가 오해를 허고 있그만이라우. 우리는 존 일 헌다고 했그만 치사는 못헐망정, 치를 떨어야 쓰겄는게라우?"

술이 들어간 양도출이 거들먹거리며 나왔다. 그때 어디선가 조난남이 득달같이 나타났다.

"엇따, 우리 이쁘잖은 해징이떠기가 어디서 튀어나온단가?"

"개를 왜 자버, 개를 왜 자버어. 이 개같은 인종아아."

남자들이 잡아먹은 개는 다름아닌 조난남네 누렁이였던 것이다.

"브로꾸다무락(담)이 하도 이쁘고 오져서 한잔 안허고 그냥 넘어가기가 영 아쉽드란 말이시. 인자 우리도 브로꾸다무락에 쓰레도(슬레이트) 지붕에 상수도 하수도 갖춘 선진문화인이 되았는디 잔치를 안헐 수가 있겄든가, 어디?"

아이들 얼굴에 누렇게 부황이 난 것을 보기가 짠해서 개라도 잡아먹일 요량을 하고 있던 조난남이 일장연설하는 양도출의 멱살을 움켜잡다가 힘이 모자라 맥없이 무너졌다. 오명순이, 조난남이 할 말이 없어서가 아니라 기가 막히고 코가 막히고 억장이 무너져서 숨을 못 쉴 지경으로 아이고오, 아이고오, 소리만 내는 것을 보고 있자니 오장육부가 시리고 아려서 할 수 없이 내가 나섰다. 우선 애비들한테 혼날까봐 옆에 가지도 못하고 대밭거리 한쪽에서 비맞은 뭐같이 입맛만 다시고 눈치만 보고 있던 양도출네 애기들, 우리집 애기들, 양분란네 애기들, 김채선네 애기들, 한연순네 애기들,

하여간 동네 애기들을 싹 다 불러모아 애비들 개추렴하는 곳으로 갔다. 가서 애기들한테 구탕 한 그릇씩을 안기고는 이제 막 굳기 시작하는 브로꾸담을 부수기 시작했다. 집주인인 오명순이 마른울음을 삼키느라 자꾸 흐르륵, 흐르륵, 딸꾹질 소리를 내면서 돌을 날라오면 그것을 나하고 조난남이 받아 기초를 만들고 그 위에 차곡차곡 돌을 쌓았다. 양도출하고 김춘복이 주동하여 '항차에 저년들을 주개불자'고 남자들을 선동하며 옥화네 주막으로 몰려갔다. 그제야 제 남편 눈치 보느라 이제나저제나 다무락 안에서 이리 쫑긋 저리 쫑긋 낭자머리 정수리만 보이던 여편네들이 하나둘씩 기어나와 합세하기 시작했다. 시엄씨 시압씨 들이 몰려와서, 동네에 망조가 들려고 암컷들이 '지랄양광을 떤다'고 욕을 퍼부어댔다. 그러거나 말거나 우리는 돌담을 쌓았다.

  마을 입구에 있는 오명순의 돌담이 우리는 좋았다. 먼 데서 돌아와 마을에 들어서면 맨 먼저 그 오래돼서 이끼 자욱한 돌담이 맞아주는 게 그렇게 푸근하고 좋을 수가 없었다. 그 낮은 돌담 너머로 오명순네 밥 짓는 연기가 푸실푸실 새어나오는 것이 좋았고 먹을 것을 넘겨받고 넘겨주는 것이 우리는 좋았다. 그 좋은 것을 부숴버리는 사나운 마음은 도대체 어디서 온 것일까. 나는 그 사나운 마음이 어디서 왔는지를 알 수 없어 무서웠다. 오명순은 서러워 울었다. 서러워 운다고 해서 눈물을 철철 흘리는 것도 아니다. 그저 언제나 그랬듯, 한숨을 쉬듯이, 육자배기 가락에 사설 한 자락을 풀다 보면 막힌 가슴이 좀 뚫리는 것이다.

시상은 과부집에 꽃 폈다고 숭을 보네 오월이라 능소화는 홀애비집에나 과부집에나 몽실몽실 핀다네 속도 없이 핀다네 시상은 과부가 장에 간다 숭을 보네 삼월이라 봄바람은 홀애비집에나 과부집에나 살랑살랑 분다네 속도 없이 분다네

오명순의 사설을 조난남이 받았다.

남원운봉 목기장시야 꽃을 두고도 그냥 가냐 나도야 이 재 넘어가서 해당화를 숭거놓고 피었는가 보러 갈란다 보성미력 옹구장시야 짓고 가소 짓고 가소 이름이나 짓고 가소 딴 디 가서 해찰 말고 이리 오소 이리 오소 오봉산에 꽃 보드끼 나를 보러 이리 오소

달이 둥실 떠올랐다. 오명순네 다무락이 달처럼 둥실, 그 이쁜 자태를 드러냈다.

브로꾸다무락 쌓기가 여자들이 반대한 사업이라면, 마을 공동 구판장 건립은 남자들이 반대한 사업이었다. 농한기 노름을 없애고 구악을 일소한다고 마을 공동 구판장을 지어서 부녀회 회원들이 장사를 했는데, 그 바람에 옥화네 주막이 망했다. 옥화는 울면서 도시로 떠났고 후에 아들을 데리고 고향인 진평리까지는 못 오고 읍내로 돌아와 산다고 했다. 생각하면 그 일이 나는 가장 마음에 걸리고 속상하다. 옥화집에서 속없는 남자들이 노름을 하긴 했지

만, 아무리 그래도 옥화집에서 술을 못 팔게 한 것은 잘못한 일이다. 옥화네 가게가 없어질 바로 그 무렵에 촌동네들은 하루가 다르게 변해갔다. 초가집이 없어지고 슬레이트 지붕이 생겨났다. 우리 집도 그때 초가지붕을 걷어내고 슬레이트 지붕을 올렸다. 슬레이트 지붕에 붉은 칠도 입혔다. 나는 우리집 지붕 빛깔이 영 불안했다. 빛깔을 입혀도 꼭 붉은색을 입혔다고 잔소리를 했더니, 그제야 아차, 싶었는지 다음날 퍼런 칠을 덧입혔다. 그러느라 또 돈이 들어갔다. 멀쩡한 지붕 걷어내고 빚내서 슬레이트를 올리고 빚내서 색을 입힌 것도 속상한데, 거기다 잘못 입힌 빛깔 탓에 돈이 더 들어간 것이다. 오장이 상해서 툴툴거렸더니 김춘복이, 집구석을 확 불싸질러버리겠다고 발광을 했다. 그러면서 하는 말이,

"지붕개량사업은 국가시책이여. 국민이 국가시책을 거역허면 어찌되는지는 말 안하겠네이. 잘 알아서 판단혀어."

제법 이장이나 면서기 어투였다.

"그리고 니얼부터는 간편복을 착용허소. 면장이 면에 가서 받아온 하명잉게, 안 지키면 안되는 것인 줄 맹심허소. 다 몸뻬 입고 나왔는디 자네만 꼴같잖은 거듬치매 끌고 나가지 말고."

'지랄 오만 잡소리'라고 속으로 욕을 하는 참인데, 귀청이 떠나가라 이장집 감나무에 매달린 스피커가 울었다. 그전에는 징을 쳐서 마을 울력을 알렸는데, 이제 '자립마을 특별하사품'이 징을 대신해서 울었다.

"아아, 말씀드리겠습니다. 지난번 회의에서 결정이 난 대로 윗밭에 당산나무를 오늘 비기로 했습니다. 모다들 당산나무 비기 울력

을 나와주시기 바랍니다."

마을회의를 늘 남자들끼리만 하던 버릇이 있어서 여자들은 회의에서 뭔 말이 오갔는지를 까맣게 모르고 있다가 스피커 때문에 알게 되었다.

"오살을 허네."

욕설을 휘날리며 조난남이 맨 먼저 어미당산나무가 있는 윗밭으로 달려가는 것을 나는 보았다. 조난남을 따라 나도 달려갔더니, 한강쟁이댁, 그 옆집 밤실댁, 그 아랫집 살푸쟁이댁이 불불불 기듯이 올라오고 있었다. 어미당산나무를 베어서는 안될 일이었다. 우리 동네 여자들이 치성을 드리는 곳이기 때문이었다. 어미당산나무가 없어지면 우리가 쌓은 돌탑도 무너질 것이고 이제 우리 설움 고해내고 우리 마음 기델 데가 만고에 없어지게 되는 것이다.

"지랄염병이 났는개비여."

"돈 준단게 안 그러요."

"그 돈은 공짜가디."

"숭악혀, 숭악혀어."

"죄로 간당게."

"스그들 죽고 우리 죽고여."

우리는 단단히 나무를 그러안고 버티면서 남자들을 기다렸다. 그러고 있자니 속도 모르고 남자들이 하나둘 올라왔다.

"엇따, 아줌니들이 나무허고 씨름허고 있그만."

언제나 그랬듯이, 맨 먼저 양도출이 나서서 조난남의 머리채를 휘어잡았다.

"니년이 허는 지서리가 시방 뻴갱이 지서린 중은 아냐, 모르냐, 어?"

머리채 휘어잡힌 게 어디 한두 번인가. 머리채 휘어잡혔다고 항복할 조난남이 아니다.

"이것은 국가시책이여, 이 무식헌 여편네야."

김춘복도 양도출한테 질세라 나 이오목의 먹살을 휘어잡았다. 우리는 죽기살기로 버텼다. 그리고 그 순간, 우리와 나무를 하늘이 살렸다. 마른하늘에 번개치고 천둥치는 날이 바로 그날이었다. 어디선가 번쩍 한다 싶었는데, 우르릉 꽝꽝, 천지가 진동했다. 이윽고 굵은 빗줄기가 쏟아졌다. 뭔가가 두렵기는 했는지 남자들이 툴툴거리며 산을 내려갔다. 옥화집도 없어져서 내려가봤자 갈 곳 없는 남자들의 발걸음이 유난히 비실거렸다.

"죽이도 살리도 못헐 저 부앳가심들을 어쩌야 쓰까나."

내 속 알아주기는 남편보다 나은 당산나무 아래서 우리는 그날도 노래를 불렀다. 비를 철철 맞아가며 불렀다. 악을 쓰며 불렀다.

해징이떠기야 뭣할라고 일광단(낮에 짜는 베)을 지섰더냐 해징이양반 마포중우 거시기가 털렁털렁 시앙골떠기가 재미보네 무수굴떠기야 뭣할라고 월광단을 지섰더냐 무수굴양반 비단중우 옥화가 꽤를 비끼네 맹사십리 해당화야 꽃 진다고 설워 마라 명년 요때 춘삼월이면 꽃이 피어 화산되고 잎은 피어 만발된다 우리 일생 한번 가면 다시 오지를 못하리라……

이제금 당산나무가 우웅우웅 울어젖히는데 혼사람이 되어버린 내가 그 우는 내막을 어찌 다 알겠는가. 당산나무며 대나무며 산죽나무가 피울음을 우는 이승에 대고 나무가 운다고, 나무가 울어서 내가 황천길을 못 간다고 악이라도 쓰고 싶은데, 말은 나오지 않고 그저 저승새 울음 같은 소리만 티끌처럼 허공에 흩날릴 뿐이다.

접수는 아무나 하나

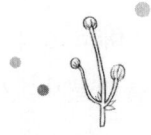

간밤에 유독 한숨소리 같기도 하고 흐느끼는 소리 같기도 한 저 승새 울음소리가 자꾸 났다. 그 소리에 마음이 뒤숭숭해, 깊은 잠을 못 자고 눈을 뜨니 동쪽 봉창에 희붐한 새벽빛이 비치고 있다. 오늘 영희가 서울 올라간다 했더니, 복주는 자기가 봐주마 하던 공남숙이 아침 일찍 건너왔다.

"인났는가?"

"예에."

"앗따, 엊즈녁에는 저승새가 별촉시럽게도 울어쌓드만이."

"그러게요."

"애기는 안즉 잔가?"

"예에. 애 깨나기 전에 가야겠어요."

"애기 압씨는?"

"공사장에서 지리산 도사를 만났대요. 잘하면 도인 되겠더라고
요."

매형 따라 사대강 공사장으로 가려던 계획이 매형의 사고로 무
산되고, 철수는 며칠 전 88고속도로 확장공사가 있는 순창으로 떠
나 그동안 소식이 없다가 어젯밤 전화가 왔다.

"어이, 영희씨, 여기가 거기서는 동북 방향이 맞지?"

별스럽게 영희씨, 하는 것이 왠지 가소롭고 자다가 봉창 뚫는 소
리 하는 것도 수상쩍다.

"근데 왜?"

"인생이란 것이 애달캐달한다고 풀리는 것도 아니더라고. 다 운
때가 따라줘야……"

"왜? 꿈에 동북 방향으로 가라 해서 갔더니……"

"우리 이영희 위원장님, 똑똑해부러. 하여간 동북 방향에서 지리
산 도인을 만나부렀네. 운때가 맞은 거여. 하여 나는 나의 길을 갈
랑게 자네는 나를 따라올 테면 오고 말 테면 마소."

도대체 뭐 하자는 건지 알 수 없는 소리를 던져놓고 전화를 일방
적으로 탁 끊는 것이다. 그러니까 전화에 대고 '야지'를 놓는 것이
김철수 나름의 시위인 모양이었다. 철수의 논리는 그러니까, 이길
수 없는 게임을 왜 하느냐는 것이리라. 그러나 이제 영희에게 순양
석재와의 싸움은 이기든 지든 점점 결과와 상관없는 싸움이 되어
가고 있었다. 복주를 보면서 그 생각을 더욱 굳혔다. 순창으로 떠나
던 날 철수가 복주한테 물었다.

"요새 너희 엄마는 뭣이 그렇게 바쁘다냐?"

복주가 침을 꼴깍 삼키고 눈을 반짝이며 대답했다.

"우리 엄마느은 시, 지판, 소성, 알인시 하지이. 아빤 그것도 몰라?"

"어이, 애 입에서 시방 뭔 소리가 나온단가? 통역 좀 해보소이."

아이 입에서 나오는 소리에 영희 가슴도 쿵 하고 내려앉았다. 그러니까 엄마는 시위, 재판, 소송, 1인시위를 한다는 것인데, 어린이집에서 돌아오는 길에 순양석재 덤프트럭을 향해 수양섯째 나쁜 놈, 소리치는 아이를 보고 마음이 흔들리는 것도 사실이었다. 그러나 자신을 흔들게 하는 아이 때문에라도 영희는 마음을 다잡았다. 아이가 알아듣든 말든 영희는 말했다. 물론 철수 들으라는 의도가 아주 없는 것도 아니지만.

"엄마도 싸우는 게 힘들어. 하지만, 싸워보지도 않고 물러나는 건 우리를 더 힘들게 할 거야. 복주야, 엄마는 지금 순양석재하고 싸우는 게 아니고 그, 뭐야, 어, 그니까, 그래 맞아, 내 속의 패배주의하고 싸우는 거야. 긍게, 내 속의 패배주의와 싸운다는 것이 무엇을 뜻하냐 하며는, 이기든 지든 결과에 상관없이 나를 억압하는 것과 싸운다는 것이여. 말하자면 긍게, 내가 내 삶의 주인이 되어서 산다는 것이여. 주체적으로 산다는 거라고, 알겠지?"

말을 하면서도 이게 말이 되는 소린가, 솔직히 자신이 없기는 하지만, 어린아이 앞일망정 어렴풋한 제 속마음을 털어놓고 보니 영희는 뿌옇던 눈앞이 환해지는 느낌을 받았다. 놀랍게도 말을 알아들었는지는 알 수 없는 복주가,

"세상에서 제일 좋은 우리 엄마!"

라고 외치지 않는가. 영희의 주체적인 삶 운운을 듣고 있던 철수는,

"모자공연단이구만 아주. 뭐? 주체? 어버이 수령님이냐? 주체사
상이여? 쥐랄이 자빠져요, 아주우."

제 분을 참지 못하고 애 앞인 것도 아랑곳없이 쌍소리만 남기고 결
국 떠나버렸다.

"그렇게 또 가출을 하셨답니다."

"뭣이, 잘허면 요번에는 출가가 되겠그만, 큭큭. 그런디, 멀쩡했
던 남자들도 꼭 이 동네만 들어오면 여자 하는 일에 찟자를 논다
네. 이 동네 물이 그런가봐. 우리집 압씨도 나를 아주 뭣 보드끼 하
잖아."

갑자기 소리를 잔뜩 줄여서는,

"그래갖고 지가 필요헐 때만 뽀짝거리고 일 끝나면 천리나 만리
나 떨어져불어."

영희를 위로하고자 한 말이 결과적으로 부부금슬 자랑이 된 것
이 무안한 듯 또 갑자기 목소리를 높여,

"앗따, 아침놀이 버언헌 것이 오늘도 폭폭 찔랑개비."

아이가 깨어나면 남숙이 알아서 밥을 먹이고 어린이집에 보낼
것이다. 서둘러 챙길 것들을 다시 한번 확인하고 가방에 야물게 간
수한 뒤에 집을 나서려는데, 어슴푸레한 여명 속에서 할머니들이
영희네 집으로 올라오고 있다.

"마음 편히 묵고 잘허고 오소이?"

"절대로 기죽지 말고, 한사코 대대혀야 써이?"

"비민히(어련히) 알아서 헐랍디여."

"우리 위원장님이 얼매나 염렴헌 사람인디."

마치 서울로 과거 보러 가는 사람 배웅하듯 한다. 각자가 들고
온 먹을거리들을 영희 가방에 차곡차곡 넣는 것을 억지로 말리고
영희는 아랫당산나무 아래서 기다리는 이장의 용달차를 향해 달
려갔다. 여명 속에서 할머니들이 영희네 집 언덕 위에 서서 일제히
손을 흔들었다. 이장은 서울 가는 첫차에 대기 위해 새벽길을 과속
으로 달렸다. 이장 박석택의 굳게 다문 입이 일견 비장해 보였다.
그는 터미널에 영희를 내려주고서, 느닷없이 악수를 청했다. 언뜻
드라마 같은 데서 본 상해임시정부 요원들의 이별장면이 떠올라
슬며시 웃음이 나오려 했으나, 이장의 표정이 하도 무거워 웃을 수
는 없었다.

"아침은 먹었냐?"

할머니들이 넣어준 떡이며 과일이 잔뜩 든 가방을 종수에게 내
밀어 보였다.

"할머니들이 싸주셨어요."

하는데, 또 순간적으로 가슴이 먹먹해온다. 얼른 호흡을 정리하고
가져온 서류를 꺼냈다.

"서명 인원은 정확하든?"

"예."

새벽같이 터미널로 나온 환경컨썰턴트 김종수와 대합실 의자에
앉아 서로가 가져온 서류를 확인했다.

"아앙그으히잉, 이마으을기이, 짐지리이? 아, 눈물난다, 눈물나."

김종수의 제안으로 감사원에 순양군청에 대한 감사 청구를 하기로 했다. 불법적인 쇄석기 설치, 등록 전 위법 가동, 허구적인 환경오염 저감방안 및 부실한 사업계획서를 묵인하고 순양석재에 업종변경(추가) 승인을 내준 순양군청을 감사해달라는 취지였다. 공익감사 청구를 하려면 주민 팔백명 이상의 서명이 필요하다 해서 영희가 받아온 서명지를 들여다보던 종수가, 할머니들이 썼다기보다거의 그린 이름들을 보고 기막혀한다. 그 자필서명을 받기 위해 실제로 영희가 빈 종이에 할머니들의 이름을 크게 쓰면 할머니들은진땀을 흘려가며 그것을 보고 지렁이가 기어가며 만든 무늬 같은글자를 그렸다. 할머니, 아줌마 들에 비해 할아버지, 아저씨 들의필체는 간간이 한문도 들어가고 세련되어 금방 표가 났다. 서명지와 함께 영희는 종수에게 탄원서도 보여줬다.

탄원서

감사원장님

저희의 억울한 사연을 감사원장님께 호소하려 합니다. 이곳은 원래 물 맑고 조용하기 그지없는 평범한 농촌이었습니다. 그런데 어느날 느닷없이 점령군처럼 돌을 깨는 공장이 들어서서 힘없고 빽없는 주민들에게 고통을 안겨주고 있습니다. 맑았던 물은 돌공장 먼지로 뒤덮이고, 돌 깨는 기계는 밤낮으

로 쿵쾅거리며, 채석장에서 돌공장을 오가는 덤프트럭의 무자비한 질주로 인한 소음과 공포는 평화롭던 농촌마을들을 순식간에 고속도로 주변이나 공장지대처럼 만들어버렸습니다. 불법공장을 관리 감독해야 할 관청은 불법회사에 끌려다녀야 할 어떤 말 못할 이유가 있어서인지는 몰라도 평생을 농사짓고 조용히 사시던 할머니 할아버지 들이 성치 못한 아픈 다리를 이끌고 비가 오나 눈이 오나 군청 앞에 나와 앉아 있어도 아무런 관심을 가져주지 않습니다. 이다지도 억울하고 이다지도 피눈물나게 외로운 일이 어디 있겠습니까. 우여곡절 끝에 공장이 업종변경 승인이 났어도 공장등록 허가가 나기 전에는 가동을 하면 안되는 법조항이 있지만 순양석재라는 공장은 법질서는 안중에도 없고, 그런 공장을 관리 감독하여야 할 주무관청인 군청 공무원들은 아무런 조치를 취하지 않은 채 팔짱만 끼고 바라만 보고 있습니다. 그러는 동안, 최고령인 93세 노인을 위시하여 대부분이 연로하신 주민들만이 피해를 겪고 있습니다. 이 해괴한 상황이 참으로 불가사의할 뿐입니다. 주민들에게 고통을 주는 기업을 보호하는 것이 대통령께서 말씀하신 비즈니스 프렌들리 정책이라면 저희는 그런 정책을 단호히 반대합니다. 저희 주민들이 바라는 것은 돈도 아니고 보상도 아닙니다. 단지 예전처럼 조용하고 평화로운 생활로 돌아가고 싶다는 한 가지뿐입니다. 부디 감사원에 주어진 법적 권능을 발휘하시어 무엇이 진실인지 낱낱이 밝혀주시기를 눈물로 탄원합니다.

"이건 꼭 필요하진 않을 거야."

종수에게 탄원서를 보여준 것이 괜히 무안해졌다. 밤을 새워 쓴 탄원서는 가방 한쪽에 구겨넣어두고 종수가 감사원 서식에 맞춰 감사 청구사항, 청구이유 등을 일목요연하게 정리한 서류를 받아 들고 드디어 영희는 서울 가는 버스에 올랐다. 버스가 출발하기 직전, 종수가 비닐봉지에 뭔가를 담아 헐레벌떡 달려왔다.

"영희야, 아까 그 탄원서 말이다. 거기서 한 문장만 빼고 같이 제출해봐라. 감사원 사람들도 사람잉게……"

차가 움직이기 시작한다. 고개를 내밀고 급하게,

"오빠, 뭔 문장 빼라고요?"

종수가 소리쳤다.

"비즈니스 프렌드리이!"

차가 출발했다. 옆자리에 앉은 아저씨가 눈을 지그시 감고 영희를 외면하며 중얼거린다.

"비지니스 프란드리 너무 좋아허지 마씨요. 그것이 서민들 죽이자는 저거잉게, 끄응."

"아저씨, 나도 비즈니스 안 좋아허는 사람……"

아저씨는 벌써 눈을 꾹 감아버렸다. 비닐봉지에는 터미널 매점에서 파는 우유와 삼각김밥이 들어 있다. 스산한 상경길의 심사가 우유와 김밥으로 좀 누그러지는 듯했다.

쇄석기는 단순한 기계가 아니라 건축법의 적용을 받는 일종의 공작물이므로 사전환경성검토가 필요한데도 그 절차를 지키지 않았음을 종수가 지적해냈다. 이쪽에서 아무것도 모를 것이라 여기고 그랬는지, 아니면 정말로 몰라서 그랬는지 순양석재는 사전환경성검토서 없이 업종추가 신청서류를 군청에 냈다. 순양석재가 도에 청구한 행정심판에서 서류를 받아주라는 판결이 나자 군청이 이를 승인을 내주라는 것으로 오독했는지 일부러 오독한 척했는지 결국 승인이 떨어지려는 찰나, 종수가 사전환경성검토서 건을 들고나온 것이다. 그때만 해도 영희는 종수가 환경전문가라 역시 다르다 했다. 그러나 웬걸, 그 지적을 하더라도 승인이 난 다음에 했어야 한다는 것을 나중에 깨닫고 가슴을 쳤다. 종수의 지적은 결과적으로 공장 승인을 받기 위해서는 사전환경성검토서가 필요하다는 것을 순양석재에 가르쳐준 꼴이 되고 말았기 때문이다. 종수는 말하자면 예리하긴 했으나 순진했던 것이다. 지금 주민들이 순양군청을 상대로 벌이고 있는 '순양석재 업종추가 승인취소 소송' 중에 그 건을 지적했더라면 서류 미비로 승인취소는 금방 될 사안이었는지도 몰랐다. 그 건으로 종수는 내내 주민들에게, 그리고 영희에게 미안해했다. 미안해하면서 노인들 손도 잡아주고 음료수도 사다주고 하는 것으로는 양에 차지 않았는지, 감사원 감사를 제안한 거였다.

"감사원에서 감사만 이루어지면, 제대로 밝혀질 것이다."

정말 종수 말대로 감사원 감사만 이루어지면 승인은 취소되고 순양석재는 문을 닫게 될 것인가. 더 나아가 증거는 잡지 못했지만 의심이 가는 공장측과 공무원 간의 비리 커넥션이 밝혀질 것인가. 순양석재는 순양군청을 상대로 한 소송을 적당 기간 끌었다가 취하하기를 반복하고 있었다. 그래서 공장이나 군청이나 모두 주민들이 이의를 제기하면, 현재 소송중이므로 결과가 나오기 전에는 재판에 영향을 줄 수 있는 '어떠한 답변'도 할 수 없다는 '똑같은 답변'을 늘 준비해두고 있었다. 군청에 소(訴)를 제기한 순양석재와 군청 간의 '말해서는 안될 비밀의 열쇠'는 결국 언론 인터뷰를 하던 공장 사장에 의해 은연중에 새버렸지만 말이다. 종수의 후배인 지방방송국 기자가 마이크를 들이대자, 순양석재 사장 김수철이 그랬던 것이다.

"나와 김성주 경제과장 사이에 합의가 이루어졌어요. 나는 소 취하하고 군은 승인을 해주기로 말입니다."

그것이 얼마나 중대한 비밀인지를 알면서도 내뱉은 말을 주워 담지 못해 김수철 얼굴이 벌게지는 것을 영희는 똑똑히 보았다. 취하하기 위해 소송을 걸고, 업체가 소송을 걸어주어 관청에 변명거리가 마련되는 식의 은밀한 거래가 눈에 보이는 듯했다. 하지만 눈에 거의 보이는 듯해도 증거를, 그 '은밀한 거래'의 진상을 밝힐 수 없어 그저 발만 구르고 가슴만 찧고 있던 참에, 종수가 감사 청구를 제안한 것만으로도 영희는 귀가 번쩍 뜨이고 앞이 환해지는 느낌이었다. 서울 가면 만나라고 종수가 준 '감사원의 힘있는 사람'과 연결해줄 사람의 연락처가 적힌 쪽지를 펼쳐보았다. 전화를 하기에는 아직 시간이 일렀다. 전화는 차가 휴게소에 도착할 때쯤 하면 될 것 같았다. 그리고 영희가 만나봐야 할 사람이 또 있었다. 자기들에게 집을 공짜로 빌려준 집주인이다. 이왕에 올라간 길이니 정식으로 고맙다는 인사를 해야 할 것 같았다. 휴게소에 도착하자마자 마음이 급해 힘있는 사람을 연결해줄 사람에게 전화를 했다. 한번 했지만 받지 않아 좀 쉬었다가 다시 걸었으나 또 전화를 받지 않았다. 서울 가는 내내 불안했다. 김종수한테 전화를 해볼까 하다가 그가 무안해할까봐 꾹 참았다. 강남터미널에 도착하자마자 조마조마한 마음을 붙안고 번호를 눌렀다. 한참 신호음이 울린 뒤에야 연결이 되었다.

"안녕하세요? 오영탁씬가요? 저는 이영희라고 합니다. 김종수씨가 소개한."

"네."

"통화하기 곤란하신가요?"

"나중에, 하십시오."

나중이라면 언제쯤을 말하는 것인가. 막연히 서 있기도 뭣해서 집주인에게 전화를 했다. 며칠 전 집주인에게는 오늘쯤 서울 올라가는 길에 인사를 하고 싶다는 이야기를 미리 해뒀다.

"안녕하세요, 진평리에서 온 애기엄맙니다."

"아하, 얼릉 오십시오. 여그가 어디냐머언, 먼첨 지하철을 타십시오이. 거가 몇호선이 다니는가요? 아, 3호선인갑네요. 3호선을 타고는 거가 어디쯤인가? 종로3가나 될란가? 여하튼지 간에 1호선을 갈아타고 신용산역에 내리십시오. 신용산역을 나와 왼쪽으로 오시다가 또 한번 왼쪽으로 고바우를 틀어서 한 백여 메다 정도 직진을 하시면 진평리순댓국이라는 간판이 보일 것입니다이. 거급니다, 거그."

얼굴도 한번 못 본데다가 공짜로 사는 세입자일 뿐인데, 마치 친척이라도 맞듯이 선선하다.

"고맙습니다. 그런데 제가 시내서 볼일이 좀 있어서요. 일 끝나고 가게 되면 다시 전화드리겠습니다."

전화를 끊고 나서, 영희는 '힘있는 사람 연결해줄 사람'도 집주인처럼 전화를 받으면 얼마나 마음이 가벼울까, 싶었다. 힘있는 사람을 연결해야 감사가 좀더 빨리 진행될 것이라는 종수의 조언은 일단 접어두고 바로 감사원으로 직행하기로 했다. 감사원은 서울 시내 한복판 광화문 근처에 있었다.

"아줌마, 왜 그렇게 서 있어요?"

"예에, 감사 청구하려고요."

수위가 웃었다.

"아줌마, 뭔 감사를 청구하려고요?"

"그것이 그러니까, 군청에 대한 감사……"

두리번거리다가 접수창구를 찾았다. 수위를 무시하고 바로 접수창구로 갔다.

"아줌마, 뒤에 사람 있는데 비키세요."

"저도 여기 일 보러 왔는데요?"

"일 보러 왔어요? 그럼 화장실로 가셔야지. 화장실은 조오기……"

"그게 아니고요, 감사 청구 서류 제출하러 왔다고요."

접수창구 직원이 영희를 아래위로 훑어보더니 대뜸,

"아줌마, 감사 청구 접수는 아무나 하는 줄 알아요?"

"그럼, 저는 안되는 법이라도……"

"이 아줌마가 그런데…… 뒤엣분한테 좀 비키시라고요."

"못 비킵니다. 첫째는 제가 먼저 왔고, 둘째는 나도 엄연히 국민
이고, 국민이면 감사 청구할 자격이……"

점점 목소리가 커진다.

"아 예, 아줌마 말이 맞습니다, 맞고요. 접수는 아무나 하지요. 내
보쇼."

서명용지와 감사 청구서와 함께 탄원서도 내볼까, 하다가 결국
탄원서는 뺐다. 일단 감사 청구서는 접수가 되었다. 그러고서 나오
는데 좀전의 수위가 영희를 보더니 제 옆사람 옆구리를 찌르며,

"저 아줌마, 진짜 했는갑네."

자기들끼리 웃는다.

'진짜 하지 그럼 못할 것이 뭐람.'

영희는 새벽에 할머니들이 당부한 바 그대로, 한사코 '대대한'
자세를 잃지 않으려 애쓰며 감사원을 나섰다. 궁금해하고 있을 것
이 틀림없는 종수에게 전화를 했다.

"접수했다구?"

"예."

"오영탁이랑 통화했어?"

"나중에 전화하래요."

"영희야, 오영탁씨를 꼭 만나야 해. 전직 의원 보좌관인데, 그 사
람을 통해서 전직 의원 후배인 감사관에게 선을 대야 한다고. 힘있

는 사람 안 대면, 감사 청구해도 함흥차사란다, 야."

아하, 접수창구 직원이 했던 말, 접수는 아무나 하는 줄 아느냐던 말이, 접수는 아무나 한다는 말이, 그러니까 접수를 해도 힘없는 사람의 접수는 아무 소용이 없다는 말이었던가. 접수창구 직원의 말이 그제야 이해가 되어 영희 머릿속이 띠잉, 해진다. 머리는 어지럽고 햇빛은 지글거린다. 어디 그늘에라도 들어가 쉬고 싶다. 새로 조성했다는 광화문광장은 꽃밭과 분수대는 있어도 그늘은 없다. 뙤약볕이 쏟아지는 광화문 네거리에서 영희는 자꾸 거미를 생각했다. 대롱대롱 줄을 타고 내려와 제 눈앞에서 춤을 추던 거미와 지붕골 속에서 뽀시락 장난을 치던 새와 고요하고 청아한 벌의 노랫소리와 이 세상에서 가장 낮은 곳에서 우는 지렁이 울음소리를 생각하다보니 어지럼증이 좀 가시는 듯했다.

사람꽃

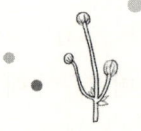

　오늘도 만택은 아침에 눈을 뜨자마자 남일당 앞에 다녀왔다. 지난겨울 옥상에 망루를 세우고 시위하던 철거민 다섯 사람과 경찰 특공대 한 사람이 불에 타 숨진 바로 그 건물 말이다. 겨울, 봄, 여름, 그리고 가을이 된 지금까지 만택은 하루도 거르지 않고 남일당 앞을 다녀온다. 그럴 수밖에 없는 것이, 미안해서다. 그날 그들만 망루에 올라가게 한 것이 미안하고, 험하게 목숨을 잃은 그들과 똑같은 철거민 처지인데 자기는 살아서 싸우지 못하는 것이 미안하고, 그들을 위해 싸우는 사람들을 상대로 장사까지 해먹고 있는 것이 미안하고, 하여간 모든 것이 미안해서다.
　"아니, 아저씨는 참 취미도 총천연색이셔어? 거가 무슨 당신 아부지 영호(靈戶)여, 뭐여? 아침마동 가서 문안인사를 허네에."

"딱히 할 일도 없고, 같은 철거민 처지에 맘이 안됐잖어."

"왜 할 일이 없어? 장사준비도 해야 하고, 앞으로 뭣을 해묵고 살아야 헐지 연구도 해야 허고, 할일이 태산이그만."

"그까징 거 장사준비는 무슨."

"오늘, 또 무슨 단체에서 싸우러 온대잖어. 신문은 봐서 뭐혀?"

아내 귀옥이 만택의 코밑으로 신문을 들이민다.

"상갓집에 조문 온 폭이나 한가지인 사람들한테 밥장사를 해먹을라니 맘이 참 거시기허네."

"그럼 어쩌? 기양 손 놓고 가만있으면 누가 밥을 줘, 떡을 줘. 이왕지사 일이 이렇게 된 마당에 죽은 사람은 죽은 것이고 산 사람은 살아야 헝게 나갈 때 나가더라도 한닢이라도 벌어갖고 나가야제."

"앗따, 박귀옥이 야물다!"

해놓고, 만택은 머릿고기를 삶으러 가게 뒤껼으로 내뺐다. 귀옥이 원래는 지금처럼 사납지 않았다. 귀옥이 그악스럽게 굴 때마다 만택은 자기를 따라 서울로 도망쳐오던 사십년 전 겨울의 귀옥이 그립다. 만택은 고등공민학교를 졸업하고 지게질과 쟁기질의 나날을 보내다가 스무살이 넘어갈 무렵 문득, 제 인생의 전환점을 마련해야겠다는 자각이 일었다. 그러나 좀처럼 계기가 마련되지 않아 속으로 고민만 하면서 그날도 지겟다리에 트랜지스터 라디오를 매달고서 산으로 나무를 하러 가던 중에 그 뉴스를 들었다.

"정부는 다음달부터 요식업계에서 파는 모든 음식에 이십오 퍼쎈트 이상의 보리나 잡곡을 혼합 판매하도록 하였으며 매주 수요일과 토요일은 무미일(無米日)로 정하여 오전 열한시부터 오후 다

섯시 사이에는 쌀로 만든 음식을 판매 금지하고 대신 분식이나 빵을 판매해야 한다고 발표했습니다. 만약 이를 어길 경우……"

순간, 4H 회원인 애인 귀옥이 시골마을을 돌며 혼분식장려운동을 다니면서 빵만들기 무료강습을 열던 것이 생각났다. 귀옥이 말하길, 앞으로는 우리나라 사람들도 서양사람들처럼 주식으로 밥이 아니라 빵을 먹고 살게 될 거라는 것이었다. 만택은 지게를 벗어던지고 그길로 귀옥에게 갔다. 다짜고짜 서양빵 만들 때 필요한 재료가 무엇이냐고 물으니, 밀가루 달걀 우유라고 했다. 밀가루 우유 달걀이라. 그중에 가장 손쉽게 시작할 수 있는 것이 달걀 같았다. 며칠에 걸쳐 얼기설기 닭장을 짓고 닭값은 빵공장에 달걀 팔아 갚기로 하고 종계장에서 알 잘 낳는다는 레공(레그혼) 삼천 마리를 분양받았다. 그러나 그해 유난히 길었던 장마철에 병이 돌아 닭들이 폐사하고 말았다. 여름과 가을, 두 계절을 종계장에 시달리고 사료집에 시달리다가 겨울 초입에 자살을 결심했다. 인생 초장부터 빚쟁이가 되어놓으니, 제 인생에 희망은 물 건너간 것 같았다. 마지막으로 애인 얼굴이나 한번 보고 죽자 하고, 어둠을 틈타 읍내 시장통의 기름집 딸 귀옥에게 가서 눈물의 작별인사를 고했다.

"잘 있어라, 귀옥아, 옵하는 간다."

"어디 가는디?"

간다는 그 말 한마디에 벌써 귀옥의 눈에 눈물이 고였다.

"옵하도 괴로운께 묻지를 마라."

귀옥의 눈에 고인 눈물이 강물을 이루기 시작했다.

"그런디 옵하, 옵하 가는 길은 묻지도 않고 따지지도 않을 테니,

한 가지만 약조해주소."

"뭣을?"

"나는 버려도 좋아. 이왕지사 버린 몸, 깨끗이 죽어불면 끝나. 허지만 항차 뒤에 태어날 애기는 뭔 죄가 있겠는가. 긍가, 안 긍가?"

혹 떼러 온 것은 아니지만 혹 붙인 꼴은 되고 말았다. 지금도 만택은 그때 그밤, 그날따라 진눈깨비가 지랄맞게도 흩날리던 그 겨울밤이 자신에게는 운명의 밤같이만 여겨지는 것이었다. 그 눈 내리던 겨울밤, 진눈깨비보다 더 차가운 한 여인의 눈물이 생사의 기로에 선 한 사나이의 운명을 갈랐던 게라고. 만택이 그렇다고 말하면 또 귀옥은, 자신에게도 그 밤이 제 발등 제가 찍은 운명의 밤이었다고 말하지만 말이다.

죽는 것은 이미 물 건너갔고 빚도 빚이지만 처녀한테 애를 배게 했으니 이래저래 도피를 해야 할 이유는 충분했다. 문제는 도피자금이 없다는 것.

"이 옵하가 너헌테 처음이자 마지막 부탁, 딱 한번만 하자."

"뭔디?"

"우리 애기를 위해서라도 이번에 너가 한번만 심을 써주면……"

"심은 애기 날 때 쓸라고 애끼는 중인디."

"스을, 그 심이 아니라아."

여차하면 애 밴 자기만 놔두고 만택이 혼자 줄행랑칠 것이 겁나서였는지, 귀옥은 순순히 저희 집 기름 묻은 돈통에 손을 댔다. 그렇게 기름집에서 귀옥이 조달한 여비만으로 서울행 야간열차에 몸을 실은 때가 1970년 섣달 스무날, 체감온도로는 눈보라가 휘날리

는 바람 찬 흥남부두에 못지않을 것만 같은 밤이었다. 남들은 설
쉰다고 바리바리 싸들고 고향으로 돌아올 참인데, 아들은 밤봇짐
싸서 집을 나가니, 어머니 무수굴댁이 동구 밖에 나와 눈물바람을
하며 배웅하던 모습을 생각하면 사십여년이 지난 지금도 만택의
가슴에 눈물이 절로 차오른다. 그러나 그때는 철이 없어 어머니의
눈물이 가슴 아프기보다, 빚쟁이 닦달을 피할 수 있는 것만 좋았다.
무엇보다 옆에 찰싹 붙어 떨어지지 않으려 발버둥치는 귀옥이 있
어 자기 신세가 서러운 줄도 몰랐다. 기찻간에서 화장실만 가려 해
도 어린 새처럼 깜짝 놀라, 옵하 어디 가? 하고서 자기를 따라오던
그 귀염둥이가 이제,

"아니, 불조시를 어치게 했가디, 귀때기는 안즉도 쌩거여어?"
돼지머리 귀를 썰다가 만택을 노려본다.

"아녀어, 아니랑게."

만택이 어제는 결단코 남일당에 가지 않았노라고 손사래친다.
사실은 남일당 앞에서 천주교 사람들이 와서 기도하는 것을 구경
하고 오느라고 돼지머리 뒤집는 것을 깜빡 잊었다. 사고를 당한 다
섯 중 한 사람인 레아호프집 주인은 그 앞에 있는 골목시장에 갔다
가 몇번 본 적도 있다. 만택의 가게도 지금 그 호프집처럼 철거가
예정되어 있다. 전재산 일억을 털어넣었는데, 보상금은 삼천만원
이다. 장사해서 번 돈은 대학생인 두 아이 학자금과 먹고사는 비용
으로 다 나가버려서 저축도 없다. 달랑 삼천만원 들고 어디에 가서
어떻게 살아야 할지 막막하기는 만택도 마찬가지 신세다. 시골집
으로 갈까도 생각했다.

"우리 나이도 있고 작은애 대학만 졸업하면 시골로 가세."

"시골 가 살자는 사람이 낮도 모르는 사람들한테 집을 빌려줘?"

만택이 하는 어떤 말, 어떤 행동도 귀옥은 맘에 들어하지 않았다. 귀옥이 만택의 말이라면 팥으로 메주를 쑨다 해도 믿었던 꿈같은 시절은 사십년 전 그 겨울 새벽, 용산역에 딱 떨어지면서부터 끝이 났다.

"앗따, 꽃이 이뿌다고 허는 통에 맘이 그냥 탁 약애져불드란 마시. 자네 같으면 안 그러겄는가? 박귀옥이도 한때는 꽃 좋아했잖어."

'꽃길을 걸으며 사랑의 밀어를 속삭이던 시절'을 어떻게든 상기시키려고 애써보지만, 그래서 원래는 꽃 사이로 불어오는 봄바람 같던 목소리를 들어보고 싶지만, 지금의 박귀옥은 벚꽃 핀 둑방길에서 치맛자락 휘날리며 수줍게 웃던 그 박귀옥이 아니다.

"뺄소리 말고, 시골로는 못 간게, 그 사람들은 내보내고 시골집은 처분헙시다. 물어보고 말 것도 없이, 동생들한테도 그리 알라고 통고하고."

"시골집이 도시집 같가디? 함부로 처분허고 말고 허게? 그 집은 어무니, 아부지 혼이 서린 집인디."

귀옥이 더이상 대꾸를 안한다. 귀옥이 대꾸를 안하는 건 자기 말에 동의를 해서라고 만택은 믿어버린다. 부부가 한참 옥신각신, 설왕설래하는 사이로 낯선 목소리가 들린다.

"저기요, 안녕하세요?"

손님인 것 같아서 얼른 자리부터 권했더니,

"진평리서 온 이영휩니다."

지난여름에 온다고 하고는 못 오고 가을이 되어 왔다. 이영희가 시간이 없어 그냥 내려간다고 했을 때, 만택과 귀옥 간에 작은 다툼이 일었다.

"아무리 바쁘더래도, 온다고 했으면 와야지 그냥 가는 것은 사람의 인사법이 아니지이."

"그것도 집이라고 자네 시방 집주인 유세하고 자픈가?"

"내 말은……"

"내 말이든 넘의 소든지 간에, 사람이 다 사정이 있는 것이고 사연이 있는 것인디 너무 몰풍스럽게 그러면 쓰가디? 내 말이 틀린가? 어이, 생각해보소. 그 양반이 맘이 없으면 서울 와도 온다는 소리를 했겠는가? 그냥 살째기 왔다가 가불제. 그러고 온다고 했다가 못 오고 가는 그 심정이 또 얼매나 죄인 된 심정이었겠는가. 사람들이 너무 지 사정만 생각허고 넘의 사정은 생각을 안해줘. 그렇게 사람들이 암만 득실거려도 각자가 사는 것은 이리도 쓸쓸허니, 무인지경이나 한가지가 되어부렀어."

사실은 남일당 앞에서 마이크를 대주면 한마디하고 싶던 것을, 염치가 없어 꾹 참고 아내 앞에서 써먹은 것이다.

"연설헐 것 더 남았소?"

눈을 치켜뜨고 노려보는 아내가 무서워 만택은 더 하고 싶은 연설을 그쯤에서 접고 입을 꾹 닫기는 했지만, 언제라도 정말 아내가 집주인 유세를 하려 들까 겁이 났다. 그래서 이영희한테서 온다고 연락이 왔을 때 반갑게 그러라고는 했지만, 은근히 긴장되는 바가 없지 않았다. 그런데 오늘은 연락도 없이 이영희가 불쑥 찾아왔다. 음식 훔쳐먹다 들킨 것처럼 놀랐지만 내색은 않고,

"아이고, 집 지켜주셔서 감사합니다."

아내 먼저 선수를 쳤다.

"살게 해주셔서 저희가 감사하죠."

"그런데, 그 일은 어찌되어가고 있습니까?"

아내가 말할 기회를 주지 않아야 한다.

"알고 계셨어요?"

"지난번에 동생이……"

하다가 아차, 하고 말았다. 슈퍼를 하다가 인근에 대형마트가 들어와서 문을 닫고 데모를 하러 다니는 동생 영택의 사정도 그렇고 아내도 자꾸 시골집을 팔자고 해싸서 형으로서, 그리고 남편으로서 전혀 모른 척하고 있지는 않다는 시늉이라도 할 셈으로, 돈 삼천만 원으로 고향에서 할 수 있는 일이 뭔지, 집 시세는 어떤지 알아보고 오라고 영택에게 시켰다. 그랬더니 시골에 갔다 온 영택이 지금 유정면에 돌공장이 들어와서 노인들이 반대데모를 하고 난리더라고 전했다.

"내가 알아보고 오라는 것은 알아본 거여?"

"성, 생각보다 복잡헙디다. 시골이 시골이 아녀."

"그러면 무엇이더냐?"

"시골도 요새는 돈이여어. 시골서 최소한의 인간적 삶을 영위할 수 있을라면 삼천 갖고는 택도 없을 것 같습디다."

동생에게는 어찌됐든 다녀오느라 애썼다고 공치사를 하긴 했지

만, 만택은 귀향의 꿈을 접어야 하는 현실 앞에 스산해진 마음을 며칠간 술로 달랬다.

동생이 가보고 왔다는 말은 급하게 접어서 도로 목구멍 안으로 밀어넣고,

"집이 많이 불편허지요?"

"고쳐서 사니까 살 만은 해요. 그리고 동네사람들하고도 정이 들었고요. 돌공장만 아니라면 정말 살기 좋을 것 같은데……"

"돌공장 땜시 아조 어려운 시기를 보내고 있다고 말은 들었습니다만."

"지난번 서울 온 것도 사실은 그 문제 때문이었어요. 돌공장을 승인해준 군청을 감사해달라는 청구를 감사원에 내러 왔다가……"

이영희 하는 말을 듣고 있자니, 왠지 부끄러움 비슷한 감정이 스멀스멀 피어오른다. 오래된 이야기라고는 해도 고향을 떠나온 형식이 솔직히 야반도주나 다름없었고 그렇게 떠나온 뒤에도 사는 형편 핑계대고 고향 쪽을 돌아보지 않은 것도 그렇고. 하여간 어쩐지 그렇다.

"그래서, 감사가 나왔던가요?"

"아니요, 아직. 그것도 다아 힘있는 사람을 연결해야 한다나요. 그래서 그날도 힘있는 사람을 연결해줄 사람을 만나려다가 끝내 못 만나고 시간이 없어 그냥 내려갔었네요. 죄송합니다."

하나도 죄송할 것 없다고 손사래를 쳤다. 점심때쯤 되니 사람들이 몰려왔다. 남일당 깡시인 일행이다. 그는 남일당에서 사고가 난 뒤부터 그곳에서 거의 사는 것 같았다. 경찰들하고 싸울 때는 시인

이라기보다 무슨 깡패 같아 보이기도 해서 만택이 깡시인이란 이름을 붙여줬지만 인상은 선하다. 구경나간 김에 마음이 안돼서 슬쩍 수박 한 통을 건네준 뒤로 진평리순댓국집에 이따금 문인들을 데려온다. 문인들이라고는 해도 깡패 같은 시인이 데리고 온 사람들이라서 그런지 입들이 영판 험하고, 주사들도 좀 있고 계산할 때 보면 이 사람 저 사람 호주머니에서 나오는 돈들이 하나같이 꼬깃꼬깃하다. 그것도 꼭 끝에 몇천원은 부족하기가 십상인 것이 보기가 영 못 미더워서 한번씩 오면 밥과 반찬을 아끼지 않고 퍼줬더니 고향에 계신 아버지 같다고 좋아라 했다.

"아부지, 저 왔습니다."

"어, 깡시인 어서 오소."

손님들이 몰려와 이영희하고 오래 대화를 나누기가 어려울 것 같아 일단 양해를 구하고서 부엌으로 갔다. 가스불에 순댓국을 올리면서 귀옥이 뭐라고 혼자 중얼거리는 것이 미상불, 씨불씨불인 게라고 짐작이 간다. 다급하게 우선 쟁반에 반찬을 놓아 내가려고 일어서는데 뒤에 부딪치는 사람이 필경 화가 잔뜩 난 아내려니 여겨져, 앗따 아무리 밉더라도 일헐 때는 좀 참세, 하고서 보니 아내가 아니고 이영희다. 아내는 주방 뒤 가마솥에서 국을 푸고 있다. 급한 상황이라 일단 상부터 내다주고 와서는 손님이 이것이 무슨 일이냐고 극구 말리는데도,

"바쁘시잖아요."

하고 제 집 일처럼 스스럼이 없다. 주방 뒤 가마솥에서 찜통에 국을 퍼 나오던 아내도 깜짝 놀란다.

"워미 워미, 이, 이름이 뭣이라고?"

뒤늦게 이름부터 찾는다.

"이영희씨이."

아내의 이영희에 대한 호의적인 태도가 반가워서 만택이 얼른 알려준다.

"그려, 맞어, 영희씨가 이러면 우리 입장이 난처허지이."

"왜요?"

손에서 일을 놓지 않으며 이영희가 묻는다.

"시골 내려가서는 알량헌 집 좀 빌려줬다고 일을 다 시키더라고 허면 우리 입장이 어떻게 되겠어."

"말 안할게요, 아주머니."

"그 말을 어떻게 믿어?"

영희가 웃는다. 귀옥도 웃는다. 그제야 만택은 안심이 되었다. 사실 제 체면이란 게 있지 않은가. 얼떨결에 고향집을 내주긴 했지만, 이사 들어온 사람이 돌공장 일 터지면서 마을사람들한테 인심을 얻고 있다는 정보는 만택도 알고 있었다. 그렇게 인심을 얻고 사는 사람한테 집주인 유세를 하면 마을사람들한테 자기뿐 아니라 돌아가신 부모님까지 욕을 먹게 될 것이었다. 영희와 귀옥이 웃으니 이제 맘이 놓였다. 긴장이 풀어지니 술도 한잔하고 싶어졌다. 마침 깡시인이 술을 권한다.

"세상이 참말로 좆같지요, 아부지."

"스을, 시인이 시어를 안 쓰고 욕을 쓰면 안되제에."

"죄송합니다, 아부지. 그런데 세상은 자꾸 시인이 욕을 하게 만드네요."

  깡시인 일행은 오늘도 중구난방, 청중 무시, 중언부언, 쌍소리
의 향연을 벌이고 있다. 만택은 말로만 듣던 작가, 시인이란 사람들
을 실제로 접해본 게 처음이었다. 그래서 깡시인이 문인들을 소개
하자 깍듯이 선생님 호칭을 붙이고 경외의 눈길을 주었던 것이 사
실이다. 그런데 작가, 시인 들도 술 먹으면 주정꾼 되는 것은 보통
사람들하고 다를 것 없음을 알고 선생님 소리는 싹 빼고 대신 김시
인, 이작가 식으로 부르게끔은 되었다. 주방 쪽에서 귀옥이 까르르
웃는다. 아내의 낭랑한 웃음소리를 들어본 것이 얼마 만인지 모르
겠다. 하도 반가워,

  "어이, 자네 혼자만 웃지 말고 나도 좀 끼세."

  "영희씨가 깡시인이 시인이냐고 묻기에 그렇다고 했더니, 시인
이 왜 저렇게 깡패 같냐고 허네. 영희씨도 시를 영판 좋아헌당만."

  깡시인이 영희에게 무슨 시를 좋아하느냐고 물었다.

  "세상의 모든 시를 다 좋아해요."

  영희가 생긋 웃었다.

  "들어볼 수 있을까요?"

  잠시 망설이던 영희가,

  "우리 아랫집에 시집온 베트남 며느리가 들려준 거예요."

소개하고 시를 읊는다. 중구난방이던 작가, 시인 들이 일제히 입을
다물고 영희를 주시한다.

  물소야 내가 너한테 할 말 있다 나하고 논에 가서 경작하자 모

를 심고 경작하는 것은 원래 농민의 일이다 여기 나 저기 물소 누구도 힘든 것은 생각하지 않는다 언제라도 벼 한 포기 있으면 그때는 물소 네가 먹을 풀이 있다는 것이다.

영희가 수줍게 웃고 설거지통으로 돌아서는데,
"하나만 더요."
문인들이 조른다.

　　고향은 달콤한 망고 한 송이
　　매일 아이는 나무에 올라가 과일을 딴다
　　고향은 학교 가는 길
　　그 길에는 노랑나비떼가 날아다닌다
　　고향은 파란 연
　　어렸을 때 논 위에서 연놀이
　　고향은 작은 배 강 위의 작은 배
　　강가에 작은 배의 물결
　　고향이 있으니 우리는 쓸쓸하지 않다.

영희의 낭송을 듣고 있던 문인들 눈가가 촉촉이 젖어든다.
"우리집에 참 이쁜 사람이 들어왔네이. 당신 사람 참 잘 들였그만."
이영희 덕분에 아내에게 수십년 만에 칭찬을 다 듣는다. 깡시인이 소주잔을 높이 들어 외친다.

"우리는 쓸쓸하지 않다!"

귀옥이 만택의 옆구리를 찌른다.

"당신은 사람이 득실거려도 쓸쓸허담서?"

"그것이 그렇게, 고향이 있어서 우리는 쓸쓸허지 않다, 작것!"

드디어 제 입에서도 점잖지 못한 말이 튀어나오기 시작하는 것이, 욕 잘하는 시인들을 상대해서인지 아니면 시인에게 시보다는 욕이 나오게 하는 세상 때문인지는 좀더 알아봐야 할 것 같다. 분명한 것은 세상사 사람은 많아도 무인지경 같았는데, 꼭 그렇지만도 않다는 것이었다. 만택이 소주잔을 높이 들고 외쳤다. 고향이 없어도 외롭지 않다! 깡시인이 받았다. 외로움이 뭉치면 외롭지 않다! 건너편 주방에서 이영희가 해사하게 웃고 있다. 귀옥이 혼잣말처럼 중얼거린다.

"워미 워미, 저 웃는 것 좀 보소! 꼭 꽃송이 한가지네이."

괜히 뿌듯해서 만택이 물었다.

"뭔 꽃?"

"사람꽃!"

그녀는 예뻤다

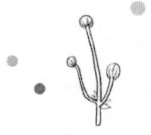

　해정은 이영희가 건네준 유정면 쇄석기 설치반대 대책위원회 명의의 탄원서, 호소문, 진정서, 신청서, 질의서, 답변서, 의견서, 청구서, 신문기사, 각종 공문 들을 방바닥에 펼쳐놓았다. 처음에는 순전히 정말 그쪽을 한번 들여다보지 않으면 마음이 불편할 것 같아서, 그래서 방문한 것이었다. 그런데 어느 순간 연민이 되었고 연민은 분노가 되었다. 세상에 어쩌면 이렇게 철저하게 외면할 수 있는가. 유정면 사람들의 호소에 귀기울여주는 관청 하나, 힘있는 사람 하나가 이렇게도 없을 수 있단 말인가. 이것이 대한민국의 자화상인가. 내가 그동안 이런 나라에서 살면서, 월드컵에서는 대한민국을 목이 터져라 외치고 때로 애국가를 부르면서 가슴 뭉클해하기도 했더란 말인가. 방바닥에 펼쳐진 서류들을 들여다보면 볼수록 기가 막혔다. 그런데 참으로 이상하다. 하도 보고 싶다고 징징대는 통에 우는 아이 젖 주는 심정으로 서울로 가서 자신이 서울에 올 수 없는 이유가 되어버린 서류들을 석현에게 보여줬더니, 예전에 형미가 보인 것과 비슷한 반응을 보인다.

"새삼스럽게 뭘 분노씩이나. 대한민국이라서가 아니라, 세상이 원래 그런 거 아닌가? 약자 앞에서 강하고, 강자 앞에서 약하고……"

그러니 이제 그만 순양에서 돌아오라는 뜻일 것이다. 원래 석 달 예정으로 갔는데 가을 지나 다시 겨울이 되었다. 일년이 넘도록 순양에 머물게 될 줄은 사실 해정 자신도 전혀 예상치 못했다. 그러나 이제, 해정은 순양을 떠나고 싶어도 떠날 수 없을 것만 같다. 이영희가 할머니들을 두고 떠나버리면 이후에 아무리 삶이 편안해진다 해도 마음의 고통을 지울 수 없을 거라고 했듯이, 해정은 자신이 할머니들뿐 아니라 이영희를 지금 이대로 두고서 아무 일도 없는 것처럼 홀홀 떠날 수는 없는 상황이 되어버렸다는 것을 알았다. 상황이 그렇다고, 정말 원군이 필요하다고, 누구라도 좋으니 유정면 사람들, 그 힘없는 노인들에게 따스한 손 내밀어줄 단 한 사람의 손길이 너무나 아쉬운 상황이라고 설명하면서, 그러니 이 서류들을 잘 살펴보고 당신의 아내 서해정이 왜 아직 순양에 머무를 수밖에 없는지를 헤아려달라고 간곡히 부탁했건만, 남편이란 사람이 그것도 제대로 살폈는지조차 의심스럽게 대충 일별하더니, 하고많은 반응 중에 해정이 가장 안 봤으면 싶었던 반응을 콕 집어 보인 것이다. 그 순간 첫번째 든 생각이, '차비가 아깝다'였다. 그 돈이면 할머니들한테 막걸리 몇통을 사드릴 수 있는가 말이다. 날 밝자마자 집을 나서는데, 그제야 급해진 석현이 서류들을 한 번만 더 보게 해달라고 애걸했다. 다시 보면 정확히 판단할 수 있을 것 같다는 그를 뿌리치고 해정은 순양행 버스를 타고 말았다.

비슷한 연배이고 같은 여자라서인지 이영희가 군청 앞에서 1인 시위 하고 있는 현장을 방문한 뒤로 이영희는 해정에게 이따금 연락을 해왔다. 처음 얼마간은 아, 이러면 안되는데 하면서 나갔지만 이젠 부르지 않아도 해정이 알아서 이영희를 찾아갔다. 군청 시위 현장이든, 이영희 친구 김종숙네 식당이든, 이영희 집이든, 순양읍내 시장통이든, 하여간 어디서든 이영희와 함께 시간을 보내는 것이 해정은 좋았다. 이영희의 어떤 부분에 끌리는지는 아직 잘 모르겠으나 어느 순간 해정은 '인간에게 받은 상처를 자연에서 치유받는 사람의 어느 하루에 관한 이야기' 따위는 잊어버리고 싶었다. 잘 써지지도 않는 것, 잊어도 무방할 것 같았다. 대신 이영희를 쓰고 싶었다. 그 말을 당사자한테 했더니, 이왕에 쓰려거든 자기 이야기는 쓸 것도 없고 순양석재와 싸우는 이야기나 써달라며 자료 삼으라고 서류들을 잔뜩 안겨주었다. 이 문서들을 들여다보는 것 역시 만만치 않게 머리 아픈 일이었다. 고소 고발 건만 해도 얽히고 설켰다.

순양군청과 순양석재 간의 고발사건의 내역을 보자.

● 주민의 순양석재 고발

1. 건축법 위반: 대검찰청에 항고중

2. 불법 산지전용: 소음진동규제법 위반 및 골재채취법 위반과 병합해 벌금 각 500만원, 2차 고발: 징역 4개월 집행유예 2년, 보호관찰·사회봉사 80시간

3. 불법가동 1차 고발: 기소유예, 2차 고발: 벌금 100만원

● 순양석재의 주민 고소 고발

1. 주민 100여명을 업무방해, 일반교통방해로 고발: 80여명 기소유예, 20명에 검사 약식명령 20~100만원 벌금 부과, 정식 재판 청구 4명 기소

2. 주민 소송대표 5명에 대한 손해배상 청구소송

● 주민대책위의 순양군청에 대한 소송

1. 업종 추가승인 취소: 1심 주민 패소, 2심 항소 진행중

2. 순양석재 가동정지 가처분신청: 기각

● 순양석재의 순양군청에 대한 소송

1. 공작물 축조신고 반려처분 취소: 소 취하

2. 행정처분 집행정지 신청: 소 취하

3. 위법 공작물 자진철거 지시처분 취소: 소 취하

4. 업종추가신청서 반려처분 취소: 소 취하

5. 행정처분 효력정지: 각하

6. 손해배상 청구: 소 취하(이 부분에 '김성주 경제과장 김수철 사장 간 소 취하하고 승인하기로 약속'이라고 씌어 있다)

7. 복구준공검사 반려처분 취소: 원고 기각, 항소 없음

특이한 것은 군청에 대한 순양석재의 소송 대부분이 수개월 간격으로 소 취하가 된 점이다. 소송을 남발하고 재판이 진행되는 동안에도 순양석재는 아직 판결이 나지 않았다는 이유를 들며 불법영업을 지속해 막대한 이득을 남기고 있었다. 주민들은 돌공장에서 나오는 먼지와 소음으로 집이 집이 아니고 동네가 동네가 아니며 사는 것이 사는 것이 아닌 생활을 이어가야 하는데도, 군청에서는 불법공장에 대한 형식적 고발과 한 달이면 수억을 버는 업체에 몇백만원 벌금이라는 솜방망이 처벌로 일관하고 있었다. 해정은 하도 답답하여 '바쁜 기자님'인 형미한테 전화를 걸었다.

"야, 형미야, 어제도 오늘도 내일도 바쁘시냐?"

"알면서."

"야, 사정한다. 여기 좀 한 번만 내려와주라."

"멀쩡한 신랑 두고 외로워? 외로워서 못살겠는 거야, 그런 거야?"

먼저 건 전화지만 확 끊어버리고 싶은 것을 꾹 참고,

"지금 농담할 기분 아니야. 아니, 기분이 아니라 농담할 상황이 아니라고."

"그러게, 사방이……"

"기자양반한테야 조선팔도가 난리겠지만, 나한테는 시방 여가 난리다."

"긍게, 한번 기어코, 언니, 근데 기어코를 그쪽에서는 뭐라 그러지? 옛날에 뭐가 있었는데?"

"글쎄, 기필코, 기, 기, 기연씨? ……야, 내려올 거야, 말 거야아!"

"마감이나 쳐놓고, 봐서."

"그때는 이미 늦으리. 끊자."

형미와 소득없는 대화를 하는 동안 영희에게서 부재중 전화가 와 있었다.

"전화했어요?"

"소식 들었어요? 순양군청에 국민권익위원회 이동신문고가 뜬 다네요!"

이영희는 언제나 그랬다. 기대를 걸었던 관청이, 기대를 걸었던 힘있는 사람이 '이번에도' 우리 편이 되어주지 않았을 뿐 아니라 애초에 그럴 마음이 없었음이 확인되어도, 그녀는 결코 절망의 빛을 보이지 않았다. 그리고 다시 새로운 대상에 희망을 걸어보는 것이다. 군청에 도지사가 오고, 지역 축제에 지역구 국회의원이 오고, 행사에 환경부 장관이 온다는 소식이 들리면 사람들에게 숨가쁘게 달려와, 여러분운, 혹은 언니 오빠들, 높으신 분이 온대요오, 그분에게 우리 사연을 전할 거예요오, 알았죠, 할 때의 이영희는 종달새처럼 명랑했다. 해정은 지금까지 그렇게 사랑스러운 여성을 본 적이 없었다. 이영희가 종달새처럼 명랑하게 새 소식을 전할 때, 해정의 가슴에서 느껴지는 눈물이 샘솟는 듯한 경험도 처음이었다. 아팠다. 영희가 주민들 앞에서 해사하게 웃으면 해정의 가슴이 저리는 것만 같았다. 주민들 이름도 많이 알게 되었다. 주민들이라고 해봐야 가장 젊은 이가 64세, 최고령이 93세인 노인들이다. 그런데 아무리 젊은 사람 없는 시골이라 해도 아주 없지는 않을 텐데 젊은

사람이라고는 영희 혼자뿐인 것이 속상하고 궁금해서,

"왜 젊은 사람은 이영희 위원장 한 사람뿐이에요?"

노인들에게 물었더니, 노인인데도 믿어지지 않을 만큼 눈동자가 반짝이는 김공님 할머니가 행여 남이 들을세라,

"젊은 사람들이 기양 돈으로 해결을 볼라고 해갖고 우리가 복주어매를 위원장으로 올려분 거여."

그런 사연이 있음을 알고 영희의 고군분투가 더욱더 눈에 밟혔다. 어떻게 이 싸움의 중심에 서게 됐느냐는 해정의 물음에 영희가 말했었다.

"햇볕이 너무 뜨거웠어요. 길바닥에 말없이 앉아 있는데, 그 뜨거운 햇볕, 그 숨막히는 침묵에 가슴이 터져버릴 것 같았어요. 뭐라도 하지 않으면 미쳐버릴 것 같더라구요. 위에서는 불볕이 쏟아지고 아래서는 숨막히는 지열이 올라오는 아스팔트에 너무나 순박한 할머니들을 앉혀두고 업체에서 나온 사람들이 뭐라고 뭐라고 야유를 퍼붓는데 이쪽은 어느 누구 말 한마디를 제대로 하는 사람이 없는 거예요. 그 순간에 나도 모르게 터져나와버린 거예요. 그렇게 터져나온 그 순간이 결국 나를 지금 여기까지 오게 만든 시초가 됐죠."

점심에 할머니들이 준 막걸리를 몇잔 마셔 약간 취기가 올라서였는지도 모르겠다. 영희의 말을 들으면서 해정의 가슴도 터질 것만 같았다. 그 터질 것 같은 가슴으로 해정이 영희 손을 덥석 붙잡았다.

"내가 영희씨와 함께할게요."

이제 해정은 제가 약속한 말에 책임을 져야 한다. 지금 삼십대

후반인 해정이 대학에 다니던 때가 운동권 끝물 시절이어서가 아니라, 그쪽으로는 통 관심을 두지 않고 지낸 자신이 왜, 뭣 땜에, 그리고 어떻게 이영희의 싸움에 함께하겠다는 것인지는 해정 자신도 구체적으로 알 수 없었다. 그러나 분명한 것은 출판사와 약속한 소설을 다 쓴다 하더라도 자신이 순양을 쉽게 떠나지는 못하리라는 사실이었다. 어쨌든 이번에도 결국 '우리편'이 아닌 것으로 확인되는 결과를 맞더라도, 할 수 있는 시도는 해봐야 할 것이었다. 영희가 말했었다. 결과가 어떻게 나오든 시도를 안하는 것보다 해보는 것이 인생 앞에 훨씬 더 떳떳할 것 같다고.

"이동신문고가 뭔데요?"

"말 그대로, 새로 임명된 권익위원장이 전국을 돌면서 현지에서 직접 민원을 듣고 해결해주는 거래요."

"아이고, 그럼 우리한테 딱이네, 딱이여."

몇달 살다보니 이제 이쪽 말이 자연스럽게 나온다.

"아, 이제야 해결이 되려나봐요."

이영희의 목소리가 밝았다. 해결이 되든 안되든 그것은 차후 일이고, 우선 영희의 목소리가 밝은 것만으로도 해정은 안심이 되었다. 그러나 다음날 1인시위 현장에서 만난 영희 얼굴이 그리 밝지 못하다는 것을 해정은 금방 알아보았다. 군청 민원실 안에서 자판기 커피를 뽑아들고 1인시위중인 영희에게 가 물었다.

"무슨 일 있어요?"

"군청 직원들이 무슨 민원 낼 거냐고 자꾸 전화하네요."

"그래서 뭐라고 했어요?"

"사전심사 받고 싶지 않다고 했죠 뭐. 그랬더니 저쪽에서 뭐라 그러냐면, 알아야 도와주지 않겠느냐고 하더라고요."

"정말일까요?"

"그러게요."

해정이 공무원들을 믿어서 정말이냐고 물은 건 아니었다. 또한 영희가 공무원들을 믿고 있다고 여겨서 물은 것도 아니었다. 그것은, 정말이면 좋겠다는 마음의 표현이었다. 영희가 그런 마음의 표현에 대고, 그들을 믿으세요?라든가, 그걸 말이라고 하세요? 같은 사나운 대답을 하지 않고, 자신도 그러면 좋겠다는 바람을 담은 순한 대답을 해주는 것이 해정은 좋았다. 영희는 그러니까, 고운 사람이었다. 영희가 고운 사람인 줄 알기에 그녀의 고난이 해정은 가슴아팠다. 그래서 정작 영희는 아무렇지 않아하는데, 공무원들이 영희한테 함부로 하는 듯한 기미가 느껴지면 피가 머리 위로 솟구치는 것만 같은지도 몰랐다.

이동신문고가 오는 날, 영희뿐 아니라 노인들도 술렁술렁하는 것이 뭔가 기대하는 기색들이었다.

"맥없이 팔도유람 허는 것은 아니겄제에?"

"지 돈도 아니고 나랏돈으로 밥 사묵고 댕기는 사람이 헛짓거리 헐랍디여이?"

이동신문고라기에 아무나 들어가서 북을 두들기면 되는 줄 알았더니 주민대표가 접수증을 써야 한다고 했다. 영희가 대표로 접수증을 쓰면서 담당 조사관이라는 사람에게 물었다.

"접수하면 틀림없이 면담할 수 있지요?"

영희한테서 감사원 감사 청구는 아무나 할 수 있지만, 또한 아무
나 하는 것이 아니더라는 알쏭달쏭한 말을 해정도 들은 바가 있다.
아마 접수를 해봤자 아직도 감감무소식인 감사원짝 나는 게 아닌
가 싶어서 물었을 것이다.

"위원장님, 이거 왜 이러십니까아?"

하는 순간, 두 위원장이 동시에 조사관을 향해 왜요?라고 묻는 '사
태'가 발생했다. 조사관이 유정면 쇄석기 설치반대 대책위원회 위
원장의 물음에 가벼운 힐난을 하는 와중에 공교롭게도 국민권익위
원회 위원장이 군청 공무원들과 수행원들에 휩싸여 군청 현관 입
구로 막 들어서는 참이었던 것이다.

"왜요?"

"왜요?"

두 위원장이 동시에 서로를 바라보았다. 그러나 그것은 극히 짧
은 순간이었다. 대책위원회 위원장이 권익위원회 위원장에게 다가
가려는 순간, 권익위원회 위원장은 공무원과 수행원 들에게 둘러
싸여 이동신문고가 열리는 행사장 안으로 사라졌고 또다른 공무원
들이 대책위원회 위원장을 감싸긴 했는데 권익위원회 위원장이 들
어간 방향이 아닌 반대편 출입구 방향으로 데려갔기 때문이다. 행
사장 입구 쪽에서 기다리던 해정이 보니, 영희가 밖으로 떠밀리다
시피 나가고 있었다. 해정의 머리 위로 피가 솟구치는 순간이 왔다.

"야 이 나쁜놈들아, 이영희 위원장한테 손끝만 대도 너희들 다
고발해버릴 거야!"

영희를 밖으로 내보냈던 공무원인지 경호원인지 알 수 없는 남

녀들이 해정에게 달려왔다. 해정은 그 순간 길은 하나뿐임을 알았다. 행사장 안으로 뛰어들기. 해정이 이동신문고가 열리는 행사장으로 뛰어들어가보니, 권익위원장과 면담하려고 대기중인 사람들 가운데 순양석재와 싸우고 있는 사람들은 아무도 없는 것을 알았다. 그때 또다시 피가, 뜨거운 피가 해정의 머리 위로 솟구쳤다. 해정이 판단하건대, 공무원들이 쇄석기 설치반대 주민들의 이동신문고 접근을 막아서 그럴 것이었다. 노인들은 다른 날과 다름없이 남자는 화단의 돌의자에, 여자는 군민의 쉼터에 자리잡고 마치 해바라기라도 하듯 조용히 앉아 있었다. 그러다가 자기 차례가 되면, 피켓을 들고 1인시위 장소로 지정된 수위실 앞으로 가 삼십여분씩 서 있었다. 해정은 먼저 군민의 쉼터 쪽으로 갔다.

"할머니들, 지금 군청 안에 누가 와 있는지 아세요?"

"알제에."

"근데 왜 여기 이러고 계세요? 가서 악이라도 써야지."

해정이 발을 동동 굴렀다. 노인들의 표정이 느긋한 것이 해정의 마음을 더 조급하게 만들었다.

"그것이 그렇게에, 우리도 그러면 좋겠지마는, 우리가 한꺼번에 행사장에 들어가불면 딴 사람들이 못 들어갈 것 아너여? 복장 터질 일을 우리만 겪는 것이 아닐 것인디."

군청에서 솟구치는 분노를 어쩌지 못해 들입다 악을 쓰고 났더니, 해정은 아팠다. 아파서 꼼짝할 수가 없었다. 끙끙 앓아누워 있는데 정말 희한한 것은, 몸도 아프고 마음도 아픈데 또 왠지 마음이 편안하다는 것이었다. 몸은 아픈데 마음 편안한 것이 이상해서 일부러, 내가 왜 여기서 이러고 있나, 남편도 기다리고 있고 할 일도 많은 내가? 하고 물어보았다. 그래도 그 물음들이 편안한 마음을 흔들지는 못했다. 편안한 마음이란 그러니까, 인간인 내가 당연히 해야 할 일에 함께하고 있다는 뿌듯함 같았다. 한때 운동권에 몸담은 적 있는 석현에게 들었던 '동지와 함께라면 밥을 안 먹어도 배부르게 느껴지는 경지'라는 게 바로 이런 것인지도 몰랐다. 또한 데모하다 잡혀서 경찰서에 끌려와 실컷 두들겨맞고 유치장에 갇혔는데, 희미하게 비쳐드는 달빛 아래 동지들의 얼굴이 그렇게 예뻐 보이더라는 말을 이제 좀 이해할 수 있을 것 같았다.

진평리서 해정이 사는 곳까지 영희가 찬바람을 뚫고 자전거를 타고 왔다. 해정이 몸이 아파 나가지 못한다는 말을 하기 싫어 글을 써야 한다며 군청 앞에 가지 않았더니, 하루도 안돼 기어코 찾아온 것이다.

"아프지요?"

해정은 시인하지 않을 수 없었다. 영희가 자전거에 싣고 온 죽냄비를 열었다. 식지 않게 하려고 꽁꽁 싸맨 냄비를 여니, 고소한 냄새가 퍼진다.

"깨죽이에요. 우리 앞집 사는 언니가 솜씨가 좋아요."

깨죽을 한입 떠먹다가 이영희를 바라보는데, 맛있다느니 고맙다는 말보다 더 좋은 말이 있을 것 같은데 얼른 떠오르지 않았다.

"저도 첨엔 그랬어요. 너무 화가 나서 견딜 수가 없어 만날 악만 쓰고. 점심을 날마다 사먹을 수도 없고 노인들이 도시락 챙기기도 그래서 군민의 쉼터에서 해먹었는데 무슨 피크닉하는 줄 알고 지나가는 사람들이 맛있겠다며 밥 좀 달라고 오죠. 그러면 특히 할머니들이 어서 오시라고 하고 밥을 퍼주죠. 그런데 노인들이 왜 군청 앞에서 밥을 해먹고 있는지 묻지도 않고 밥만 먹고 가버려요. 나는 첨에 그것도 그렇게 화가 났어요. 근데, 이젠 제가 그래요. 지나가는 사람이 있으면 무조건 오라고 하죠. 그래서 그 사람이 와서 맛있다고, 잘 먹고 간다고 하면 그렇게 고맙고 좋을 수가 없어요. 내가 뭐라고 해도 할머니들이 그냥 웃기만 하는 것이 첨엔 답답했죠. 근데 자꾸 반복되다보니까, 제가 그분들을 닮아가요. 근데, 그분들처럼 하니까 맘이 참 좋더라고요. 그냥 좋아요."

그냥 좋아요, 하는 이영희의 말이 깨죽처럼 고소하게 해정의 마음에 스며든다. 초겨울 햇살만큼이나 맑은 이영희한테 뭐라고 말을 해주고는 싶은데, 그 말이 무얼까 한참 생각하다, 결국 해정은 영희가 떠난 뒤에야 그 말을 할 수 있었다. 이영희, 당신은 참 예쁜 사람이라고. 그 쉽고 간단한 말 한마디가 당사자가 떠난 뒤에야 비로소 생각난 것이 아쉽고 원통해서 해정은 한참을 찬바람 속에서 서성였다.

모자를 벗지 마

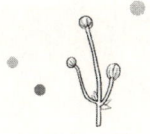

　공사장에서 만난 도인을 따라 지리산에 갔던 철수가 돌아왔다. 돌아오던 날 밤, 철수가 우는 것을 영희는 처음 보았다. 횟집이 철거되어 쫓겨나올 때도 우는 모습을 보이지 않던 철수가 지리산에서 후줄근히 돌아온 밤, 영희야, 조선천지에 우리 세 식구 의탁할 곳이 이렇게도 없냐,며 서럽게 울었다. 서럽게 우는 남편 등이 조그마한 어린애 같았다. 영희는 철수 등을 가만가만 어루만지다가 꼬옥 안아줬다. 철수가 영희 품에 안겨 울었다. 한참을 울다 조용해진 철수 귀에 대고 영희가 말했다.

　"여보, 저 소리 들려?"

　"무슨 소리?"

　"귀를 바닥에 대고 가만히 있어봐."

철수는 영희가 시키는 대로 귀를 방바닥에 바짝 갖다댔다.

"들리지?"

"응, 그래 들린다."

"어때?"

"뚝 뚜그르르, 뚝 뚜그르르……"

"지렁이들이 겨울잠에 들려고 하면서 새근거리는 소리야."

철수 귀에 들어가는 소리가 그 소리인지는 모르겠으나, 영희는 왠지 그렇게 말하고 싶었다. 혹은, 잠자던 굼벵이가 잠깐 깨어나 하품하고 다시 잠드는 소리라고 해도 상관없을 것 같았다. 둘은 한참 바닥에 귀를 모으고 그렇게 가만히 있었다. 오랜만에 누운 채로 영희 얼굴을 마주 보고 철수가 물었다.

"대책위원장 하니까 좋냐?"

주름이 잡히고 흰머리가 부쩍 늘어난 철수 얼굴을 들여다보다가,

"할머니들이 좋아."

"여기 안 떠날 거야?"

"할머니들이 좋아서."

"요새 시는 안 쓰냐?"

"할머니들이 시야."

내가 졌다, 하고서 철수는 웃고 말았다. 철수가 웃는데, 이번에는 영희 눈에 눈물이 고였다. 철수가 손을 뻗어 영희 눈물을 닦아주며,

"할머니들이 그렇게 좋냐?"

"할머니들 생각하면 눈물이 나."

이번에는 철수가 영희를 꼬옥 안아줬다. 잠에서 깬 복주가 두 사

람 사이로 파고들었다.

"둘이만 뽀뽀하고잉."

이불 속에서 세 사람이 한덩어리가 되었다.

철수가 돌아오고 나서 한결 밝아진 영희 때문에 '언니 오빠'들도
덩달아 밝아졌다. 날씨가 급격하게 추워졌는데도 빠지는 사람이
하나도 없었다. 점심 먹고 나서 오랜만에 할머니들하고 한글 공부
를 하는데, 해정이 영희를 불렀다.

"이 기사 보셨어요?"

신문을 내밀어 보였다.

기사의 제목은 '순양석재 해법의 그날은 언제?'였다. 그런데 그
아래 소제목이 '막무가내 주민, 선량한 기업 발목 잡아'였다.

막무가내식 싸움으로 피해는 결국 주민들에게 돌아갈 공산이
커졌다. 유정면 쇄석기 설치반대 대책위의 군청 앞 시위와 농성
이 한파가 몰려오는 겨울까지 계속될 조짐을 보이고 있다.

경찰은 이 시위의 실질적 리더로 지목한 이모씨, 그리고 최근
에 합류한 서모씨가 환경단체나 각종 매스컴과의 연계를 주도한
다고 파악하고 있다. 이와 관련해서 순양경찰과 뜻있는 인사들
은 대책위의 막무가내 좌충우돌식 투쟁방식에 우려를 금치 못하
고 있다. 한 전문가는 법적으로 문제가 없는 업체에 대해 끝까지
물고늘어지는 대책위는 이미 법의 테두리를 벗어난 행위를 하고
있고, 시위 선동자들이 나중 일은 생각지 않고 끝까지 대결구도

로만 몰아가면 결국 피해는 순박한 주민들에게 돌아갈 것은 불을 보듯 뻔한 결과라고 말하고, 주민들에게 돌아갈 불이익을 조속히 알려야 할 의무를 가진 대책위가 고의로 그러한 사실을 고지하지 않고 있는 것은 아닌가 의심된다고 말했다.(…)

영희는 기사를 차마 끝까지 읽을 수가 없었다. 자신의 문장력이 좋은 건 아니지만, 문장도 조악할뿐더러, 언론이 갖춰야 할 최소한의 양식인 공정성이라곤 아예 없는, 기사의 탈을 쓴 업체 편들기에 불과한 글이었다. 언젠가부터 고질이 된 두통이 띠잉, 하고 몰려왔다.

"어떻게 할까요?"

"그냥 무시해도 되지 않을까요? 뭐 말이 되는 기사여야 반박을 하지, 이거야 원. 더군다나 이런 신문을 누가 얼마나 보겠어요?"

"누가 보든 안 보든 내가 봤잖아요. 이건 분명히 거짓이고 왜곡이며 모욕이잖아요."

"……"

"좋아요, 준비는 제가 하죠."

해정이 약속했다. 집에 와서도 『순양타임즈』의 '막무가내식 싸움' 기사가 머릿속을 어지럽혔다. 영희가 잠 못 드는 그 밤에, 저도 같이 잠 못 드는 새가 있었다. 지난봄부터 부쩍 울어쌓던 저승새는 겨울이 닥쳐온 지금까지도 울음을 그치지 않고 밤새도록 울다가 새벽빛이 비칠 때쯤 잦아들었다. 들리는 사람은 듣고 들리지 않는 사람은 못 듣는다는 휘이익, 후루루, 휘이익, 후루루, 소리. 저승새 소리는 마치 혼을 부르는 소리 같았다. 그래서 저승새를 혼새라고도 하는지 몰랐다. 밤에 우는 새소리를 들으니 잠은 오지 않고 어릴 때 고무줄놀이 하며 부르던 노래가 생각났다. 낮에 우는 새는 배고프다고 울고요 밤에 우는 새는 님이 그리워 울지요. 님이 무엇인지도 모르는 어린애들이 숨이 넘어가도록, 새는 배고파서 울고 님이 그리워 운다고 악을 썼다.

"여보, 밤에 우는 새는 정말로 님이 그리워 울까?"

"밤에 새소리 듣는 사람들이 님 없는 사람들이겠지."

"낮에 우는 새는 배고파서 울까?"

"복주 깬다, 목소리 줄여."

그러나 복주는 깼다.

"엄마, 왜 안 자아?"

복주가 졸음에 겨운 눈에 걱정이 잔뜩 묻은 표정으로 묻는다. 잠결인데도,

"민원 너야 하니까 그래?"

시위, 소송, 재판, 1인시위, 그리고 이제 아이 입에서 민원이라는 말도 아무렇지 않게 나온다.

"응, 또 민원 넣어야 해."

"왜?"

"순양타임즈라는 신문에서 대책위원회가 막무가내로 시위하고 있다고 왜곡기사를 썼어. 그래서 그냥 넘어가면, 나중에 그냥 넘어간 것 때문에 후회할 것 같아. 그래서 민원 넣을 거야."

"지금 뭔 소리 하고 있냐?"

말은 복주한테 하는 식으로 했지만 받기는 철수가 받았다.

"말한 그대로야."

신문을 보여줬다. 철수가 신문을 읽다 획 구기며,

"고발해, 씨……"

입을 다문다.

철수와 복주가 나가고 난 아침나절에, 해정은 어디서 장만했는지
스쿠터를 타고서 언론중재위원회에 제출할 서류를 가지고 왔다.

반론보도문 신청 이유

　신청인은 유정면 쇄석기 설치반대 대책위원회이며 피신청
인은 순양타임즈입니다. 피신청인의 기사 내용은 다음과 같이
문제가 있으며 사실과 다릅니다.

　1. 대책위가 '막무가내'라 했는데 그 근거는 어디에도 없습
니다.

　2. '법적으로 문제가 없는 업체에 대해 끝까지 물고늘어지는
대책위'라고 했는데 순양석재는 허가도 없이 지금까지 1년 이
상 불법가동을 해왔고 주민대책위뿐 아니라 순양군청에서도
수차례 고발한 바 있으며 현재 형사재판이 진행중에 있습니다.

　3. '대책위는 자신들 발등에 불도 못 끄고 있는 상태'라 했는
데 검찰의 결정에 불복해 정식재판을 청구했으며 '업무방해'

나 '일반교통방해'가 성립하는지의 여부는 재판 결과를 기다려야 할 것입니다.

4. '파산 직전의 사업자가 파산의 원인을 제공한 대책위와 주민들을 상대로…'라 했는데 이는 원인과 결과가 전도된 표현입니다. 이 업체의 쇄석기 불법가동으로 인한 심한 소음과 분진 등으로 주민들의 생활이 심각하게 유린되어 항의집회를 하게 되었으므로 원인을 제공한 것은 주민이 아니라 업체입니다.

5. 사진은 주민들 집회사진인데 대책위 주민의 발언은 한마디도 없으며 시종일관 경찰과 업체측 발언만 실었습니다.

유정면 쇄석기 설치반대 대책위원회는 이 보도로 인해 명예가 심각하게 훼손되었으며 생존권과 주거권을 지키고자 하는 정당한 행위를 매도당함으로써 또다른 고통을 당하게 되었습니다. 이에 언론중재위원회에 반론보도를 구하는 조정을 신청합니다.

신청 취지

피신청인은 순양타임즈 1면에 상자기사로 아래의 반론보도문을 게재하되, 제목은 조정대상기사의 부제목 활자크기로 하고 본문은 조정대상기사의 본문활자 크기로 한다.

"이제 우리 요구가 반영된 반론보도문만 쓰면 돼요."

"고마워요, 해정씨. 사실은 어젯밤에 잠을 한숨도 못 잤네요."

"걱정하지 마세요, 제가 준비한다고 했잖아요. 당장에 순양타임즈 홈페이지에 들어가 그 기자의 기사 밑에 댓글을 달았어요. 당신이 서모씨라고 지칭한 서해정이다, 고통받고 있는 사람들에 대해 함부로 말하지 마라, 정정보도를 하지 않으면 언론중재위원회에 제소하겠다. 그러고도 분이 안 풀려 전화를 했죠. 그랬더니 이 기자라는 작자가 대뜸 나한테 욕을 하네요. 모욕죄로 콱 고발해버릴라, 그냥. 이 싸움은 어쨌든 본싸움에서 파생된 곁다리싸움이라 그나마 내가 참는 거라는 걸 그 자식이 알란가 몰라."

욕 때문에 마음이 좀 다친 모양이다. 초기에 순양석재 사람들한테 욕을 먹을 때마다 영희도 제 마음이 너덜너덜 찢기는 느낌이 들었다. 그렇게 찢긴 느낌이 들면 짜증이 나서 저도 모르게 험한 소리가 나왔다. 복주가 넘어져 울면, 일어나 새끼야, 한다든가, 무슨 일이 잘 안되면 지랄맞다는 소리가 절로 나왔다. 그때, 눈빛이 유달리 반짝이는 '언니' 김공님이 그러던 것이었다.

"어이, 한사코 모란꽃맹이로 이쁘고 존 것만 생각허소이. 내가 얏닐곱살 때 울 오무니가 애기를 낳다가 돌아가싰거등. 할머이가 방문을 탁 열고 나옴서, 아이, 느그 어매 죽어부렀다, 허등만. 죽는 것이 뭣인지는 몰라도 어쩐지 슬프제이. 막연허게 슬픈게 말레(마루)에 우두근히 앉아서 다무락 옆에 모란꽃 벙그러진 것만 가만히 보고 앉았어. 모란꽃이 하도 이뻐서 그것 보니라고 내가 어매 죽은 것을 깜빡 잊어묵었어. 그러니, 그때 모란꽃같이 이쁜 것이 한 태기

도 없었으면 얼마나 더 설워이? 그렇게 자네도 맘이 힘들수록에 한
사코 모란꽃맹이로 이쁜 것만 생각허소이."

그래서 해정의 다친 마음을 위해 영희는 어젯밤의 새 이야기를
꺼낸다.

"어젯밤에는 밤새도록 새가 울더라구요."

"무슨 새요?"

차마 저승새라는 말이 나오지 않아,

"음, 님 그리워 우는 새요. 낮에 우는 새는 배고파 울고 밤에 우는
새는 님 그리워 운다잖아요. 밤이면 밤마다 우는 그 새도 님이 그
리워 우는 걸까요?"

"우리 남편 샌가부네요. 낮에는 백수라 배고프고 밤이면 님이 없
어 외롭고, 그래서 할 수 있는 건 우는 것뿐이고. 그 새가 그래서 어
제부로 울다 지쳐 내려왔답니다. 가만, 이제 그만 울어도 될 텐데,
왜 울었지?"

해정이 서울로 올 생각을 안하자 급기야 남편이 짐을 싸서 왔다
고 했다.

"직장은 어떡하구요?"

"영화일 하는 사람들이 일 없으면 백수죠 뭐."

어차피 남편까지 내려온 마당에 언제까지나 친구 친정집에서 살
수는 없어 집을 구하려는데, 이왕이면 '순양석재 피해 인접부락'을
원한다는 것이다.

"저희는 어쩔 수 없어서 왔는데, 해정씨네는 자발적으로 오시네
요?"

"왜, 자발적 가난이라는 말도 있듯이, 최소한 인간이 기계가 아닌 인간으로서 산다는 것의 가장 기초가 되는 것이 바로 '자발성'이라고……"

말을 하다 말고 해정이 얼굴을 붉힌다. 영희는 해정이 말하는 동안에도 자꾸 밤에 우는 '님 그리워 우는 새'를 생각한다. 간절히, 간절히 누군가를 부르는 소리 같은 그 혼새소리를 해정에게 어떻게 설명할 수 있을까.

"영희씨 집 정말 좋네요. 나도 이런 집 구하고 싶어요. 저 작은 창 호지창이 자다가 봉창 뚫는다는 그 봉창 맞죠? 진짜 앙증맞다. 우리나라 사람들 창 넓은 집에 무슨 한 맺힌 사람들 같애. 난 아주 유리창이라면 질색인데. 저런 창은 얼마나 소박해요, 그죠?"

작은 봉창 하나에 감탄을 연발하는 귀여운 해정에게 선물을 주고 싶다.

"해정씨, 선물 줄게 가만있어보세요."

사르륵 사르륵, 사운 사운, 솨르르 솨르르, 소소소소소……

"무슨 소리죠?"

"뒤꼍에 산죽나무 이파리가 바람에 흔들리는 소리예요. 그 밑에서 참새들이 소소소소소……"

반론보도청구 신청서를 보낸 지 일주일쯤 뒤, 언론중재위에서 '피신청인 답변서'라는 우편물을 보내왔다. 순양타임즈의 반론문이다. '신청인의 주장에 대한 피신청인의 입장과 그 근거자료'라는 것인데, 순양타임즈의 주장인즉, '신청인의 주장이 공정하고 객

관적이지 못하고 다분히 신청인의 주관적인 입장만을 내세웠다'는
것이다.

그런 뒤 얼마 지나서 열린 중재위원회에 출석하던 날은 바람이
많이 불고 겨울을 재촉하는 비가 추적추적 내렸다. 해정은 추워 보
인다며 자기가 쓰고 나온 모자를 굳이 영희에게 씌워주었다.

위원회 사무실 입구에서 순양타임즈 대표와 문제의 기사를 쓴
기자와 마주쳤다. 지하주차장에 차를 세우고 오는 듯했다. 차 하나
를 똑바로 세울 줄 모르느냐는 둥, 걸음걸이가 왜 그렇게 비실거리
느냐는 둥, 너 땜에 내가 별 구질구질한 데까지 다 오게 된다는 둥,
엘리베이터 앞까지 오는 동안 기자는 대표라는 사람한테 계속 시
달린 것 같았다. 영희 일행과 마주치자 두 사람 다 아무 일도 없었
다는 듯 뚱한 표정으로 먼산바라기를 한다. 중재위에는 당사자 한
사람씩만 들어갈 수 있다고 해서 순양타임즈 대표와 영희가 들어
갔다. 그런데 이게 웬일이란 말인가. 양쪽에 두 명씩의 중재위원들
을 거느리고 가운데 앉아 있는 중재위원장이 바로 그 판사가 아닌
가. 주민들이 군청을 상대로 낸 '순양석재 업종변경 승인취소 소
송'에 기각판결을 내린 판사 말이다. 지금도 영희는 판사가 알아듣
기 어려운 목소리로 읽어내려가던 그 판결문의 마지막 대목을 생
각하면 가슴이 콱 막혀온다.

(…)원고들에게 수인한도를 넘는 환경상 피해가 발생할 경우
추가적인 저감대책 수립, 행정처분, 공사중지 가처분, 민사상 손
해배상 등의 조치를 강구할 수 있는 점 등을 종합하여 보면 이

사건 처분이 재량권을 일탈, 남용하였다고 볼 수 없으므로 원고들의 주장은 받아들이지 아니한다. 그러므로 원고들의 이 사건 청구는 모두 이유 없으므로 이를 기각하기로 하여 주문과 같이 판결한다. 꽝 꽝 꽝.

각자 이름과 소속을 확인하고 중재에 들어가기 전, 작은 소란이 일었다. 중재위원으로 앉아 있던 지방신문 논설위원이라는 사람이 갑자기 쿵, 하고 의자에서 굴러떨어진 것이다. 그 중재위원은 아직도 얼굴이 벌건 채 정신을 못 차리는 것이 술에 취한 게 분명했다. 다시 자리를 잡고 앉았지만 그는 이내 자울자울 졸기 시작했다. 술 취한 중재위원 때문에 자신의 체면도 도매금으로 깎였다고 느낀 것일까. 그래서 뭔가 권위를 내세울 거리를 찾던 중, 영희의 모자가 눈에 들어왔는지도 모른다. 영희를 기억할 수도 있을 것이었다. 그러나 그는 모른 척하면서 대뜸 명령조로 말했다.

"모자를 벗으세요."

"네?"

"사람이 예의가 없이 말이야, 실내, 실외도 구분 못해요? 실내에서, 더군다나 시시비비를 가리러 온 자리에서 모자를 눌러쓰고, 그 무슨 건방진 태도요, 거."

"중재위원장님, 여기는 제가 피해자로서 온 자립니다."

"사람 말이 말 같지 않아요? 이영희씨, 참 말귀 못 알아듣네. 모자를 벗으라면 벗을 일이지, 무슨 말이 그렇게 많아요?"

기가 막혀서 눈물이 다 나오려는 걸 꾹 참고 판사, 아니 중재위원장을 똑바로 바라보았다. 중재위원장도 영희를 노려보았다.

"모자 벗으라니까!"

"아니요, 저 모자 안 벗겠습니다. 아니, 못 벗습니다."

술 취한 중재위원이 졸다가 눈을 번쩍 뜨고 갑자기 킬킬 웃었다. 졸리는 와중에도 안 벗느니, 못 벗느니란 대목만 얼른 주워들은 모양이다. 그러든지 말든지,

"위원장님, 위원장님 말씀대로 여기는 순양타임즈 기사로 정신적 피해를 입은 신청인인 제가 순양타임즈에 반론보도를 요청한 사안에 대하여 순양석재, 아니 순양타임즈가 이의를 제기해서······"

"신청인 유정면 쇄석기 설치반대 대책위원회 대표 이영희가 피신청인 순양타임즈에 제기한 반론보도청구 조정신청은 당사자간 합의 불능 등 조정에 적합하지 아니한 현저한 사유가 있으므로 '언론중재 및 피해구제 등에 관한 법률' 제21조 3항 규정에 따라 주문과 같이 결정한다. 주문, 이 사건 조정은 불성립으로 한다."

순양타임즈 대표의 입이 쩍 벌어졌다. 김공님의 당부대로 정말 이쁘고 좋은 것을 생각해내려 애써보지만, 그 순간만큼은 잘 되지 않았다. 해정이 뛰어들어왔다.

"어떻게 됐어요?"

순양타임즈 대표는 들어올 때의 태도와는 정반대로 강아지 쓰다듬듯 기자 머리를 쓰다듬으며 유들유들 사라졌다.

"해정씨, 저 사람들도 그 소리를 들을까? 이 세상에는 가만히 눈 감고 귀 열고 입 닫고 있어야만 나는 소리, 냄새, 몸짓 들이 있다는 걸 알까? 모란꽃에 취해서 엄마 죽은 것도 잊어버린 아이가 있다는

걸 알까? 알면 야단을 칠까, 눈물을 흘릴까? 갑자기 그것이 궁금해지네."

"밖이 추워요. 모자 절대로 벗지 마세요."

두 사람이 밖으로 나오자 바람은 더 거세게 불고 비는 싸락눈이 되어 내리고 있었다.

"우리 종숙이네 가서 소주나 한잔할까요?"

종숙이네 가게로 가는 동안 영희 머리에 쓴 모자 위로 싸그락 싸그락, 싸락눈 떨어지는 소리가 났다. 싸그락, 싸그락, 싸그락……싸락눈 내리는 하늘에 대고 영희가 외쳤다. 모자는 벗지 않겠다, 절대로!

아가 아가 얼뚱아가

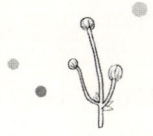

영희는 아무리 눈을 뜨려 애써도 눈이 잘 떠지지 않았다. 몸을 일으켜보려고 해도 등이 방바닥에 붙어버린 듯 꿈쩍도 하지 않아, 누가 내 등을 잡고 있나, 등 밑으로 손을 넣어보려 했으나 손도 말을 듣지 않았다. 이제 어떡해야 하나, 그저 울기나 해야겠다, 울면서 천천히 생각해봐야겠다, 하고 어딘가에 쪼그려앉았는데, 그곳이 바로 천길 낭떠러지였다. 얼른 몸을 피하려 했지만 이미 낭떠러지 밑으로 떨어졌다는 것을 알았다. 이렇게 죽는 건가 싶었는데 정신을 차려보니 순한 바람이 이마를 스치는 느낌이 든다. 다시 살아난 건가? 주위를 둘러보는데, 먼 데인 것 같기도 하고 제 옆 같기도 한 곳에서 조그만 여자아이가 울고 있다. 자신을 닮은 어린아이가 눈에 눈물을 가득 담고 영희를 바라본다. 아이는 영희와 눈이 마주

치자, 자기 있는 데로 오라고 손짓한다. 내게는 딸이 없는데 누굴까, 다가가보니 세상에, 바로 어린시절의 자신이 아닌가. 반가워서 와락 껴안고 싶은데, 이상하게 복주 생각이 먹구름처럼 가슴을 덮는다.

'우리 복주가 어린이집에서 올 시간인데.'

어린 영희가 손을 살랑살랑 흔드는 것이 복주는 잊어버리라는 것 같다. 어린 영희의 몸짓을 보면서 영희는 기분이 좀 이상해졌다. 왜 내가 나를 보고 있지? 혼란스럽기도 하고 재미있는 것 같기도 했다. 그리고 무엇보다 마음이 짠했다. 오래 잊어버리고 있었던 가슴속 아픔이 되살아나는 듯도 했다. 어쨌든 눈물 가득한 어린 영희를 외면할 용기가 없어서 영희는 어린 영희가 손짓하는 하얀 오솔길로 접어들었다. 보기에는 가까운 것 같은데, 새벽인지 저녁인지 알 수 없는 희붐한 빛 속에서, 오솔길은 꿈길처럼 아득하게 돌아간다. 어린 영희가 언제부터 거기 있었는지 알 수 없었다. 어쩌면 아주 오래전부터, 그러니까 영희가 태어나던 순간부터 '울음 우는 영희'는 그 자리에서 영희를 기다리고 있었는지도 몰랐다. 그 영희를 다른 누구도 아닌, 영희 자신이 오래 잊고 있었던 것인지도. 그래서 영희는 '영희를 오라고 손짓하는 영희'를 보자마자 그렇게 반가웠는지도 모른다. 내가 저 어린 영희를 왜 그렇게 오랜 세월 잊고 있었던 것일까, 왜 그리 오래 그 자리에 세워뒀던 것일까 싶어 이제 영희도 눈시울이 뜨거워진다. 그래서 어린 영희가 손짓하는 곳으로 몸이 미끄러지듯 저절로 가지는 것이었다. 어린 영희가 입은 병아리색 인조견 치마는 엄마가 만들어준 것임을 영희는 기억해냈

다. 인조견의 매끄러운 감촉이며, 밝은 곳에 서 있으면 속이 비칠
까봐 안절부절못하던 것까지도. 비에 젖으면 다리에 찰싹 달라붙
고 작은 열기에도 홀라당 구멍이 나는 인조견 치마. 치마를 추억하
느라 걸음이 늦어진 것일까. 어린 영희가, 빨리 안 오고 뭐하느냐는
듯 더욱 재게 손을 흔든다. 나이 먹은 영희가 물었다.

"뭐 좋은 것이 있다고 자꾸 오라는 거여?"

영희는 깜짝 놀랐다. 제 목에서 자신의 목소리가 아닌 돌아가신
엄마 목소리가 났기 때문이다. 그러나 또 금방, 아하, 그럴 수도 있
겠다, 수긍했다. 자신의 나이가 엄마 돌아가시던 무렵과 비슷하다
는 생각이 퍼뜩 들었기 때문이다.

어린 영희를 따라 한참을 간 것 같다. 숲으로 난 오솔길을 지나
고 맑은 물이 흐르는 작은 실개울을 건너고 자잘한 들꽃이 가득 핀
들을 건너니 거기, 아름다운 집 한채가 기다리고 있었다. 자세히 보
니, 예전에 살던 집이다. 우리집으로 가는 길에는 숲길도, 실개울
도, 꽃이 가득 핀 들판도 없었던 것 같은데, 그리고 우리집이 저렇
게 근사하지도 않았는데 이상하다 하면서도, 눈에 보이는 것이 진
짜 자신의 집임을 확인하자, 영희는 또 그렇게 반가울 수가 없다.
분명 옛집인데, 왠지 더 환해지고 더 따뜻해진 것 같다. 모습은 보
이지 않지만 뒤꼍에서 장작 패는 소리며 아궁이에 불 때는 소리가
들려오는 걸 보니, 월남 간 오빠가 돌아왔거나, 그도 아니면, 그도
아니면…… 아버지가 살아 돌아오신 것도 같다. 그러면 정말 좋을
텐데, 좋을 텐데…… 가슴이 두근거린다. 한번 조심스럽게,

"아부지, 아부지는 죽었는데 왜 집에 와 계세요?"

물어보고 싶다. 그러면 아버지가,

"떽끼, 누가 그런 거짓부렁을 허드냐. 이렇게 멀쩡허니 살아 있는 것을 보고도 그런 소리 허냐?"

해주시면 좋겠다고 생각한다. 그러나 영희는 안다. 오빠라면 몰라도 아버지가 돌아오기를 기대하는 것은 터무니없는 욕심이란 것을. 아버지는 아주 오래전에 돌아가셨다는 것을 분명히 알기 때문에. 그렇지만, 그런 사실을 나는 모르는 일이라고 생각하기로 한다. 그것은 먼 훗날 일어날 일이고 아버지는 지금 뒤꼍에서 장작을 패 아궁이에 불을 넣고 있고 엄마는 부엌에서 밥을 짓고 있다,고 영희는 생각한다. 그 생각은 정말 현실로 이루어졌다. 큰오빠하고 작은오빠는 산에서 캐온 칡을 마당 한켠에서 작두로 썰고 있다. 영희는 닭모이를 주러 닭장이 있는 텃밭으로 가는데, 연기 나오는 부엌문에서 엄마가 고개를 내밀고는 텃밭에 간 김에 파를 좀 뽑아오라고 한다. 막 파랗게 솟아난 쪽파를 조심스럽게 솎고 있는 자신의 모습이 동화 같다. 저녁인 것 같기도 하고 새벽 같기도 하지만 영희는 저녁이면 좋겠다고 생각한다. 영희는 저녁이 포근해서 좋았다. 어디선가 닭울음소리가 들리는 것도 같다. 날이 새는 모양이라고 동네사람 누군가가 두세두세거리며 문밖 고샅을 지나가는 소리가 들리는 것도 같다. 언제나, 사는 것은 기대와는 다르게 전개되곤 했다. 그래서 동화 같은 풍경이 펼쳐졌을 때, 조마조마했다. 그 좋은 저녁은, 포근한 저녁에 대한 꿈은 어디론가 가뭇없이 사라지고 영희의 가능하지 않은 욕심을 확인시키기라도 하듯, 옛집은 이제 제 모습을 보여주고 있다. 작은오빠가 빨간 페인트로 쓴, '심'자가 지워진 '개조', 그리고 '조' 밑에다 누군가 못으로 'ㅅ'자를 새겨넣은 흔적이 그대로 남아 있는 양철대문. 대문은 한쪽이 기울어져서 문을 받치기 위해 안쪽에 커다란 돌덩이가 괴어져 있었는데, 신기하게도 그 돌이 그대로 있다. 돌덩이는 하도 오랜만에 봐서 신기하기는 해도 사실 그리 반가운 물건은 아니다. 방위병이던 작은오빠가 한여름 퇴근길에 멱을 감다가 물속에서 영영 나오지 않은 날, 엄마가 그 돌덩이에 앉아 가슴을 치며 운 기억이 있기 때문이다. 엄마는 큰오빠 아래로 언니를 낳았지만, 아기 때 장질부사로 '날려버렸다'. 그리고 두번째로 작은오빠를 잃은 것이다. 개목에 걸어 돌덩이에 감아놓았던 개줄이 보인다. 대문가에 개가 있어서, 문지방을 넘어서자마자 아무렇게나 굴러다니는 개밥그릇이 늘 발에 채었다. 파리는 또 어떤가. 빈 밥그릇에 까맣게 달라붙어 있던 파리들. 파리들은 그대로인데, 개가 보이지 않는다. 아아, 개는 큰오빠가 군입대하던 날, 오빠하고 오빠 친구들이 잡아먹어버렸지. 월남에 간 우리 큰오빠. 자랑스러운 오빠. 그러나 개를 잡아먹어버린 오빠. 오빠 친구들은 개고기 뜯어먹은 붉은 입들을 크게 벌려 웃으며, 오빠 등을 두드렸다.

"어이, 영달이, 구탕 먹고 힘내서 베트콩 많이 때려잡아야지."

어떤 친구는 울었다.

"이역만리 떠나는 자네에게 개고기밖에 못 먹여 보내는 것이 이렇게나 내 가슴을 에이게 하는구먼."

산적처럼 생긴 오빠 친구가 가슴을 치며 우는 모습이 지금 일인 듯 옛날 일인 듯, 아득한 듯 생생하게 보인다.

사진 한 장 남겨놓지 않고 돌아가신 아버지를 빼닮았다는 큰오빠. 그래서 가끔 오빠 대신 아빠라고 부르고 싶었던 큰오빠는 스무살 되던 해 개고기탕 한 그릇 먹고 월남 가서 돈 벌어오겠다는 말만 남긴 채 떠나버렸다. 집 안이 조용한 걸 보니, 아마도 오빠가 그렇게 떠난 뒤인가보다. 어두컴컴한 방 안에서 엄마가 재봉틀 앞에 고개를 수그리고 옷을 만들고 있다. 영희를 한 번쯤 뒤돌아볼 만도 한데, 엄마는 고개를 폭 숙인 채 그저 재봉틀만 돌릴 뿐이다. 그래도 정말 오랜만에 엄마를 보자 가슴이 뛴다. 왈칵 울음이 나온다.

"엄마아!"

대답이 없는 것이 좀 서운하다. 다시 한번 부르려는데, 엄마가 불쑥 다 만든 옷을 영희에게 입힌다. 여전히 얼굴은 보여주지 않은 채. 분명히 엄마가 옷을 입혀주는데 얼굴이 보이지 않다니, 이상하다 하면서도 영희는 엄마가 입혀주는 대로 옷을 입는다. 치마에서 새 옷 냄새가 난다. 그 냄새가 좋아 영희는 자꾸만 숨을 쿵쿵거린다. 새 옷의 바스락거리는 소리도 좋다.

"요놈 입고 가서 매 맞지 말고 상 받아갖고 오니라이."

엄마는 영희에게 치마를 건네주고 밭에 간다며 호미를 들고 대문 밖으로 나간다. 가지 말라고, 조금만 더 나랑 있자고 하고 싶은데, 이번에는 목소리가 잘 나오지 않는다. 그러는 동안 엄마는 어느새 대문 밖으로 사라지고 말았다. 저렇게 가는 것은 틀림없이 죽는 일인데, 죽는 것은 내가 다시는 엄마를 볼 수 없다는 것인데, 엄마를 붙잡아야 하는데, 왜 발이 떨어지질 않을까. 영희는 발이 떨어지지 않는 것이 속상하고 엄마를 영영 볼 수 없다는 생각에 말할 수 없는 슬픔이 파도처럼 몰려왔다. 그런 영희 마음을 알고서 그랬을까. 엄마는 여전히 모습은 보여주지 않았지만 목소리는 더 또렷해졌다.

"엄마 간다고 우지를 말어라, 아가."

"알았어, 엄마아, 그런디 엄마아, 엄마 얼굴 한 번만 보여줘어."

소리쳐보지만 이번에도 소리는 나오지 않고 목만 꺽꺽거린다.

할 수 없이 영희는 이제 방금 만들어진 노란 치마를 입고 학교에 가려고 집을 나섰다. 새 옷 때문에 엄마를 못 본 서운함은 금세 가시고 기분이 산뜻해진다. 그런데 자꾸 치마가 흘러내렸다. 엄마가 밭에 갈 생각으로 마음이 바빠 치마 호크를 미처 달지 않은 것이 틀림없다. 좀전의 기쁜 마음은 금세 사라지고 놀림을 받을까봐 불안해지기 시작했다. 그래도 할 수 없다. 집에 가봐야 엄마도 없고 늦으면 오늘도 선생님한테 매를 맞을 것이 틀림없다. 영희는 자신이 만날 선생님한테 매를 맞았다는 것이 기억났다. 도화지를 못 사가서, 수업시간에 자꾸 코를 흘려서, 걸레를 안 만들어가서, 난로에 피울 장작을 안 가지고 가서, 학교 퇴비장에 넣을 풀을 안 베어가서, 잔디씨를 안 받아가서, 학교 환경미화하는 데 돈을 안 내서, 육성회비를 안 내서, 머리에 이가 많아서…… 매 맞은 이유들을 생각하고 있었는데 어느 순간, 영희는 꽁꽁 언 겨울 아침 신작로에서 학교에 가다 말고 돌로 얼음장을 깨고 있다. 주위를 둘러보더니 그 위에 오줌을 눈다. 얼음이 녹고 그 속에 박혀 있던 백원짜리 지폐가 영희 손에 들어온다. 선생님이 돈이 어디서 났느냐고 묻는다. 얼음장 속에서 났다는 말을 못한다. 매가 날아온다. 화들짝 깨어나니

엄마가 머루밭 속에서 얼굴은 보여주지 않고 목소리로만,

"아가, 인자부터 선생님한테 매 맞지 말고 상 받아와라이."

영희 발밑에 머루가 가득 담긴 광주리가 보인다. 영희는 머루를 깨물어먹으며 울면서 고개를 크게 끄덕인다. 매 안 맞고 상 받아오기 위해서 영희는 호크 안 달린 치마를 손으로 꽉 쥐고 간다. 그런데 가다가 자꾸만 해찰을 한다. 이러면 학교에 늦어서 선생님한테 또 매를 맞을 텐데, 틀림없이 그럴 텐데, 하면서도 또 한편으로는 학교에 가지 말고 산에를 갈까, 냇가엘 갈까, 두리번거린다. 오늘은 구구단과 국민교육헌장을 외워가야 한다. 구구단은 다 외웠는데 국민교육헌장을 아직 못 외웠다. 선생님의 대나무 회초리가 손바닥에 닿는 느낌이 생생하게 되살아났다. 어떻게 할까. 저 멀리 논둑길에서 영희처럼 서성이는 아이가 보인다. 건넛마을 사는 동선이다. 동선이는 아파서 죽었는데, 하는 생각이 얼핏 났지만, 그래도 어쨌든 살아 있는 동선이가 보인다. 동선이 엄마가 차부에서 버스를 기다리다 갑자기 쓰러졌던 것을 영희는 기억해냈다. 조금 전까지 차가 왜 이리 안 온다냐, 혼잣말을 하다가 문득 보따리에서 알사탕을 꺼내 영희한테 건네주었는데, 차 온다고 일어서다가 핑그르르 쓰러졌다. 영희는 사람 살려, 사람 살려, 목놓아 부르면서도 사탕은 또 열심히 빨아먹은 것이 부끄러워 몸이 떨린다. 오늘도 동선이는 제 동생 보느라 학교에 늦었나보다. 동선이는 논둑길을 벗어나 신작로에 접어들었다. 학교에 가기로 마음먹은 모양이다. 학교에 늦으면 나도 매 맞고 동선이도 맞겠지 싶어 조금 안심이 된다. 동선이랑 함께 맞으면 덜 서러웠던 것 같다. 무엇보다 매

를 맞고 영희가 울면 동선이가 영희야, 울지 말고 나랑 놀자 하면서 손을 잡고 운동장가 플라타너스 나무 아래로 데려갈 때 무척 행복했다. 매 맞고 흘린 눈물이 플라타너스 아래로 가는 동안 말라가는 느낌이 좋았고, 제 손을 잡은 동선이의 손이 꼼지락거리는 느낌이 좋았다. 동선아아, 부르는데 역시나 목이 꽉 잠겨 소리가 나오지 않는다. 신작로 미루나무 사잇길로 올라섰던 동선이가 보이지 않는다. 동선이는 어디로 갔을까. 어디선가 동선이 웃음소리가 난다. 드넓은 보리밭 한가운데쯤에서 비비종 배비종, 종달새 울음소리가 난다. 동선이가 보리밭에서 종달새 울음소리를 흉내낸다. 종달새는 사람이 저를 흉내내는 것을 눈치채지 못하고 화답한다. 비비종 배비종. 보리밭 속을 아무리 뒤져도 보이지 않는 동선이는 끝없이 종달새 흉내만 내고 있다가 갑자기,

"영희야, 내 발에 티눈이 났단다."

영희는 이번에도 목소리가 나오지 않을 것만 같아 그냥 맘속으로만,

'동선아, 티눈이 났으면 성냥불로 발을 지져부러라.'

"영희 너는 엄마가 호호 불어주더냐?"

그렇다고 말하면 동선이가 슬퍼할까봐,

'울 엄마는 새복에 밭에 가서 오밤중에 돌아온단다.'

"영희 너는 엄마가 명태국 끼래주더냐."

'울 엄마는 나한테 밥 안해놨다고 옷을 벗겨 쫓아내더라.'

"영희 너는 엄마가 명태 아가미를 티눈에다 처매주더냐."

명태 아가미 속 물렁뼈를 동선이 발에 처매줘야 할 텐데, 그래야

티눈이 없어질 텐데, 우리집 찬장 속 명태를 훔쳐내 갖다줘야지, 갖다줘야지, 안타까워하며 집으로 오는 중인데, 동선이는 죽고 말았다. 그러나 동선이가 죽는 것도 아주 나중 일, 아직은 살아서 티눈 때문에 발이 부어 동생을 업지 못하고 땅바닥에 내려놓은 채로 확에 보리쌀을 갈고 있다. 그런 동선이를 바라보며 영희는 하염없이 울고 있다.

'동선아, 동선아, 너 죽으면 나는 외로워서 어찌 살꼬나.'

동선이가 감나무 아래 화덕에 불을 지펴 보리밥을 한다.

"영희야, 사람이 죽는 것이 그리 쉬운 일이 아니란다. 울지 말고 화덕에 불이나 때라."

영희는 동선이의 말에 안심이 되어 화덕에 불을 넣는데, 땅바닥이 축축해서인지, 불쏘시개가 젖어서인지 매운 연기만 난다. 어서 낭글낭글한 보리밥을 해서, 동선이 엄마가 죽기 전에 담가놓은 된장으로 보드라운 된장국을 끓여서 동선이 동생 점선이한테 먹여야 할 텐데, 점선이는 배가 고파 땅바닥을 불불 기어다니며 흙을 주워 먹고 있다. 마음이 바빠진다.

'점선아, 내가 우리집에 가서 밥을 가져오마. 그동안 흙은 먹지 말고 차라리 울고 있으려무나. 동선아, 내가 우리집에 가서 명태 아가미 물렁뼈를 가져오마. 그동안에 너는 사카린물이나 타서 먹고 있으려무나.'

동선이네 집을 빠져나와 신작로를 버려두고 지름길인 산길을 넘는 참인데, 천지사방에서 주황색 점박이 나리꽃이 호르르호르르 피어나고 있다. 점선이한테 빨리 밥을 갖다줘야 하는데 동선이한테도 빨리 명태 아가미 물렁뼈를 갖다줘야 하는데, 하면서도 영희는 집으로 가는 길을 놔두고 나리꽃 피어나는 언덕길을 허위허위 기어오르고 있다. 언덕에는 나리꽃뿐 아니라 원추리꽃, 엉겅퀴꽃, 개망초꽃, 여뀌꽃, 동자꽃, 꽃, 꽃, 꽃들이 한정없이 피어 있다. 밥 가지러 간 사이에 누가 꽃을 다 꺾어가버릴지도 모르니 우선 꽃부터 꺾어야겠다고 영희는 생각한다. 꽃다발을 만들어 동선이한테 갖다주면 참 좋아할 거라고 생각한다. 한참 정신없이 꽃을 꺾는데, 설렁설렁 바람이 불더니 굵은 빗방울이 떨어진다. 흰 저고리에 까만 중의(몸빼)를 입은 낯선 할머니가 영희 뒤를 바짝 따라오면서, 어서 가자, 어서 가자, 닦아세운다. 비가 오니 집에 가자는 말로 여기고 종종거리며 앞장섰다. 그러나 뒤돌아볼 엄두가 나지 않는다. 어둠속의 흰 저고리와 검정 중의, 그리고 목소리가 왠지 서늘하다. 숨이 가쁘다. 금방이라도 뒤에서 쫓아오는 할머니에게 뒷덜미를 채일 것만 같다. 할머니가 제 뒷덜미를 채가려고 갑자기 나타난 것만 같다. 절대로 그래서는 안될 것 같다. 멀리서 노랗게 깜빡이는 불빛이 보인다. 집인가? 집이다. 엄마아, 부르는데 엄마가 컴컴한 뒤곁에서 확에 뭔가를 득득 갈고 있다.

'엄마, 그것이 뭣이대?'

"우리 새끼 질러 좋아허는 오뇌죽 끼래줄라고 녹두 가는 거여."

이번에도 엄마 모습은 보이지 않고 목소리만 들린다. 녹두죽을 오뇌죽이라고 하는 엄마. 오뇌죽 소리만 들어도 벌써 고소한 녹두냄새에 코가 킁킁거려진다. 땀을 뻘뻘 흘리며 영희가 오뇌죽을 먹는 참인데, 작은오빠가 아궁이 불빛 일렁이는 부엌문을 왈칵 열어젖힌다. 오빠가 서 있는 부엌문 밖은 캄캄하다. 오빠가 어서 부엌 안으로 들어와 바람 들어오는 문을 닫고 따뜻한 부뚜막에 앉아 함께 오뇌죽을 먹으면 좋으련만, 그래서 이제야말로 오래전에 잊어버린 오빠 얼굴도 자세히 들여다보고 싶건만, 오빠는 도통 들어올 생각을 않는다. 할 수 없이 노글노글한 오뇌죽을 한 양재기 퍼담아 부엌문 밖으로 내가려는데, 밖에는 오빠 말고도 얼굴이 자세히는 보이지 않는 사람들 형상이 중긋중긋 서 있다. 양재기 말고 큰 양동이에다 오뇌죽을 퍼담아 내오고 부리나케 헛간으로 달려가 선반에 매달린 덕석을 떼어다가 주르르 마당에 깔자 서 있던 사람들이 자리를 잡고 앉는다. 오빠는 어느새 사람들에 파묻혀서 간간이 뒷모습만 보여줄 뿐, 영희를 돌아보지 않는다. 오빠 옆에 아기를 안고 있는 조그만 아이는 틀림없이 동선이다. 점선이를 데리고 왔나보다. 덕석 위에 둘러앉은 사람들이 오뇌죽을 퍼먹는 참인데, 읍내에서 온 사진사가 사진을 찍는다.

"자자, 먹는 것을 잠시 멈추고 여기를 보세요. 박석택씨, 김용택씨, 김애순씨, 노분례씨, 김공님씨, 영산리 김기택씨 큰어머니 되시는 분, 영산리 김기택씨 큰어머니 되시는 분? 안 계십니까? 아 예, 그러면, 봉현리 박석춘씨 이모 되시는 분, 아 예, 그쪽으로 서시고요. 다음, 이영희씨, 이영희씨? 이영희씨, 거기서 뭐 해요?"

대답을 하려는데, 말이 잘 안 나온다. 영산리 김기택씨 큰어머니, 그러니까 왕언니 오명순이 사진 찍는 줄도 모르고 저만큼 가고 있다. 오명순 가는 쪽으로 끝없는 꽃밭이 펼쳐져 있다. 아, 저기가 꽃밭이라 가는구나, 여기보다 저기가 좋은가보다, 나도 얼른 따라가야지, 깜빡 한눈팔았다간 놓쳐버릴까 겁나 허걱허걱 따라가는데, 오명순은 뒤도 돌아보지 않고 무정하게 가고 있다. 뭐라고 불러야 하는데 목소리는 나오지 않고 왠지 울음만이 치받친다. 오명순은 이미 꽃밭 가운데를 가로지르는데 영희는 아직도 가시밭길 한가운데 서서 울고 있다. 어린 영희는 처음에 영희가 발견했던 그 길로 울면서 멀어지고 있다. 어디선가 노랫소리가 들린다.

"아가 아가 얼뚱아가, 미역국에 밥 말아주께 우지 마라, 우지 마라, 아가 아가 얼뚱아가, 삼단 같은 머리채로 비단옷을 지서주께 우지 마라, 우지를 마라."

아가아, 소리가 들려서 엄만가? 하고 퍼뜩 뒤돌아보니, 거기 엄마, 그리고 엄마 같은 엄마들이, 하나도 아닌 수많은 엄마들이 어린 영희를, 하나도 아닌 수많은 어린 영희들을 안고, 보듬고, 업고, 손을 잡은 채 영희를 향해 손을 흔들고 있다.

"엄마아, 나 올 때까지 꽃밭에 꽃은 꺾지 마아."

"꽃은 안 진게로 울지 마라, 아가. 천년이 가도 만년이 가도 꽃은 지지 않을 것잉게 걱정을 말아라, 아가아……"

뭐라고 하는 것 같은데 점점 멀어지면서 뒷소리는 들리지 않았다. 다만 천년이 가도 만년이 가도 지지 않을 꽃밭에 사는 엄마들이 부르는 노랫소리가 희미하게 들려올 뿐이다. 아가 아가 얼뚱아가 미역국에 밥 말아주께……

사진사는 아직도 영희를 애타게 부르고 있다. 이영희씨, 빨리 오세요, 안 오면 우리끼리 찍습니다아!

남자라는 이유로

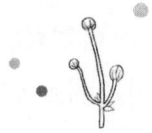

　누나에게서 영희의 옷 만드는 기술이 일취월장했다는 소리를 들은 터라 그날은 영희가 군청에서 열리는 순양석재의 불법 산지훼손 문제에 대한 청문회에 간다고 했을 때도 철수는 다른 때와 달리 싫은 내색을 하지 않았다. 어깨를 움츠리며 버스를 타는 모습이 그날따라 유달리 야위어 보여, 저녁때 집에 오는 길에 돼지고기 두어 근을 샀다.

　"어이, 고기 사왔……"

　"추, 추워."

　영희는 이불을 뒤집어쓰고 앞니를 딱딱 부딪치면서 누워 있다.

　"뭔 일 있었는가?"

　대답은 없고 눈초리에 눈물 자국이 나 있다. 가슴 한켠이 울컥했으나, 마음이 급해 우선 보일러부터 틀고 그다음에 부엌으로 나가 아궁이에 불을 지폈다. 집주인이 아궁이를 없애지 않고 놔둔 것이 이럴 때 써먹으라고 그랬는지도 몰랐다. 보일러의 온기와 아궁이 불의 온기는 차원이 다르니까. 으슬으슬 추울 때는 아궁이에 불을 깊이 넣고 뜨거운 아랫목에서 몸을 '지지고' 나면 개운해지던 것을 철수도 경험한 바 있다. 시골 사니까 이런 맛도 있구나 싶어, 철수는 그동안 이곳을 뜨자고 했던 사실을 그 순간만큼은 잠시 잊고 시골에서 좀더 오래 살아도 괜찮겠다는 생각마저 들었다. 그래서 아궁이 깊숙이 나무를 밀어넣으며,

"내가 만약에, 만약에 여그서 더 살고 자픈 맘을 먹는다고 한다며는, 자네처럼 할머니들 좋아서가 아니라, 불 때는 거 좋아서라는 것을 자네는 알란가 모르겠네."

하고 영희가 듣든 말든 중얼거리기도 했던 것이다.

그렇게 불을 양껏 때놓고 들어와보니, 영희는 벌써 자고 있었다. 다른 날 같으면 잠을 이루지 못하고 뒤척였을 텐데, 그날은 잘 자는 듯했다. 철수는 방이 더워 뒤척이다가 새벽녘에야 겨우 한숨 붙이고 일어나, 영희가 아침까지도 꿈나라에서 헤매는 듯하기에 차마 깨우지 못하고 조용히 아이를 안고 나와 밥을 먹이고 세수시켜 어린이집 차에 실어보냈다. 그러고 나서 자신도 조용히 일을 나갔다. 영희가 밤잠을 제대로 자지 못하기 시작한 것은 아마 대책위원장을 맡은 뒤부터일 것이다. 영희는 괴로우면 괴로운 대로 잠을 못 잤고 기쁘면 기쁜 대로 잠을 못 잤다. 복주가 자다 깨서 엄마 왜 안 자냐고, 제 옆에 와서 빨리 자라고 칭얼대면 영희는 혼잣말처럼, 엄

마는 너무 화가 나서 잠이 안 오고, 엄마는 너무 눈물이 나서 잠이
안 온다고 했다.

선 보고 연애 비슷한 것을 하던 기간에, 왜 그런 질문을 했는지
는 알 수 없지만 하여간 철수는 '잠 안 오는 밤이면 무엇을 하시나
요?'라고 물은 적이 있다. 그때 영희가 얼굴을 붉히며 시를 쓴다고
말했던 기억이 있다. 그 말을 들었을 때, 철수 눈에는 시라는 것이
어디 먼 데 있지 않고 바로 영희의 붉은 뺨에 있는 것만 같았다. 어
떤 시가, 어떤 예술이 저 붉은 뺨보다 더 아름다우랴 싶었다. 그러
나 이제 그 아름답게 붉던 뺨은 잠을 못 자서 파리한데다 고단한
생활의 흔적인 검은 기미가 가득하다. 기미가 생길망정, 예전처럼
잠 못 자는 밤이면 시라도 쓰면 좋으련만 영희는 돌공장 때문에 생
긴 서류더미에 코를 박고 있었다. 그만 자자고 철수가 역정을 내면,
영희는 서류더미를 들고 부엌으로 나갔다. 새벽에 일어나 부엌으
로 나가보면 영희는 눈이 빨개진 채로 아침밥을 하며,

"새벽일 나온 저 사람들 밥은 먹고 나왔을까? 이 시간부터 일하
려면 잠도 많이 못 잤겠다, 그치?"

새벽부터 굉음을 울리며 질주하는 덤프트럭 사람들을 걱정했다.
그런 영희한테, 남 걱정 말고 네 걱정이나 하라고 불퉁맞은 소리나
했던 자신이 철수는 밉고 또 밉다.

아무리 찬바람 들어갈까봐, 그래서 잠을 깨울까봐 그랬다지만,
어떻게 일어나지 못하는 사람을 한번 제대로 들여다보지도 않았을
까, 어째서 들여다볼 마음이 생기지 않았을까. 왜 이마에 손 한번
올려보지 않고 손 한번 잡아보지 않았을까. 왜 그렇게 대수롭잖게

넘어갔던 것일까, 내가 그렇게 무심하고 나쁜 남편인가, 아니 나쁜 인간인가 싶어 견딜 수 없이 괴롭고 또 괴로운데, 한번 잠이 든 아내는 깨어날 줄 모른다.

영희가 아무래도 이상하다는 앞집 사람의 전화를 받고서도 의식 불명이 된 줄은 상상도 못한 채,

"왜요? 뭣이 이상해요?"

퉁명스레 대꾸했던 것을 생각하면 온몸이 오그라들고 치가 떨린다.

입원실에 필요한 물품을 가지러 집에 들렀다가 나서는 길에 돌 공장 덤프트럭과 마주쳤다. 일단 길을 막고 물어나 볼 심산이었다. 당신들, 새벽부터 일하려면 집에서 밥은 먹고 나오냐고, 당신들 때문에 고통받고 사는 사람이 당신들 걱정을 다 하더라고. 그런 줄이나 아느냐고. 지금 그 사람이 쓰러졌다고. 그것을 당신은 어떻게 생각하느냐고. 뭐, 크게 소리칠 맘도 없고 한번 가만히 물어나 보고 싶었다. 그러나 덤프트럭 앞으로 나가려는 발을 딱 붙잡는 것은 결국 자신이었다. 자신 속에 자신을 향한 분노가 더 커서 차마 남들을 향해 뭐라고 할 수가 없었다. 그런데 철수가 무슨 말인가를 하려다 그만둔 낌새를 트럭 기사가 눈치챈 모양이었다. 창문을 열고,

"어이, 아저씨, 뭐 할 말 있어요?"

"아녀요, 아녀."

"그런데 왜 길을 막으려다 말어?"

이왕 이렇게 된 거 물어나 보자, 하고서,

"당신들, 밥은 먹고 다니요?"

애초에 맘먹은 대로 단지 그 한마디만을 물어봤을 뿐이다. 그런

데 갑자기 트럭 기사가 운전석에서 톡 튀어내려와 철수 멱살을 그러잡았다.

"감정 있으면 있다고 솔직히 말하면 될 것 갖고 뭔 야로를 부리냐, 엉?"

"야로가 아니고…… 근데 이 자식이."

대낮의 난투극이 벌어졌고 분을 이기지 못한 철수가 돌을 들어 트럭 백미러를 박살냈다. 그리하여 영희는 병원에서 사경을 헤매고 있는데 철수는 경찰서에 가게 되었다. 병원일 때문에 마음이 급해 묻는 대로 대충대충 대답하고 끝낼 맘으로, 변호사를 선임할 수 있고 불리한 진술을 하지 않을 권리가 있고 어쩌고 하는 조사경찰의 입을 봉하고, 빨리빨리 조사하라고 채근했다.

"시비가 있었습니까?"

"예, 있었습니다."

"왜 그랬나요?"

정말로 밥은 먹고 다니는지가 궁금해서 그랬다고 하려다가 순간적으로 맘이 바뀌었다.

"덤프트럭이 고속질주하는 그 길은 원래 인근 마을 사람들의 농로로 이용되는 한적한 길이었습니다. 그런데, 순양석재 채석운반용 차인 덤프트럭들 때문에 이제는 죽음의 길이 돼부렀습니다. 그것 때문에, 시방 인근 진평리, 영산리, 봉현리, 평주리 노인들이 밤낮으로 골머리를 앓고 있음서 아조 죽지 못해 사는 삶을 살고 있는 것을 보다못한 제 아내, 이영희가 지금 어떤 지경에 있는지 씨발, 느그들이 아냐, 엉?"

처음에는 좋게 나오다가, 끝내 분에 못 이겨 아무렇게나 나오는 말을 철수라고 의식하지 못한 것은 아니었다. 겨우 흥분을 가라앉히고 있으려니 경찰이 묻는다.

"그럼 김철수씨는 본건 재물손괴 부분에 대해 피해자와 이의라도 있는 건가요?"

정말로 병원일이 눈앞을 가로막는다. 더 악을 쓰고 싶어도 시간이 촉박하여,

"아닙니다, 알았습니다."

합의는 했는가요? 화해는 했는가요? 폭행에는 법의 처벌이 따른다는 사실을 아는가요? 할말이 더 있는가요? 위 사실이 사실인가요?를 모두 통과, 통과시키고는 위 진술 내용은 사실입니다, 자필 서명하고 지장을 꽉 눌러주고 나서 내빼다시피 병원으로 달려갔다. 나중에 무슨 결과가 나오든, 지금 상황 같기야 하겠는가. 일단은 신경쓰지 않기로 했다.

영희는 일종의 혼수상태에 빠져 있었다. 직접적인 원인은 '열사병'이라 했다. 과로와 스트레스로 생체리듬이 깨진 상태에서 너무 과한 열이 몸속으로 들어갔다는 것이다. 그렇게 될 줄도 모르고 신나게 불을 쳐넣었던 자신을 아주 패죽이고 싶은 충동이 일었다. 어떻게 할 바를 모르고 병실을 뛰쳐나와 머리를 감싸쥐고 병원 입구 의자에 앉아 있으려니 손이 자동으로 담배를 찾는다. 몸에 좋지 않아서라기보다 담뱃값이 아까워 끊어보려던 참이었는데 도저히 안 되겠다. 철수는 병원 맞은편 편의점으로 담배를 사러 나갔다. 그 길에 제 남편과 함께 병원 쪽으로 오는 처조카 미란과 마주쳤다.

"고모부."

미란의 고모부, 소리가 철수는 언제 들어도 낯설었다. 철수는 고
모부를 고숙, 이모부를 이숙이라고 불렀는데, 요새는 다 고모부, 이
모부라고 한다. 그러나 철수가 대답을 하지 않은 것은 듣기 어색한
고모부 소리 때문이 아니다. 직업이 시민운동가라는 처조카사위
때문이다. 영희가, 조카사위 강인섭한테 그렇게 도와달라고 했는
데도 더 큰 다른 일이 있다며 이쪽 일에는 별 관심을 보이지 않는
다고 서러워하는 기색이었는데, 그때는 그런 영희를 더 이해할 수
없었다. 그래서 콧방귀를 뀌며 야유까지 던졌던 것이다.

"헛참, 그 사람들이 너같이 그렇게 깝깝헌 사람들이가니? 인섭
이가 보통 야문 애가 아니라 진작에 알아서 안 오는 것이제, 그것
을 모르냐?"

"뭘 아는데?"

"내가 꼭 갈쳐줘야 아냐? 긍게 깝깝헌 사람이란 소리를 듣제. 이
런 싸움은 지게 되어 있는 쌈이란 것을 안다, 이 말이여."

그때 영희 눈에 얼핏 눈물이 비치는 듯해 그쯤에서 입을 닫았
기 망정이지, 안 그랬으면 지금 더 괴로웠을 것 같다. 덤프트럭 기
사 앞에서 그랬듯이 또 무슨 말인가 하려다가, 채신머리없이 처조
카사위 멱살이라도 잡게 될 일이 생길까 두려워 미란 부부를 못 본
척, 부르는 소리를 못 들은 척하고 휘적휘적 길을 건너가버렸다. 고
모부가 대답이 없자 무안해진 미란은 횡단보도 위에서 어찌할 바
를 모르다가 빨간불이 들어오자 그만 찻길 한가운데 갇히고 말았
다. 미란의 남편 강인섭은 제 아내가 그러든지 말든지 어느새 병원

쪽 인도로 올라가서는 미란을 향해 뭐라고 소리치고 있다. 길 건너 편 인도에서 미란 부부가 투닥투닥 다투는 듯하다가 편의점 앞에 서 담배를 피우는 철수를 향해 소리치는데, 못 들은 척 철수는 먼 산바라기를 한 채 두 개비째의 담배에 불을 붙였다.

"어이, 자네 여그서 뭣 허고 있는가?"

놀라 돌아보니 처남 영달이 허겁거리며 걸어오고 있다. 뭐라고 대꾸를 하긴 해야겠는데, 엄두가 나지 않는다. 처남 돈을 쓰고 갚 지도 못한 주제에 어떻게 얼굴을 볼 수 있으며 무슨 말을 하겠는 가. 돈을 갖다썼으면 갚아야 할 것 아니냐고, 나도 빚내서 준 돈이 라고, 그 빚을 내가 갚았는데 고맙다는 인사 한마디가 없느냐고 화 를 내도 시원찮을 판국에 처남은 되레 자신이 빚 갚은 것이 미안한 일이라도 되는 듯 늘 철수 앞에서 상냥하고 겸손한 태도다. 처남이 잘못한 사람 앞에 두고 잘한 사람이 벌받는 모습을 보여서 사람 마 음을 더욱 불편하게 하는 작전을 쓰는 것 같아 철수는 안절부절못 한다.

"보면 모르요? 담배 피우고 안 있소."

말투에서부터 배어나오는 철수 불편한 심경은 내 알 바 아니라 는 듯, 혹은 알아도 모른 척하는 것임이 분명하게,

"댐배는 몸에 해로워."

철수가 더는 참지 못하고,

"제가 시방, 몸에 해롭고 안 해롭고를 따질 상황이 아니잖아요, 형님."

"밥은 묵었는가?"

이 판국에 밥 생각이 나겠느냐고 하려다보니 아까부터 배가 고팠다는 사실을 깨닫는다. 그러나 곧바로, 밥은 먹어 뭐하랴 싶어,

"밥 생각도 없네요."

"아픈 사람은 아픈 사람이고, 엄중한 상황이니만큼 자네라도 기운을 차려사 쓰제에. 안에 누구 있는가?"

사람이 사흘이나 의식을 못 찾고 있으니, 처남 말대로 엄중한 상황인 것은 맞다.

"누님도 있고, 방금 미란이 부부가 들어갔구만요."

"그려? 그러면 자네는 나랑 가서 밥을 먹세."

손위처남의 손이 제 어깨를 돌려세우는데 풀먹인 광목처럼 왠지 모르게 뻣뻣하던 마음이 조금 가라앉는다. 순댓국밥을 가운데 놓고 마주 앉긴 했지만, 두 사람 다 무슨 말을 해야 할지 알 수 없다.

"자네, 술 한 모금 헐랑가?"

의식 없이 누워 있는 사람 놔두고 술을 입에 대고 싶지는 않다고 해야 옳을 줄은 아나, 처남의 술 얘기에 마음에 남아 있던 뻣뻣한 기운이 급격히 사라지는 것 또한 사실이었다.

"형님이 잡숫고 싶으시면 뭐……"

맨정신으로 국밥 한 그릇을 언제 다 먹을까 싶었는데, 술이 나오자 마음이 바뀐다.

"뭐, 안줏거리라도 시키시지요."

"아니, 나는 뭐, 자네 먹는 국물 한 숟가락만 있으면 돼야."

"앗따, 그러지 마시고, 뭐 정식으로 하나 시키시지요."

"그럴 것 없당게 그러네."

"형님, 제가 형님 안줏거리 하나도 못 사드릴 정도로밖에 안 보이시나요? 제가 그렇게 못났냐고요."

"알았어, 알았어, 시키께, 시킬 것잉게……"

일단 조용히 하라고 손사래를 친다.

"죄송허네요. 하여간, 저 그렇게 못난 놈…… 못나긴 못났죠, 씨부랄."

국밥이고 뭐고, 술이나 따라 휙 들이켜고 말았다. 술 때문인가. 사는 일의 비애가 급격히 몰려오는 기분인 것은. 술의 힘을 빌려서라도 울고는 싶은데, 울어서는 안될 것 같다. 그놈의 체면상 말이다. 철수는 사실 돈이 없어 시골 낯모르는 이의 집에 공짜로 들어가 사는 일이 그렇게 비애스러울 수가 없었다. 그렇다고 밖으로 드러낼 만한 비애도 아니었다. 기왕 못난 놈 더 못나진다고 태가 날 것은 아니지만, 어쨌든 누구한테 제 비애를 털어놓을 입장도, 그럴 상대가 있는 것도 아니라 그저 속으로만 움츠러들고 또 움츠러들 수밖에 없었던 것이다. 주민들 속으로 어우러져들어간 영희 하는 일에 그 찟자를 놓았던 것도 어쩌면 그런 제 속을 다른 누구도 아닌 영희가 몰라준다 싶은 서운한 마음 때문이었는지도 몰랐다. 남자가 오죽 못났으면 집 한칸이 없어서 처자식 데리고 시골 빈집을 얻어들어와 사나, 하는 것 같아 동네사람들과 마주칠 때마다 얼굴이 화끈거리던 것이 사실이었다.

"너무 본인을 탓허지 마러. 자네 힘으로는 어찌해볼 수 없는 불가항력적 상황이었잖어. 철거 건도 그렇고, 야 쓰러진 건도 그렇고. 그나저나, 아조 나쁜놈들이여. 가만 봉게 그놈들은 빨갱이보다 더 나쁜놈들이드랑게. 내가 허술해 봬도 국가유공자네. 월남 참전용사들도 요번에 국가유공자로 지정을 받았어. 하도 부애가 치밀어서 내가 공장하고 군청을 돌면서 악을 썼네. 내가 이영희 오빠다, 내가 이래봬도 월남전 참전용사 출신 국가유공자다, 나도 국가와 민족을 위하여 어느정도는 기여를 한 사람이다, 그래서 하는 말인데, 당신들이 이영희를 포함하야 주민들을 괴롭히고 무시하는 행위는 법은 물론 도덕적으로도 용납할 수가 없는 사안이다, 이것은 공산주의국가에서도 벌어질 수 없는 천인공노할 짓거리다, 진정으로 국가와 민족을 위한다면, 절대로 주민들을 함부로 할 수 없는 법이다…… 자네도 알다시피 배운 것 없고 가진 것 없는 나, 이영달이, 하나뿐인 내 동생 영희 오빠가…… 헐 수 있는 것이 암것도 없어서…… 끄윽끅……"

말이 좀 장황해서 무슨 뜻인지 요점정리가 잘 되지는 않지만, 하여간 중요한 것은 처남이 여동생 하는 일에 관심을 가지고 나름대로 도우려고 했다는 점이다. 동생을 위해 뭔가를 하긴 해야겠는데 할 수 있는 일이 없었던 '배운 것 없고 가진 것 없는 오빠'가, 내세울 것 없어 오직 월남 참전용사라는 것 하나 내세우고 사는 오빠가 동생을 위해, 동생을 위해…… 그런데 나는 남편으로서…… 다시 획, 술이 들어갔다.

철수 목 언저리가 자꾸만 울룩불룩해쌓는 것이 필시 터져나올 기회만 엿보고 있는 울음덩어리라는 것을 알아서, 아무래도 처남이 선수를 친 것 같다. 철수는 처남의 끄윽끅 하는 울음소리를 견디며 어디다 눈을 둘 데가 없어 식당 선반 위 텔레비전만 쳐다본

다. 오늘이 일요일이었던가. 송해가 사회 보는 「전국노래자랑」이
나오고 있다.

남자라는 이유로 묻어두고 지낸 그 세월이 너무 길었어어어어—

출연자가 부르는 노래 중에 유독 남자라는 이유로,라는 구절이
가슴에 와 박힌다. 남자이기 때문에 울 수는 없다, 울어서는 안된
다, 안된다, 입술을 깨무는데, 동네 노인들이 '천불나 못살겠다'고
했듯이, 철수 가슴 또한 자신에 대한 분노로 들끓어오른다. 영희가
노인들 '초롱초롱한' 눈이 자기만 바라보고 있다고 눈물을 글썽일
때, 세상에서 가장 순한 사람들이 세상에서 가장 외로운 싸움을 한
다며 짠한 표정을 지을 때, 거미를 죽여서 죄로 갈 것 같다는 할머
니가 다 있더라며 눈을 반짝일 때, 내가 지금 거미 한 마리 때문에
괴로워하는 사람들과 함께하고 있다고, 한 번도 험하지 않은 세월
이 없었지만 그 험한 세월 중에 그래도 지금이 가장 꽃시절이라며
함박꽃같이 웃는 사람들하고 같이 있다고, 그러니 나는 얼마나 복
받은 사람이냐고, 힘들긴 하지만 또 지금이 내 인생에서 가장 행복
한 시기인지도 모른다며 방긋 미소지을 때, 길가에 핀 코스모스를
밟고는 "아이갸, 이쁜 꽃을 볼바부렀네" 하더라고, 얼굴 붉어지더
라고, 꽃한테 미안해하더라고, 그래서 폴짝 뛰더라고, 폴짝 뛴 할머
니 흉내내느라 저도 폴짝 뛰며 어린애처럼 웃던 아내의 그 말들을
왜 다 허투루 듣고 말았을까. 귀기울이고 새겨듣지는 못할망정, 왜
그렇게 생각없는 말들을 내뱉었던 것일까. 목구멍 안에서 또 한 번
거대한 파도가 인다.

"김서방, 우리 영희가 어떤 아인 줄은 안가? 자네도 알다시피 갸

가 어떤 아이냐 허면, 옛날에 원기소라는 것이 있잖았는가. 그것을 한나 어디서 얻었는갑서. 영희한테는 나 포함 오빠가 원래 둘이여……"

언젠가 영희가 죽은 작은오빠 이야기를 한 적이 있다. 그 오빠가 시를 좋아했다고, 윤동주 시인 같았다고. 워낙 시에는 관심도 없고 먹고사는 일하고는 하등 관계없는 '시 나부랭이'에 열의를 보이는 영희 꼴이 보기 싫어 오빠 이야기하다 결국 또 시 얘기냐? 힐난해서 끝까지 듣지는 못했지만, 하여간 오빠 이야기를 들은 기억은 난다.

"그런디 그 원기소를 끝내 오빠한테 못 줬다고, 어뜨케 먹고 싶은지, 그것을 못 참았다고…… 굳이 말 안하면 알도 못헐 일을 그것이 뭔 큰 잘못이라도 된다고…… 우리 영희가 그런 아이여."

그런 '아이' 영희가 눈을 뜨기만 한다면, 원기소 백 통을 사줄 거라고 영달이 울음을 토해내는데, 철수의 술잔 털어넣는 속도는 이제 확이 아니라 휘리릭이 되었다. 영희가 깨어나면 영달은 가장 먼저 원기소 백 통을 산다고 했다. 그러면 나는 가장 먼저 무엇을 할까. 영희가 깨어나기만 한다면, 그런다면…… 얼른 생각이 나지 않는다. 그리고 보니 자기가 아내와 뭘 함께하고 싶은지, 뭘 함께할 수 있는지 한 번도 생각해보지 않았다는 사실을 철수는 깨달았다. 영희가, 꽃 좀 봐, 하면 철수는 꽃보다 먼산을 보았고 영희가 시 좀 들어봐, 하면 철수는 텔레비전을 켰다. 영희가 지붕골 속 참새나 줄을 타고 내려오는 거미나 봉창에 부딪히는 벌을 보라고 하면 별 시답잖은 소리 말라고 야유를 보냈다. 이제 영희가 깨어나기만 하면 꽃도 보고 시도 듣고 참새 거미 벌도 보고 그것이 소리나 몸짓으로

말을 건다고 했으니 정말로 그런가 한번 귀도 기울여보리라고, 정
말 그러리라고 결심하는데 목구멍 속 울룩불룩은 이제 거의 터져
나오기 일보직전이다. 휴대폰이 울린다. 누나다.

"느그 새끼가 울어싼다, 어딨냐, 빨리 와라."

텔레비전에서는 참가번호 3번 '남자라는 이유로'를 부른 남자가
최우수상을 받고 있다.

"시방 어떤 새끼가 남자라는 이유로 상을 받네, 누나."

"너는 벌을 받아야 혀, 그것도 아주 그냥 천벌 감이여어, 이 속
창아리 없는 인간아아!"

누나는 거의 절규하고 있다.

"어이, 자네는 뭔 술을 벌받듯이 묵는가. 벌 그만 받고 인나소, 인
나."

처남 영달이 잔뜩 웅크린 철수 어깨를 툭 치자마자 철수는 그만
의자에서 굴러떨어지고 말았다.

집 나간 정직이

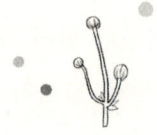

"성님, 계시요?"

공님은 빈집일 줄 뻔히 알면서 공연히 한번 불러본다. 그날도 공님은 밭에 가는 길에 오명순네 집에 들러 지금처럼 불렀었다. 그날 공님이 영산리 오명순네 집에 들른 이유는, 그 전날 군청 1인시위를 끝내고 장에 들러 사온 사탕 때문이었다. 집에 '단것'이 떨어졌단 소리를 얼핏 들은 것 같아, 안 들었으면 모를까 이왕 들은 김에, 언젠가 조카 영식이 사다준 누룽지맛 사탕이 먹을 만하던 것이 생각나 두 봉지를 사서 그중 한 봉지를 밭에 가는 길에 가져왔다.

불러도 대답이 없기에, 밭일 하러 오며가며 들러서 늘 그랬던 것처럼 먼지는 없어도 머릿수건을 벗어 마루를 닦는 시늉도 하고 목이 마르지 않아도 뚤방 아래 수돗물을 틀어서 물 한 모금 먹어보고 그러곤, 일없이 파리를 쫓으며 좀 앉아 있다가 공님은 사탕을 마루에 올려놓고 밭으로 갔다. 공님이 고추밭으로 가는 길에 혹시나 하고 개울 건너 오명순네 밭을 살피니, 과연 오명순은 고구마밭에 엎드려 있었다. 반가워서 공님이 성님, 부르며 다가갔는데, 고구마를 캐는 오명순이 돌아보지를 않았다.

"성님, 왜 불러도 대답을 안허요?"
하고서 어깨를 툭 건드렸는데 그만 오명순이 한옆으로 배그르르 쓰러졌다. 왕언니 오명순은 고구마를 캐다 그 모습 그대로 저승길로 떠났다. 호미 끝에 고구마 서너 알이 따라나와 있었다.

오명순이 꽃상여 타고 다시는 오지 못할 먼 길을 떠나는 날 아침, 그날따라 비가 추절추절 내렸다. 환갑 넘은 오명순 딸의 아이고오 아이고오 곡소리가 빗물 고인 마당에 깔리고 소리쟁이댁 임애기의 사설이 구슬프다.

무정헌 인사 시앙골떠기야, 나럴 두고 뭣이 좋아 혼차 도망을 가느냐
몬차 가먼 염라대왕이 상 주마고 약조를 했드냐아
끙거온 꼬사리는 삶지도 안했는디이 뭣이 급해서 처 몬차를 가느냐
몬차 가는 인사가 나중 사람 자리나 보아주소오, 어이, 시앙골떠기 한잠 자고 보세나이

"우리 이럴 것이 아니고, 시앙골떠기 가는 길 외롭지나 말라고

우끈하게 놀아나 보세."

노분례의 제안에 김채선이 장구를 치자 이내 오명순의 좁은 초상마당이 잔치마당이 되었다.

젓푸른처원우게뚜루뚜루뚜루그림가튼지블지코사랑허는우릿님과한백년살고시퍼어어머니메소느을노오코도라설때게애부엉새도우렀쏘오나도우렀쏘오오운다고옛싸랑이오리요오마아는눈물로오달래보는구슬픈이바암……

쿵덕쿵덕 장구가락 하나에 맞추어 노래 부르고 춤을 추며 고구마밭 한귀퉁이에 오명순을 묻고 와서 또 울다가 노래하다 웃다가 발광을 했다. 그때 이영희가 그랬다.

"오늘은 이 정도에서 끝내고 나중에 우리가 승리하면 다시 한번 왕언니네 집에서 잔치를 하자고요."

오명순을 그렇게 보내고 얼마 안된 저녁 무렵에, 공님은 왠지 낯이 익은 젊은 남자가 한 노인을 업고 오명순의 무덤 앞으로 가는 것을 보았다. 오명순은 늙은 딸만 있을 뿐 젊은 아들이 없는데 누굴까, 궁금해 가만히 들여다보니, 노인은 틀림없이 옛날 주막집 옥화다. 와락 반가워,

"옥화가 여그 뭔 일이여?"

"맹순이성 보러 왔네. 여그는 우리 아들이여."

어린 아들이 저렇게 나이 먹었구나 하고 다시 보는데, 그 또한 낯이 익다.

"거 뭣이냐, 우리 디모힐 때 본 형사 아녀어?"

"앗따, 여그서는 그냥 모른 척해주십시오. 엄마가 하도 우리 맹순이성 무덤이라도 봐야겄다고 떼를 쓰시는 통에……"

"오무니한테 떼를 쓴다고 허먼 쓰가니."

"조르는 통에."

"말이라도 안허먼 중이나 간게 암말 허지 말어."

강형사가 부끄러워하며 밭가 나무 뒤로 돌아가 담배를 피우는 것을 보고, 담배는 몸에 해롭다는 말을 하려다 그만두고,

"집이 오마니한테도 댐배 한나 주소."

하고 말았다. 나무 뒤에서 담배를 피우며 먼 하늘을 쳐다보고 섰는 것이 영락없이 서울 왕십리 동사무소에 근무하는 아들 같았기 때문이다. 우리 아들도 저러고 건물 귀퉁이 같은 데 돌아서서 담배를 피우겄거니 싶어서 마음이 짠해졌다. 공님은 예전에 옥화가 주막을 할 때 동무 못해준 것이 미안해서, 담배동무나 해주자 하고 평생 안 피우던 담배를 나눠 피우고 술도 나눠 먹고 노래도 한 자락씩 나눠 불렀다. 그러고 나니 마음이 후련해져, 남은 담배와 막걸리를 두고 가라 해놓고 자기는 밭에서 이것저것 따고 뜯어서 한 봉지 들려주고 나니, 그제야 오래 묵은 체기가 내려가는 것같이 마음이 가벼워졌다.

가을 가고 겨울 지나 다시 봄이 오는 동안 오명순네 집이 눈에 띄게 수척해지고 고적해졌다는 것을 공님은 금방 알아보았다. 그대로 놔두면 오명순네 집은 내가 언제 이 세상에 있기나 했더냐 싶게 폭삭 사라져버릴 것임을 알기에, 공님은 오늘도 밭에 가다 말고

일없이 들러 그냥 한번 불러보는 것이다. 그렇게라도 해서 빈집에 사람의 훈기를 불어넣어주고 싶은 것이다.

"성님, 그놈들이 아조 우리를 잡아묵을라고 작정을 헌 모양이요. 우리 원장이, 길국에는 씨러져부렀소. 존 일 헌다고 성님이 좀 굽어 돌봐주소사, 내가 요러고 빌고 또 빌랑게, 지발직신에 성님이 쪼까, 우리 불쌍헌 원장을 자알 따독거려주소사……"

오명순이 저승사람이 되고 이영희 위원장이 쓰러지는 동안에도 돌공장은 쉼없이 돌아간다. 이 집에서 잔치를 할 날은 언제나 올까, 한숨을 포옥 내리쉬는 참인데, 바로 눈앞에서 장다리꽃이 화들짝 피어나고 있다. 아니, 꽃은 진작에 피어 있었는데 바람이 건듯 불어 꽃이 흔들렸는지도 모른다. 하지만 공님은 방금 꽃이 자신의 비원에 화답한 것만 같다. 꽃술 위에 앉아 졸고 있던 나비도 화들짝 날아오른다.

"꽃허고 나비가 성님을 대신해서 약조를 했웅게로 그러면 그렇게 믿고 나는 밭에 일허러 갈라요이."

해놓고 공님이 오명순네 집을 나와 밭으로 오르는 산길을 가는 중인데, 전화 왔어요 전화 받으세요오, 하는 소리가 난다. 지난 설에 막내딸이 사주고 간 휴대폰이다. 벨소리가 하도 요망스러워 전화 왔다는 소리가 나도 뉘 집 전화가 우냐, 하고서 전화기만 가만히 들여다보고는 했는데, 이제는 제법 철커덕, 능숙하게 받을 줄도 알게 되었다.

"여보시요?"

"엄마 난데에, 엄마 지금 뭐 해?"

"나 시방 밭에 간다."

"엄마 요새는 데모 안허지?"

"디모? 그것이 그렁게, 으흐."

"엄마 웃었어?"

딸한테는 공님에게서 나오는 희한한 소리가 웃음으로 들리나 보다.

"웃제 울겄냐이."

"엄마 뭔 일 있구나?"

"그것이 그렁게……"

그러나 차마 말이 안 떨어진다. 속으로만,

'느그 엄마가 시방 죄인 신분이 되어서 곧 재판소를 가야 쓴단 다.'

"그것이 그렁게, 뭣이여?"

"아녀, 다들 핀치야?"

"그렇지 뭐. 근데 엄마, 영식이 오빠가 요새 군수 나온 사람 선거 운동 한다네. 그래서 혹시라도 엄마 데모 나가느냐고, 못 나가게 하 라고 또 전화왔어. 자기가 말하면 안 들을 것 같다고. 혹시라도 알 아? 오빠가 미는 사람이 군수 되면 우리한테도 좋은 일 생길지? 그 러니까 엄마, 데모하는 데는 절대로 나가지 말어, 알았지? 이건 비 밀인데에, 오빠가 미는 사람이 누구냐며언, 오빠 회사 오너라네. 그 니깐, 돌공장 사장은 바지사장이고 군수 나온 그 형이라는 사람이 실질적 주인인 거지. 엄마, 근데 왜 아무 말도 안해? 내 말이 좀 어 렵지?"

"니가 말허는데, 중간에 내가 어찌고 말을 혀."

"알았어, 엄마. 하여간 엄마 데모 안 나갈 걸로 알고 있을 테니까, 엄마도 그렇게 알고 있어, 알았지? 아, 그리고 엄마, 고춧가루가 다 떨어졌네? 고춧가루 좀 보내줘. 사먹는 건 도대체 믿을 수가 없어. 왜 아무 말 안해, 엄마? 아유, 돈 보낼게에."

누가 돈 줘야 고춧가루 보낸다고 했나. 막내딸의 돈 보내준다는 말이 공님은 아주 징그럽다. 돈은 주면 좋고 안 줘도 상관없다. 그저 내가 농사지은 것 자식들이 받아서 잘 먹어주면 그것만으로도 좋고 고마울 일이다. 그런데 어느 순간부터, 막내딸은 이쪽에서는 하지도 않았는데 걸핏하면 돈 말을 한다. 알았어, 알았어, 돈 주면 될 거 아냐. 그 말이 거슬려서 하루는,

"아이, 자식한테 묵을 것 보냄서 어느 부모가 돈 욕심을 낸다냐. 그런 방정맞은 입초실랑은 놀리지를 말어라."

했더니,

"엄마, 좀더 솔직해지면 안돼? 돈이 좀 적다,라고 한달지, 뭐 그렇게."

하는 것이었다. 억장이 무너져서, 당최 아무 소리도 안하고 싶은 적이 한두 번이 아니었다. 어쩌다 내 자식이 저렇게 변했나, 울고만 싶었다. 그러나 이제야말로 공님이 자식들한테 돈 얘기를 하지 않을 수 없는 때가 왔는지도 몰랐다. 그 말을, 어떻게 해야 할 것인가. 돈 얘길랑은 꺼내지도 말라고 한 지가 언젠데, 자신이 먼저 돈 얘기를 꺼내야 할 상황이 올 수도 있다고 생각하니, 공님의 목구멍에서 웃음도 아니고 울음도 아닌 이상한 소리가 시도때도없이 나오

곤 하는 것이다. 영악한 막내딸은 공님에게 이런 날이 올 줄 미리 알고서 그렇게 돈 얘기를 했던 것일까. 돈을 얼마나 보낼지는 몰라도 일단은 보내준다 하니, 고춧가루도 보내고 말은 안했지만 참기름도 보내고 싶은데, 아차, 하필이면 고춧가루가 동이 났다는 것을 깨달았다. 지난달에 큰아들 집에 싹 그러모아 보낸 것이다. 이제 겨우 지주 세우고 있는데, 새 고춧가루 나오려면 아직 멀었다. 더군다나 돌공장 먼지 때문에 고추농사든 깨농사든 아무것도 되지 않는다는 사실을 자식들은 알고나 있을까. 혹시 알고도 모른 척하는 것은 아닐까. 공님이 '죄인'이 된 것은 사실 자식들 탓이 컸다. 평생 기 한 번 못 펴고, 하고 싶은 말 한마디 못해보고 살다가 돌공장 덕분에 몸도 고달프고 울화통도 치미는 것이 사실이지만 또 그 한편으로는 죄지은 것 없어도 한 번씩 드나들 때마다 오금이 졸아들던 관청에서 데모라는 것도 해보고 데모하면서 가슴에 맺혔던 설움도 토해내보고, 나도 하고 싶은 말을 할 수 있는 사람이라는 것을 처음으로 알아가는 재미도 있었는데, 그런 제 속도 모르고 자식들이 반대를 놓으니, 없던 어깃장이 생기는 것이었다. 그래서 남들보다 앞장서서 돌공장 트럭을 가로막고 몇마디 퍼부었던 것이 오늘날 자신을 죄인으로 만들 줄이야. 돌공장이 자기를 죄인으로 만든 줄도 모르고 막내딸이 속없는 소리를 하니, 고추밭 올라가다 말고 공님은 그만 목놓아 울고만 싶다. 돈 얘기는 하지도 말라고 해놓고 돈 얘기를 할 수밖에 없는 처지가 된 게 속상하고, 늙은이를 기어코 판사 앞에 세우는 법이 무섭다. 정작 죄 있는 사람들은 돈 버느라 다갈다갈 쿵쿵거리고 있는데, 죄 없는 자기는 산비탈 고추밭 올라가다 말고 속 시원히 울지도 못하고 꾸적꾸적 눈에 눈물을 달고 있는 것이 서러운데, 푸드덕 하고 이 산에서 저 산으로 꿩이 날아간다.

　　꿔엉꿔엉 장서방아 멋을 묵고 사냐
　　아들집에 콩 한 섬 딸네집에 퐅 한 섬
　　그작저작 묵고 사네

소리쟁이댁 밭 너머에서 화답하는 노랫소리가 건너온다.

　　용수막이 공님이야 뭔 느리를 보겠다고 고치를 숭겼는가
　　저 건네 돌공장땀새 용수막떠기가 죽어불면
　　용수막떠기 고치로 돈을 사서 맛난 괴기를 사묵세

폭폭한 심사이기는 마찬가지인 을자동댁 노분례 목소리다.
"클클클, 지랄딴스춤을 춰라. 아나, 돈이다, 아나 괴기다, 썩을."
둘 다 허리를 펴고 깔깔 웃는 참인데, 비가 오기 시작한다.
"용수막떠기, 니얼이 장이네이. 돈 사서 괴기 사묵세이."
노분례가 끝까지 장난을 치며 산밭을 내려간다. 하기야 장에 가야 돈을 사고 돈을 사야 고기를 사먹을 수 있을 것이다. 내일 장에 들고 나갈 것이 뭐가 있을까, 궁리하느라 내리는 비를 홀딱 맞고 집에 돌아와보니, 조카 영식이 기다리고 있다.
"하따, 고모, 뭔 비를 이렇게 맞고 돌아댕기요."

"비 맞응게 션허니 조타!"

심사가 불편해, 맘에도 없는 소리가 퉁 나온다.

"우리 맘씨 고운 고모가 어찌 오늘 쫌 컨디션이 안 좋그만."

"왔응게 밥 묵고 가라."

"고모, 내가 요새 좀 바뻐."

모른 척하고,

"바뻐야 묵고살제. 느그 새끼들은 어쩌냐."

"새학년 되고 나서 큰애가 영어를 백점을 맞고 왔드만요. 막내가 울어싸서 쪼까 문제지, 위에 큰것들은 좋아. 막내도 아직 어려서 그렇지 내가 볼 때는 괜찮아. 고모, 내가 사실은 고모한테 뭔 부탁 하나 하려고 왔어."

"아이, 영식아, 느그 작은누이가 고칫가리 조까 보내도라 허는디, 나는 고칫가리가 딱 떨어져부렀다. 혹간에 느그 집에 고칫가리 잠 남은 것 없냐?"

"나도 사서 묵는디, 뭣이 있겄소? 갸도 그냥 사서 묵으라고 허씨요, 거. 도시사람들은 참말로 요상혀. 시골서 오는 것은 다 존 것인 줄 아나봐요이. 요새 도시 가면 진짜 존 것 많드만. 촌사람들 성가시게 자꾸 뭘 그렇게 달라고 해쌓나 몰라, 참."

혀를 끌끌 찬다.

"그렁게나 말이다. 아이, 밥 묵어라."

"내동 바쁘당게 그러네. 고모, 다음달 2일에 투표날인 거 알지라이. 다른 것은 몰라도 군수는 요 사람을 찍으씨요. 인물을 좀 봐바, 훤허게 생겼제? 그물에 걸리지 않는 바람같이 소리에 놀라지 않는 사자같이, 캬아, 고모, 기호 5번, 정직한 일꾼 김봉철 후보를 낼 장에 꼭 나와서 보씨요이."

영식이 건네는 종이를 보니 기호 5번 김봉철은 이마가 훨떡 벗어진 것만 훤하고 눈이고 코는 오종종하다.

그물에 걸리지 않는 바람같이
소리에 놀라지 않는 사자같이
정직한 일꾼
김봉철과 함께
공정한 나라로 갑시다!

"아이, 영식아, 귀 잠 장꽌 요리 대봐라."
"왜라우?"
영식의 목소리도 덩달아 작아진다.
"저그 밭가상에 정직이란 아가 살았단다. 그런디, 갸가 집을 나가 돌아오지를 않는다네. 갸를 찾을라면 어찌해야 허느냐고 밭가상에서 그 집 아부지가 목놓아 울고 있드라."
"거참, 안됐구만이라우. 하여간 고모 낼 장에 꼭 나오씨요이."
부리나케 나가다 돌아보며 고모 파이팅! 하고 씩 웃는 영식의 뒤에 대고 나지막하게, 지랄용천발광허고 사니라고 애쓴다, 해놓고 공님은 언제나 그랬듯이 어둠속에서 후지럭 후지럭 늦은 저녁을 먹기 시작했다.

불타는 신발

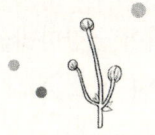

　해정이 비어 있는 오명순네 집으로 이사하던 날은 하필 비가 내렸다. 서울 딸네 산바라지 하러 갔던 경희 엄마가 다시 시골집으로 돌아온 터라 그동안 머물던 경희 집에는 더 있기 어렵게 된 것이었다. 어찌해야 하나 고민하던 순간, 그 말이 생각났다. 해정이 조그만 단칸 토담집을 둘러보며 어머어머 소리를 연발하자, 왕언니 오명순 할머니가 한 말.

　"나 죽으면 이 집에 니가 와서 살아라."

　그 말을 들을 때는 이런 날이 오리라고는 생각하지 못했다. 나 죽으면 쥐가 먼저 파고 살고 새가 먼저 파먹고 살고 바람이나 희희낙락 드나들 것이니 먼저 드는 것이 임자라며, 오명순이 클클클 웃었다.

"집도 그렇고 과부도 먼첨 차지허는 놈이 임잔디 말여이."

하고 클클클 웃었던 것이, 그 말을 하려던 것임을 듣고 나서야 해정도 뒤늦게 따라 웃었다. 그게 정확히 작년 이맘때였다. 마당 한 귀퉁이 돌담장 앞 텃밭에 피어난 장다리꽃도 작년의 그 꽃이다. 돌담장 너머 가죽나무에 돋아난 푸른 가죽잎, 가죽나무 위에 얹힌 오래된 새집. 그리고 마당 가득히 깔리던 자우룩한 저녁연기. 그때 해정은 무슨 생각을 했던 것일까. 그 두께를, 깊이를, 무게를 헤아릴 길 없는 도저한 고적과 적막한 생애 앞에서 무슨 말을 꺼낼 엄두를 내지 못하고, 아프다는 표현조차 닿을 수 없는 막막한 느낌에 다만 몸을 좀 떨었던 것도 같다.

"앗따, 저놈의 다글다글 우르릉 쿵쿵거리는 소리가 나는 꼭 아무 죄 없는 우리 아그들 뚜드려패는 소리 같당게. 아이구메, 우리 새끼들 다 죽겠네 싶어서 내가 그냥 맘이 조마조마혀."

'우리 아그들'이란 어떤 아이들을 말하는 것일까. 아흔 노인이니, 당신의 '아이들' 또한 이제는 노인이 되었을 것이고, 그 아이들의 아이들 또한 더이상 아이는 아닐 것인데. 해정은 나중에야 알았다. 아흔 노인에게 '우리 아그들'이란 '세상의 모든 아이들'임을. 세상의 모든 어린 것, 여린 것, 약한 것…… 채석장과 돌공장에서 나는 소리가 아이들 때리는 소리 같다고 말하는 소처럼 순한 '어머니 오명순'의 눈에서 꾸적꾸적 눈물이 배어나오는 것을 바라볼 때, 내가 저 눈물을 닦아주지 않으면…… 사람이 아니다!라고 비장한 결심을 한 것이 다른 누구도 아닌 나 서해정인데, 누가 본 것은 아니지만 하여간 그랬던 것이니, 머물 거처 없다고 순양을 떠날 수는 없는 '입장'이 된 것인데…… 글 쓰겠다고 시골 찾아온 서울사람임은 변함이 없지만, 그래서 여기 일은 여기 사는 사람들이 알아서 하시오, 하고서 홀홀 떠나버려도 뭐라고 할 사람 없겠지만, 그러고 싶지 않고 그럴 수 없는 것인데…… 그렇게 떠나고 나면, 앞으로 글을 쓰고 살든, 다른 일을 하고 살든 마음이 편하지 않을 것 같은데…… 이곳이 시끄럽다고 다른 곳으로 가면, 거기서의 삶이 과연 고요할 수 있을까 싶어 떠나지 못한다는 이영희의 말이 이제야 좀 이해되려는 참인데…… 그러니 아직 순양을 떠날 수 없는 것인데…… 오래 고민할 이유는 없다고 결론내리고 해정은 이삿짐을 쌌다. 짐이라야 그저 서울에서 가지고 와서 경희 집에 부렸던 트렁크 하나가 전부였다. 그러나 비가 와서였을 것이다. 석현이 이사랄 것도 없는 이사에 그렇게 잔뜩 우거지상을 한 것은. 다른 건 아니고 그저 날씨 때문일 것이라고 해정은 믿고 싶었다. 그래서,

"원래 시골이 비가 오면 그래. 땅도 질척거리고, 날파리도 끓고. 그러다가 해 한번 나봐. 아주 그냥 죽여주지."

정작 도회지 출신인 자신이 시골 출신인 석현에게 시골을 설명하려 들기까지 했다. 해정의 상상 속에서는 이사하는 날 석현과의 다툼 같은 장면은 설정되어 있지 않았다. 석현은 말없이 제 차로 트렁크를 옮겨주고 나서 차 속으로 쏙 들어가서는 나오지를 않는다. 부글부글 끓는 가슴을 겨우 진정해가며, 트렁크 속 짐들을 전날 미리 봐놓은 자리에다 꺼내 정리하고는 마루에서 석현의 차를 가만히 바라보고 앉았다. 그렇게 한 사람은 차 속에서 한 사람은 마루에서 대치 아닌 대치를 하는 침묵의 시간을 반 시간쯤 보냈다.

해정은 석현이 차에서 나오기를 마냥 기다리고 있을 수 없어서 부엌으로 가 밥을 했다. 노인 혼자 살던 집이라 부엌은 옛날 '원시적인 모습'을 그대로 간직하고 있었다. 검은 그을음, 시커먼 아궁이, 대나무로 만든 찬장, 쌀뒤주가 고요히 해정을 지켜보았다. 정말 이상한 일이다. 한 번도 아궁이에 불을 때본 적이 없었다. 자신이 이런 모습의 부엌에서 밥을 짓는 날이 오리라고는 상상해본 적도 없었다. 혹시 상상을 했다면 이런 데가 아니라, 최고급은 아니라도 인조대리석 씽크대와 조리대가 넓고 개수대 위에 창이 달리고 이왕 창 달린 김에 창 너머로는 푸른 숲 정도는 아니어도 나무나 꽃이 조금은 내다보이는 부엌을 상상했을 수는 있다. 미장원에서 머리를 자르며 여성잡지의 화보 같은 것을 보면서 잠깐씩 그런 상상을 했을 수는 있어도, 자신이 이런 순 오리지널 원시 부엌에 퍼질러앉아 나무를 분질러 아궁이에 처넣으며 부지깽이 들고 장단을 맞출 줄은 정말 몰랐다. 이왕에 골난 인간 더 골이나 내주자 하고, 해정은 비록 거위가 꽥꽥거리는 소리 못지않은 발성법으로나마 할머니들한테 배운 육자배기 한 소절을 불러젖히기 시작했다.

꽃같이 고운 님은 열매같이 맺어주고 가지같이 많은 정은 뿌리같이 깊건만은……까지 하다보니, 혹시 고운 님이 석현인가? 싶어 갑자기 비위가 상해온다.

에라 모르겠다 하고서 맘대로 불러젖히기로 했다.

장석현아 장석현아, 골이 났냐, 골이 나, 뭔 일로 골이 났냐
니가 골이 나면 너만 손해, 서해정이한테는 소용없다

허허어, 허허, 오야 에이로구나 헤

아무렇게나 부른 노래가 그래도 효험이 있었나보다. 석현이 부
엌문 밖 토방에 주저앉아 해정을 째려보고 있다.

"왜? 멋있어?"

"퍽도 멋있다."

"멋있으면 됐지 뭐가 불만인데?"

"우리 좀 진지해지자."

"당신은 진지 드시고 나는 밥을 먹을게."

진심으로 진지하고 싶지 않아서 한 말이 아니었다. 딴에는 부드
러운 분위기 좀 만들어보자고 나온 것이 분명한 순간적 '드립'이었
다. 석현의 표정은 이제 골이 난 정도가 아니라 분노의 빛마저 어
렸다.

"당신 화에 화답하기 위해서라도 나는 밥을 먹어야 쓰겠네."

할머니들이 흔히 하는 말을 흉내내며 해정은 그동안 할머니들한
테 배운 대로 밥 위에다 달걀을 쪄내고 할머니들한테서 얻어온 김
치를 꺼내 밥을 먹기 시작했다. 고요한 가운데 돌공장에서 쿵쿵거
리는 소리가 들려오고 그 사이사이에 질세라, 뚜르르르, 지렁이가
운다.

"뚜르르르 하는 저 소리가 뭔 소린지 알아?"

"귀뚜라미지 뭐야. 하여간, 귀뚜라미고 뭐고 애초에 당신 시골
내려온 동기가 뭐야?"

속으로 '지금이 봄이냐, 가을이냐' 소리가 절로 나오지만 꾹 참고,

"글 쓰는 거였지."

"썼어?"

"아니."

사실 글을 못 써서 해정은 지금 출판사로부터 계약금 반환요청까지 받은 상태다. 얼마 전 독촉전화가 왔다.

"소설은 다 되어가고 있지요?"

"그게, 그러니까 말이죠."

"예, 뭐 필요한 자료라도 있나요?"

"아니, 그게 아니고요. 사실을 말하자면, 막상 자연 속에 살아보니, 사람이 자연에게 상처를 줘서 위로받을 자연이 시방 아주 아작이 난 형편에……"

"그러니까 아직 글을 완성하지 못하셨단 말씀이군요?"

"저어, 이번 소설은 도저히 쓸 수 없을 것 같아요. 혹시, 돌공장 땜에 싸우는 사람들 이야기라면 몰라도."

"싸움, 투쟁이요? 여보세요, 서해정씨, 그러잖아도 상처받은 사람들투성인데, 거기에 또 싸움하고 투쟁하고 미워하고 할퀴어서야 되겠습니까? 따뜻하고 위로하고 치유하고, 얼마나 좋습니까. 애초에 우리가 서해정씨하고 계약할 때도, 자연 속에서 치유받는 사람의 따뜻한 이야기라는 데 공감을 해서, 검증이 안된 작가임에도 불구하고 계약을 했던 것 아닙니까?"

"그것이 그러니까, 다른 누구보다도 제가 따뜻하고 위로받고 치유되고는 싶은데, 그런 상황이 현실적으로 좀 어렵구만요."

순양에 살다보니 순양말이 절로 나온다.

"알았습니다. 그러면 뭐, 이번 계약은 없던 걸로 하지요. 계약금은 빠른 시일 내에 반환해주십시오."

당장 계약금을 돌려줘야 할 판국이라 속이 좀 타기는 하지만, 그렇다고 '인간에게 받은 상처를 자연에서 치유받는' 사람의 이야기를 쓰고 있기에는 자신이 목격한 '자연 속에 사는 사람들의 현실'이 좀 '거시기'하다는 말을 어떻게 전할 방법이 없었다. 말로 어떻게 설명할 엄두조차 나지 않는 '거시기'하고 '머시기'한 현실을 놔두고 다른 이야기를 쓸 자신이 없었다. 지금 사정이 그렇다는 것을 출판사한테가 아니라 남편한테까지도 설명을 하려니, 숨이 절로 차올라 해정은 그저 밥만 퍼넣는다.

"밥이 맛있냐?"

"당신, 우리 언니 알아?"

외동딸인 해정에게는 언니가 없다.

"없는 언니라도 생겼어?"

"이 집에 살던 아흔세살 먹은 오명순 언니를 당신이 알아?"

"나야 당연히 모르지. 그런데, 아흔셋 노인한테 언니가 뭐냐, 버릇없게."

"설명하려면 복잡해서 안하는 건데, 우리 아흔셋 왕언니를 모르고, 우리 위원장 언니를 모른다는 건 당신이 나를 모르는 것과 같은 거야, 지금."

하는데, 목이 꽉 메어온다.

'아흔셋 언니는 이 세상에 없고 위원장 언니는 사경을 헤매고 있어. 그 사람들 두고 나 여기 못 떠나. 더군다나, 내일은 또 칠십 노

인들이 재판정에 서. 나 그 노인들 두고 여기 못 떠나.'

해정은 더이상 밥을 먹을 수가 없었다. 석현이 물을 떠다준다. 그래도 영 몰인정한 인간은 아니구나 싶어, 좀 부드럽게 물었다.

"아까 운 게 귀뚜라미가 확실해?"

"그럼 아냐?"

속으로 '무식이 하늘을 찔러요, 아주' 소리가 나오려는 걸 꾹 참았다.

이영희를 비롯해 노분례, 김공님, 박석택, 김기택이 돌공장 영업을 방해해 손해를 입히고, 도로를 차지하고 데모를 하여 일반 교통을 방해하고, 돌공장 사장 동생인가 뭔가 하는 자한테 너는 부모도 없느냐고 악을 썼다고 약식기소되어 벌금형을 받았다. 벌금형 받은 것이 억울해 정식재판을 해달라고 해서 열리는 재판이다. 박석택 이장은 예식장 갈 때나 입는 양복을 입고 나왔다. 같은 피고인 신분인 노분례가,

"아조 그냥 자르르르허네."

"새장개나 한번 가볼라요."

박이장은 자기 대답에 자기가 얼굴을 붉힌다. 피고인들은 앞자리에 앉고 해정과 마을사람들은 방청석 의자에 앉아 있는데 판사가 입장하자 일어서라는 소리가 들렸다. 모두 일어서는데 한 사람이 못 일어나고 앉아 있다.

"피고인 일어나주세요."

피고인 노분례가 일어나려고 안간힘을 쓴다. 그 순간, 판사가 자

리에 앉았다.

"모두 앉아주십시오."

소리와 동시에,

"나는 인자사 포도시 인났어라우."

"앉아주시라니깐요."

"금방 앙그라고 헐람서 뭣할라고……"

금방 일어섰다 금방 앉기는 더욱 힘들어한다. 노분례 피고인 입에서 아구구 소리가 터진다.

"박석택씨."

박석택이 일어섰다.

"노분례씨."

노분례가 일어서야 하나,

"처 염병을 허네에."

딴에는 조그맣게 한다는 소리가 앞까지 들렸던가보다.

"노분례씨, 일어서라고 해도 일어서지 않아서 아까부터 제가 유심히 봤는데, 법정에서 그러시는 것 아닙니다. 아시겠지요? 법정 내에서 재판장의 법정질서 유지명령을 위배할 시에는 법원조직법 61조 1항에 의거 20일 이내 감치 또는 백만원 이하의 과태료……"

살이 떨린다는 것은 바로 이런 때, 이런 느낌이 올 때 쓰는 말인지 모른다. 해정이 떨리는 가슴을 붙안고 벌떡 일어나,

"재판장님, 이건 아니잖아요. 노분례씨가 언제 재판장님의 법정질서 유지명령을 위배했으며……"

"만약 위배할 시에는 그렇다는 것을 미리 알려드리는 것입니다.

방금 말씀하신 분 성함이?"

"서해정입니다. 재판장님, 이왕 제 이름을 물으셨으니, 제게 잠시만 발언권을 주시면 감사하겠습니다."

재판장이 발언권 신청을 무시하고 판결문을 읽어내려가기 시작했다.

"피고인 박석택의 업무방해 및 일반교통방해의 점. 피고인 박석택은 2008년 5월 26일 10시경 순양석재 쇄석기 설치가동 반대집회에 참가한 주민 백여명과 함께 순양석재 정문 앞에 집결하여 위 회사 정문 앞 도로를 전면 점거하고 '순양석재 쇄석기 설치 결사반대'라는 현수막과 피켓을 들고 머리띠를 두르고 '유정면민은 순양석재 쇄석기 설치를 결사반대한다'라는 구호를 외치고 같은 날 18시경까지 연좌시위를 전개하여 위 회사 쇄석운반용 차량의 진·출입을 막았다. 이로써 피고인들은 공모하여 위력으로써 피해자 순양석재의 쇄석 생산 및 운반 등 업무를 방해함과 동시에 위 차량들의 소통을 불통하게 한 것을 비롯하여 별지 범죄일람표 기재와 같이 2008년 9월 15일부터 2008년 11월 5일까지 같은 방법으로 위력으로써 위 회사의 업무를 방해하고 회사 앞 도로를 불통하게 하여 교통을 방해하였다."

바로 그 순간, 해정의 뒤에서 벼락같은 고함소리가 들려왔다.

"뭔 요따구 재판이 다 있다요? 앞에 선 사람들은 죄인이 아녀. 진짜 죄인들은 이 시간에도 불법으로 공장 가동허고 있는 순양석재고 불법가동을 묵인허고 있는 군수 이하 공무원들이여. 그런디 거그다 대고 항의 좀 했다고 죄 없는 사람들을 재판정에 세우는 요따

구 나라는 뭔 나라여 엉, 뭣이 어쩌고 어쩌? 지랄염병들 허고 자빠

졌네. 이러면……"

　악을 쓴 이는 다름아닌 평주리 사는 이학수였다. 역시 자기 자식

들 데모할 때 재판정에 많이 다녀본 가락이 있어 저런 악이라도 쓴

다고, 임애기 할머니가 해정에게 귓속말을 한다. 이학수의 말이 채

끝나기도 전에 어디선가 제복 입은 법원경위들이 득달같이 나타나

그를 법정 밖으로 끌고 나간다. 끌려나가면서도 이학수는 악쓰는

것을 멈추지 않았다.

　"군사독재정권의 시녀인 재판부는 각성하라!"

　"어르신, 군사독재정권 끝난 지가 언젠데 그러십니까. 자아, 나

가십시다, 나가요."

　"법정 내에서 폭언 소란 등의 행위로 심리를 방해하거나 재판의

위신을 현저하게 훼손하는 행위를 할 시에도 20일 이내 감치명령

또는 백만원 이하의 과태료에 처해집니다, 아시겠지요? 에에, 피

고인들의 업무방해 일반교통방해의 점……은 했고, 다음 피고인들

의 집회 및 시위에 관한 법률 위반의 점. 위 순양석재 쇄석기 설치반

대 대책위원회는 2008년 5월 23일 순양경찰서에 피고인 박석택 명

의로 2008년 5월 21일부터 9월 21일 사이에 매일 오전 9시부터 18

시까지 순양군 유정면 진평리 순양석재 앞 폐도에서 집회를 개최

하겠다는 취지로 집회신고를 마쳤다. 피고인 박석택은 위 집회의

주최자이고 피고인 김기택은 위 집회의 질서유지인인바 집회 또

는 시위의 주최자, 질서유지인은 신고한 목적, 일시, 장소, 방법 등

의 범위를 뚜렷이 벗어나는 행위를 하여서는 아니됨에도 불구하

고……."

"집어쳐라, 집어쳐."

박석택이 소리쳤다. 국선변호인이 악을 쓴 박석택에게 자제하라는 신호를 보낸다.

"……피고인 박석택, 김기택을 비롯하여 별지 범죄일람표 1 내지 19번에 기재된 바와 같이 집회의 주최자 및 질서유지인으로서 당초 신고한 장소, 방법 등의 범위를 뚜렷이 벗어나는 행위를 하였다. 피고인 김기택의 폭력행위 등 처벌에 관한 법률 위반, 공동상해의 점. 피고인은 2008년 5월 28일 12시경 순양석재 앞에서 위 집회에 참가한 주민 팔십여명과 함께 회사 정문 앞 도로를 전면 점거한 채 '순양석재 쇄석기 설치 결사반대'라는 내용의 현수막과 피켓을 들고 머리띠를 두르고 '유정면민은 순양석재 쇄석기 설치를 반대한다'라는 내용의 구호를 외치며 시위를 하였다. 당시 피고인 및 집회에 참가한 성명불상자들은 위 순양석재의 상무인 피해자 김순철이 위 시위장면을 사진촬영하는 것을 발견하고 위 성명불상자들 중 1인이 피해자에게 '네가 뭔데 사진을 찍느냐, 죽여버린다'라는 취지로 욕설을 가하며 피해자의 가슴 부위를 한 차례 때려 피해자를 넘어뜨렸다. 위 성명불상자들은 넘어진 피해자를 발로 걷어차 피해자에게 약 4주간의 치료를 요하는 좌제4늑골골절상을 가하였다. 이로써 피고인은 성명불상자들과 공동하여 피해자에게 상해를 가하였다. 피고인 이영희의 모욕의 점. 피고인은 2008년 5월 29일경 위 순양석재 정문 앞 노상에서 마을 주민들과 함께 쇄석기 가동중단을 요구하면서 회사로 출입하는 차량을 막는 등의 시위를 하

던 중 위 회사 직원인 김영탁과 피해자 김순철이 시위장면을 촬영
하는 것을 발견하고 초상권 침해를 이유로 거론하며 피해자를 모
욕한바……"

"순 거짓부렁이다."

"이것은 재판이 아녀. 순양석재 놈들한테 놀아나는 거여."

"요런 재판은 받을 필요도 없어."

일부는 이학수를 따라 나가고 앉아 있던 주민들이 소리치는 가
운데 판사가 긴긴 판결문을 다 읽어내리고 나서 인정머리라고는
하나도 없는 표정과 말씨로 선고를 '때렸다'.

"피고인 박석택에게는 벌금 이백만원, 피고인 김기택에게는 벌
금 백오십만원, 피고인 이영희에게는 벌금 백만원, 피고인 노분례,
김공님에게는 각 벌금 팔십만원에 처한다. 피고인들이 위 벌금을
납입하지 아니하는 경우 각 오만원을 1일로 환산한 기간 피고인들
을 노역장에 유치한다. 피고인들에게 위 벌금에 상당한 금액의 가
납을 명한다."

판사가 판결을 때릴 때, 해정의 몸이 부들부들 떨리는 것을 임애
기가 겨우 붙잡고 섰다가 너무 힘들어, 판사가 단상을 내려가자마
자 둘 다 선 자리에서 그대로 풀썩 주저앉고 말았다. 이 순간을 놓
치면 안되는데, 안되는데, 일어설 힘이 없다. 당신이 벌금형을 때린
이영희가 지금, 지금…… 하려는데 목이 잠겨 말이 잘 안 나와서
해정은 답답한 마음에 우선 손에 닿는 대로 신발을 벗어들었다. 해
정의 신발을 누군가 낚아채더니 막 법정을 나서는 판사의 뒤통수
를 향해 힘껏 던지는데, 던지는 솜씨가 심상찮아 돌아보니 석현이

일부러 그러는 게 역력하게 딴청을 부리며 씨익 웃고 있다. 판사는 자신의 뒤통수를 친 신발을 주워들고 경위를 목놓아 불렀다. 판사가 나가는 줄 알고 자신들도 법정을 나가다 말고 경위들이 뒤늦게 짓쳐들어오는데, 우르르 빠져나가는 방청객 속에서 해정은 누군가의 조용한 읊조림을 들었다.

"신발에 불이라도 붙은 거여? 왜 저리 방방 뜨는 거여? 판사가 채신머리없게시리."

혼엄마의 노래

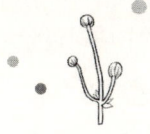

어서 오라고 아무리 채근해도 내 혼이 황천강을 선뜻 넘어서지
않자 이제 저승 쪽 사람들도 나를 잊어버린 모양이다. 저승도 그러
한데, 이승마저도 이제는 희미해질 대로 희미해져 황천강으로 흐
르는 은하수에 막 내 혼을 실으려는 찰나, 먼 데서 귀에 익은 목소
리, 눈에 익은 형상이 다가오는 것이 보인다. 영산리 살던 시앙골댁
이다. 시앙골댁이 별스럽게 이쪽저쪽을 살피며 나 있는 데로 날아
오고 있다.

"시앙골떠기, 아니시요?"

"아이고 무수굴떠기, 이승 뜬 지가 언젠디, 오도가도 않고 어찌
여가 요러고 있는가? 저짝에서 누가 못 오게 막는가?"

"저짝에서는 어서 오라고 채근허는디, 이쪽이 눈에 밟히고 맘

에 걸려서 시방 여가 요러고 있은 지가 얼매나 됐는지 나도 모르겠
소."

"그것이 시방 궁게 그런갑만이. 내가 저승길 초보라!"

시앙골댁이 내 옆에 사뿐히 내려앉았다. 저승길 초보라, 저승 쪽
사정을 좀 가르쳐달라는 것이리라.

"누구는 누가 갈쳐줘서 알았간디. 앉아 있으면 저절로 알아질 것
인게, 너무 안달을 허지 말고, 오랜만에 만났으니 어디 노래나 한
자리 해보씨요."

혼사람들이 노래 좋아한다는 것을 저승 초보 시앙골댁이 알 리
없다.

"호랭이 물으갈, 노래를 해야 갈쳐준다는 것이여 뭣이여? 저승
길 먼저 왔다고 유세를 허는 것이제, 시방."

말은 그렇게 해도 싫지는 않은 기색이다. 댓바람에,

다리 아파 넘던 고개 꽃가매가 넘어오네
배가 고파 넘던 고개 이바지꾼이 넘어오네
님 그리워 넘던 고개 옥과기생이 넘어오네
목이 몰라 넘던 고개 탁주병이 넘어오네
디모 허다 넘던 고개 순사가 넘어오네

"디모가 다 뭣이다요?"

"상전 앞에서도 헐 말을 허는 것이 디모라네."

나는 '디모'라는 것도 못해보고 이승 떠났는데, 시앙골댁은 나

없는 새 좋은 꼴도 많이 봤는가 싶어,

"나 이승 떠난 뒤엣소식이나 더 갈쳐주씨요."

"자네 떠난 뒤에 내가 꽃시절을 살다 왔네. 꽃 같은 시절을 보내다 왔어."

나는 이승에 있을 적에 꽃시절 한 번을 못 보고 온 것 같은데, 역시 나 없는 새 좋은 꼴을 보기는 본 모양이다.

샘이 좀 나는 것 같기도 하고 궁금하여 더 물었다.

"그 꽃시절 이야기나 좀 해보씨요."

"스무살 때 서방 징용 갈 때허고 서른살 때 산사람한테 감자 줬다고 갔을 때는 찍소리도 못허고 오는 매만 맞았는디, 아흔살 때 디모했다고 가서는 악이라도 쓰고 왔응게 그것이 꽃시절 아니고 뭣이여, 작것."

스무살 때 가고 서른살 때 간 곳이 어디인 줄은 나도 아니, 시앙골댁이 '디모'하다 간 곳이 어디인 줄도 알겠다.

나도 그곳, 경찰서를 간 적이 있다. 술을 못 담그게 해서 숨어서 좀 담갔더니 조사가 나와 갔고, 아궁이에 나무를 때야 하는데 나무를 못하게 하니 남의 산에서 부러진 '고자백이' 좀 주워왔다고 산감한테 발각되어 갔고, 김춘복이 '도리짓고땡'을 해서 잡혀들어갔을 때 밥 갖다주러도 갔고…… 나는 그때, 경찰서에 가서 말 한마디 못하고 눈 한 번을 위로 못 뜨고 울기만 했는데, 시앙골떠기는 악을 썼다니, 나 떠난 사이 세상은 참말로 꽃시절이 도래했는가. 그럴 줄 알았으면 조금만 더 살고 올 것을. 아쉬움에 시앙골떠기한테 나 떠난 뒤 세상 소식을 자꾸 묻고 있자니, 나처럼 이승 소식이 궁금한 혼사람들이 부스럭부스럭 모여드는 기척이 난다.

"내가 고구마밭에서 고구마 캐다 몸은 밭에 놔두고 혼만 쏙 빠져나와 여그로 왔더니, 여그는 디모도 안허고 경찰서도 없네."

황천강 저쪽에서 강도 안 건넌 사람들이 어찌 더 시끄러우냐고 고함치는 소리가 들려왔다. 누구보다 김춘복의 목소리가 가장 크다. 이승사람일 때나 저승사람일 때나 목소리 큰 것은 여전하다.

"저쪽 사람들이 왜 악을 쓴단가?"

"냅두고 이야기나 해보씨요. 강을 한번 건너불면 이승 이야기를 하고 싶어도 생각이 안 나 허도 못헌다요. 나도 벌써, 모습도 안 보이고 소리도 안 들리고 냄새도 안 나는디, 그저 맘에 이는 생각만 남았소."

내 말에 혼사람들이 고개를 주억거린다. 혼사람들 주억거리는 것이야, 이승 쪽에서는 그저 진평리 당산나무 이파리 하나 살랑거리는 기척에 다름없을 테지만 말이다. 시앙골댁 오명순이 이야기를 시작했다.

"첨에 쿵쿵 허는 소리가 나길래 다시 인공이 되얐는가, 혔는디 그것이 아니고 독공장에서 독 깨는 소리여. 독 깨는 소리가 어뜨케나 큰지 인공 때 대포소리 같애. 그 소리에 놀래서 어미 뱃속에서 소새끼가 죽고 염생이가 죽고 갱아지가 죽고 닭이 알을 안 낳고 천지사방이 문지투성이라 깻잎삭 한나를 못 묵어. 그런디도 나랏님들은 '돈을 벌어야' 쓴다고 독공장 돌리는 것을 안 막어. 그렇게 디모를 헌 거여. 디모라는 것이 바로 그런 것이여. 못살겄다고 악을 써도 암도 들어주는 사람이 없고 암도 들어주는 디가 없으면 가서

254

악을 쓰는 것이 디모여. 디모를 다 해보고, 경찰서를 가보고 이 오맹순이가 말년에 꽃시절을 보내고 오네, 시방."

듣다보니 얼마나 꽃시절 한 번을 못 보고 살았으면 '디모'를 하고 경찰서에 간 것을 두고 꽃시절이라 하나, 눈물이 포옥 나올 뻔한 것을 겨우 틀어막고,

"그런디 그 좋은 꽃시절을 누가 보게 해줍디여."

"우리가 디모를 다 허게 헌 사람이 누구냐면 바로 무수굴떠기 집에 들어온 젊은 색시여."

나는 그제야 조금씩 생각이 날락말락한다. 내가 이승 떠난 지 얼마 안됐을 때 내가 살던 집에 피어나던 꽃이 손짓하자 용케 그것을 알아보고 나 살던 집으로 들어가던 젊은 부부. 나는 그들을 보고 나서야 안심하고 살던 집을 잊고 구만리 장천 허공으로 날아올랐던 것이다. 그러면 내 귀에 들려오던 울음소리가 그 색시 울음이었던가. 잊어버릴 만하면 들려오던 당산나무가 울던 소리 또한 그 색시 우는 모습이 마음 아파 울던 것인가. 이제 막 이승 떠나온 혼사람이 하는 이승 이야기 들을 생각에 마음이 바쁜데, 이야기를 하다 말고 시앙골댁이 자기 날아온 쪽을 가리키며,

"아이갸, 저것이 누구다냐, 아이구메나!"

먼 빛무리 속에 어른거리는 그림자를 가리킨다. 이승 쪽으로는 저승 초보 시앙골댁이 가장 눈이 밝은지라 누가 또 저승길을 떠나오나보다, 짐작만 할 뿐, 우리는 그저 시앙골댁이 말해주기를 기다릴 수밖에 없다. 아이구메나! 시앙골댁이 비명을 지르는 통에 황천강 건너편 귀신들이 또 건너오지 않을 거면 조용히나 하라고 구시

렁거린다. 이쪽에서도 그쪽 귀신들이나 조용히 하라고 맞소리쳐 놓고는, 우리는 먼 데 빛무리 쪽으로 귀를 모은 시앙골댁을 지켜보았다.

"뭣을 허고 있소?"

"우리 복주어매가 나를 따라올라고 기를 쓰고 있네."

"복주어매가 누구요?"

"무수굴떼기 집에 들어온 색시, 이영희지 누구여. 나를 찾다가 우네. 엄마를 찾아 우네. 가만두면, 나 찾아, 즈그 엄마 찾아 요리 오게 생겼는디, 영희가 와불면 안되는디, 그러면 안되는디."

"왜 안된다요?"

"영희가 와불면 디모허는 할마씨들은 다 어찌라고오!"

나 이승 있을 적에 시앙골댁이 저렇게 야무진 사람이 아니었는데 꽃시절을 보고 나서 달라졌다 싶어 꽃시절 못 보고 이승 떠난 나는 그저 내 혼 한자락을 펄럭, 했을 뿐이다.

"어이, 자네들이 시방 혼이나 펄럭거릴 새가 없네. 쟈를 돌려보낼라며는 어치케 해야 허는가, 그것이나 갈쳐주소."

"노래를 허씨요."

"아무리 이승 떠난 지 나보다 오래라 해도, 이렇게 속아지가 없어질 줄은 참말로 몰랐네. 노래는 낭중에 헐 것잉게 우선, 쟈를 다시 이승에 보낼 방도나 갈쳐주소."

"그렁게 노래를 허란 말이요."

"이 판국에 노래가 어찌 나온단가?"

"이영희를 못 오게 할라면 이영희 마음속에 사는 애기 눈물을 닦아주면 된다요."

"어치케 해야 눈물을 닦아줄 수 있단가."

"눈물 흘리는 그 애기를 우리가 달래주면 된다요."

나는 이영희 속에서 눈물 흘리는 혼을 쏙 빼와 혼사람을 만들었다. 그랬더니 아주 조그마한 어린아이가 생겨났다. 형상은 하나지만 혼은 여럿이라 어린아이 혼사람 여럿을 만들어 내가 안고 시앙골댁이 업고 모여든 여러 혼사람들이 손잡아 걸리고서 우리는 빛무리 속에서 헤매는 영희한테 나아갔다. 노래를 부르면서 나아갔다.

아가 아가 얼뚱아가, 미역국에 밥 말아주께 우지 마라, 우지 마라
아가 아가 얼뚱아가, 삼단 같은 머리채로 비단이불을 지서주께 우지 마라, 우지 마라

우리 노랫소리에 여기저기 사방에서 혼사람들이 나서는데, 남자 혼사람들은 쑥스러워 나서지 못하는지 몰라도 태반이 여자 혼사람이고 또 그중에는 새끼 못 잊어 애달파하는 엄마 혼사람들이 많아 우는 아기 달래는 노래 부르면서 자기들이 울고 있다. 혼엄마들이 목놓아 부르는 노래가 저승과 이승의 허공에 꽉 들어찼다. 아가 아가 얼뚱아가, 미역국에 밥 말아주께 우지 마라, 우지 마라······

혼엄마들 목멘 노랫소리에 울음을 거두기로 했는지, 하얀 빛무리 속에서 울고 있던 이영희 그림자가 가뭇없이 사라진다. 아무 일도 없던 것처럼, 저승길에는 바람이 건듯 불고 은하수 물결이 출렁, 하였다.

2011년 1월 13일, 주민들이 군청을 상대로 법원에 낸 '공장 업종 변경 승인처분을 취소'해달라는 항소심에서 법원은 주민들의 항소를 기각한다는 판결을 내렸다.

'쇄석기를 불법가동하게 된 경위에 참작할 부분이 있는 점, 공장을 불법가동하게 된 전력이 있다는 이유만으로 공장을 적법하게 운영할 기회를 영구히 박탈하는 것은 지나친 것으로 보이고 사전 환경성검토 등의 적법한 절차를 거쳐 저감방안 등을 성실히 이행하며 공장을 운영하게 하는 것이 공익에도 부합할 것으로 보이는 등에 비추어보면 원고(주민)들이 주장하는 사유만으로는 이 사건 처분이 재량권을 일탈 남용한 것으로 보기 어렵다'는 이유였다.

내 글은 다 끝났다. 그러나 현실의 문제는 아직도 끝나지 않았다. 애초에 불법으로 출발한 공장은 여전히 불법적으로 잘 돌아가고 있고, 불법이 아니더라도 소음과 먼지 때문에 견디기 힘든 공장을 '불법공장'이기 때문에 더더욱 돌아가지 않도록 해달라는 주민들의 '합법투쟁'은 그러나 지금, 실패로 끝났다. 그러니 문제는 아직 끝나지 않은 것이 된다.

불법영업을 하고 있음에도, 앞으로 법을 지키게 해서 공장운영을 하게 하는 것이 '공익'에 부합한다며 주민들의 호소를 무시한 판결문에 나오는 그 '공익'은 과연 누구를 위한 공익인가. 공정하지 않은 나라의 힘있는 사람들은 세상의 모든 좋다고 여겨지는 것들은 죄다 자기들이 차지하지 않으면 안된다. 그리하여 말들조차 자기들이 먼저 잽싸게 가져다 써버린다. 멀쩡했던 '공익'이란 말은 그렇게 욕을 먹는다. '쇄석기를 설치하지 말란 말이야'라고 외치던 노인들의 말에 의하면 '애먼 공익이만 뭐 돼부렀다'.

지금도 잊지 못한다. 앞으로도 잊지 못할 것이다. 비가 오나 눈이 오나 햇빛이 쏟아지거나 군청 앞 노상에 나앉아 밥을 '끓여'먹어가며 '디모'한다고 쭈그려앉아 있던 그 순한 '조선 어미 아비'들의 눈빛을, 표정을, 말투를, 그들이 내게 나눠주던 밥을. '우리는 디모를 요렇게 허요'라고 말하며 자신도 쑥스러웠던지 배시시 웃던 그 미소를. 세상은 그 순한 사람들이 원래의 성정대로 순하게 살아가도록 내버려두지 않는다. 순한 사람들의 삶의 터전은 돈벌이의 욕망 앞에 사납게 찢긴다. 원래 그렇게 살아왔듯이 앞으로도 조용히 살고 싶다는 사람들의 소박한 소망은 간단히 무시된다.

이 글은 말하자면, 순하고 약한 사람들의 순하고 약한 '항거'에 관한 이야기다. 그리고 지금, 이 순간에도 얼마나 많은 순하고 약한 사람들의 작은 항거들이 조용히, 간단히 무시되고 있을까. 지금 세상이 난리인 것은, 작은 항거들 때문이 아니라 그 작은 항거들이 '조용히' 무시되기 때문일 것이다. 그 잘난 '공익'을 위하여! 너무도 조용히! 너무도 간단히!

2011년 4월

공 선 옥